# 闇断罪

制裁請負人

(『危機抹消人』改題)

南 英男

祥伝社文庫

# 目次

## 本書の主な登場人物

鬼丸竜一《おにまるりゅういち》……39歳。凶悪犯罪を未然に防ぐ悪党《ギャング》ハンター。元公安調査庁職員。

堤《つつみ》 航平《こうへい》……49歳。警視庁捜査一課特命捜査対策室。鬼丸の協力者。

蛭田《ひるた》 仁《ひとし》……29歳。元総合格闘技プロ選手。賞金稼ぎのデス・マッチ屋。鬼丸の協力者。

橋爪《はしづめ》 昇《のぼる》……42歳。毎朝《まいちょう》タイムズ社会部記者。鬼丸の協力者だが、正体は知らない。

玄内《げんない》 翔《しょう》……27歳。クラブDJ。元検察事務官。鬼丸の協力者。

御木本《みきもと》 茂《しげる》……40歳。ナイトクラブ「シャングリラ」オーナー。元カーレーサー。

羽山克也《はやまかつや》……40代半ば。第三《だいさん》生命調査部部長。鬼丸に連続爆殺事件の調査を依頼。

木滑敏行《きなめりとしゆき》……50代半ば。第三生命常務。羽山の上司。

竹中亮輔《たけなかりょうすけ》……54歳。日東《にっとう》生命専務。

月岡敬太郎《つきおかけいたろう》……法務大臣。紀尾井町《きおいちょう》の料亭街で爆殺される。

田久保《たくぼ》 剛《つよし》……大活躍中の大リーガー。赤坂《あかさか》みすじ通りで狙撃される。

天沼由季《あまぬまゆき》……25歳。TV女優。

綾部健人《あやべけんと》……32歳。元警視庁特殊急襲部隊「SAT《スペシャル・アサルト・チーム》」隊員。ギャンブルで退職。

郭淳民《グオチエンミン》……42歳。貿易商。新宿エクセレントホテル滞在。

湯原芳高《ゆはらよしたか》……34歳。元関東義誠《ぎせい》会辛島《からしま》組組員。

猿島《さるしま》 賢《けん》……40歳。企業恐喝屋《きょうかつ》。元準大手ゼネコン総会屋対策担当。

# プロローグ

店内の照明が絞られた。

鬼丸竜一《おにまるりゅういち》はピアノの鍵盤《けんばん》に長い指を踊らせながら、ダンスフロアに目をやった。

十組近い男女が頬《ほお》を寄せ合って、チークダンスに興《きょう》じている。

六本木《ろっぽんぎ》五丁目にあるナイトクラブ『シャングリラ』だ。客を相手にステップを刻んでいるホステスたちは美人揃《ぞろ》いだった。しかも、いずれも若い。

鬼丸は『引き潮《しお》』を奏《かな》でていた。

三月上旬の夜である。きょうは、ほぼ満席だ。三十九歳の鬼丸は店の専属ピアニストだった。

しかし、それは表向きの職業に過ぎない。鬼丸の素顔は一匹狼《いっぴきおおかみ》の悪党《ギャング》ハンターである。要するに、〝私立刑事《デカ》〟だ。断罪《だんざい》請負人とも言える。

鬼丸は長身で、筋肉が発達している。

顔立ちも男臭《くさ》い。一見、格闘家風である。だが、ピアノを弾《ひ》く指捌《ゆびさば》きは流麗《りゅうれい》そのものだ。

鬼丸は三歳のときからピアノを嗜《たしな》んでいるが、音楽大学出身ではなかった。名門私大の法学部を卒業し、六年前まで公安調査庁に勤めていた。

公安調査庁は破壊活動防止法に基《もと》づいて一九五二年に設《もう》けられた法務省の外局だが、実質は検察庁の下部機関だ。組織は総務部、調査第一、二部で構成されている。

調査第一部の調査対象は、日本共産党と新左翼だ。調査第二部はロシア、朝鮮総連、中国、右翼などを担当している。全国に八つの公安調査局、四十三の地方公安調査局がある。職員数は、およそ千六百人だ。

そのうちの約九割の職員が調査対象の組織に潜入し、スパイづくりに励《はげ》んでいる。警察と異《こと》なり、公安調査庁には強制捜査権はない。職員たちはもっぱら〝協力費〟という名目の金をばら蒔《ま》き、不穏《ふおん》な団体や組織に関する情報を収集しているわけだ。

鬼丸は八年前の初夏、ある過激派組織の内部に潜《もぐ》り込むことに成功した。すぐに彼は、同い年の幹部と打ち解《と》けた。その幹部は押坂勉《おしざかつとむ》という名だった。顔立ちは整っている。

裕福な家庭に育った押坂は、あまり他人に警戒心を懐《いだ》かなかった。最も抱き込みやすいタイプだ。鬼丸は積極的に押坂に接近した。

押坂は無防備にも鬼丸を自宅に招き、五つ違いの妹まで紹介してくれた。妹は気立てがよく、飛び切りの美女だった。

鬼丸は押坂の妹に会うたびに、ぐいぐいと魅《み》せられた。彼女も鬼丸を特別な男性と意識している様子だった。

職務に個人感情を差し挟《はさ》むことは禁物だ。頭ではわかっていたが、鬼丸は恋情を抑《おさ》えられなかった。そうした気持ちの緩《ゆる》みからか、いつしか彼は押坂にも心を許すようになっていた。親しくなれば、どうしても隙《すき》が生まれる。

ある夜、鬼丸は押坂ととことん飲んだ。深酒が災《わざわ》いし、危《あや》うく素姓《すじょう》を看破《かんぱ》されそうになった。自分の正体を押坂の妹が知ったら、さぞ軽蔑《けいべつ》されるにちがいない。

鬼丸はそう考えたとたん、冷静さを失ってしまった。

ほとんど無意識に、肩を並べて歩いていた押坂を歩道橋の階段の上から突き落としていた。とっさの行動だった。

頭から階段の下まで転げ落ちた押坂は弱々しく唸《うな》るだけで、半《なか》ば意識を失っていた。鬼丸は一瞬、押坂を絞殺する気になった。しかし、それはさすがに実行できなかった。

鬼丸は大それたことをした事実にうろたえた。周《まわ》りをうかがうと、人影は見当たらなかった。鬼丸は、そそくさと犯行現場から遠ざかった。そのくせ、逃げ去ることはできなかった。

数分が過ぎたころ、通りがかりの初老の男性が倒れている押坂に気づいた。彼は、ただちに救急車を呼んだ。

その翌日、鬼丸はセクトの仲間から押坂が腰骨を折り、脳挫傷《のうざしょう》を負ったことを聞かされた。押坂は担《かつ》ぎ込まれた救急病院で開頭手術を受けたが、意識は混濁《こんだく》したままだという。鬼丸は怪しまれないよう細心の注意を払いながら、過激派組織とは少しずつ距離をとりはじめた。体調不良を装《よそお》ったのだ。

押坂の妹は少しも鬼丸を疑わなかった。それが、かえって辛《つら》かった。

鬼丸は罪悪感にさいなまれつづけ、半年後に自ら職場を去った。そして後ろめたさを拭《ぬぐ》いたくて、アメリカに渡った。生活環境を変えたかったのである。

鬼丸は知人の紹介でボストンの危機管理コンサルタント会社やサンフランシスコの保釈金貸付会社などで働き、二年前に帰国した。なんとなく望郷の念に駆られたからだ。

それ以来、鬼丸はナイトクラブの専属ピアニストと悪党《ギャング》ハンターの二つの顔を使い分けている。『シャングリラ』のオーナーの御木本《みきもと》滋《しげる》は、大学時代のボクシング部の先輩だった。一つ違いだ。御木本は元カーレーサーである。数年前に離婚して、目下、独身だった。

御木本は鬼丸の裏稼業を知らない。もともと他人の私生活には興味がないようだ。プライベートなことは、めったに詮索《せんさく》しなかった。

鬼丸は裏仕事で誘拐、爆破、暗殺などの凶悪犯罪計画を見抜き、首謀者たちの牙《きば》を抜いている。依頼主は国内外の保険会社、商社、銀行、政財界人、プロのアスリート、マスコミ文化人、芸能人、企業舎弟《しゃてい》と雑多だった。

鬼丸は成功報酬がよければ、どんな危険な依頼も断らない。

犯罪の芽を摘《つ》んでいるのは別段、社会正義のためではなかった。目的は、あくまでも金だった。といっても、私利私欲ではなかった。

八王子《はちおうじ》市内の病院に植物状態で入院中の押坂は、世の中のはぐれ者たちが共生できるコミューンの建設を夢見ていた。鬼丸自身は押坂の計画を稚《おさな》いと感じているが、その夢を叶《かな》えてやる気になっていた。一種の罪滅《つみほろぼ》しである。

押坂の夢を実現させるには、差し当たって二十億円が必要だ。まだ十八億円も足りない。目標額を裏ビジネスで稼《かせ》ぎ出すまで悪党《ギャング》ハンターはつづけるつもりでいる。

鬼丸は甘い旋律《せんりつ》をメドレーで四曲弾き、ラストの『サマータイム』に移った。

すでに三《スリー》ステージをこなしていた。この回で、今夜の仕事は終了だ。

ラストナンバーを演奏し終えたとき、ナンバーワン・ホステスの奈穂《なほ》がさりげなく近づいてきた。二十五歳だが、もっと若く見える。美人で、プロポーションは申し分ない。

「今夜も先生のピアノはとっても華麗《かれい》だったわ。わたし、うっとりとしちゃった」

「先生はやめてくれないか。おれは、しがないピアノ弾きなんだから」

「わたし、先生のことを尊敬《リスペクト》してるんです。だから、さんづけでなんか呼べません。それはそうと、二、三日前に芋洗坂《いもあらいざか》に洒落《しゃれ》たレストランバーがオープンしたの。先生、知っていました？」

「いや、知らなかったな」

鬼丸は首を横に振った。

「先生、一緒に行きません？」

「あいにく先約があるんだ」

「噂《うわさ》の女性とデートですか？」

奈穂が探《さぐ》るような眼差《まなざ》しを向けてきた。

「誰のことなのかな」

「あら、とぼけちゃって。先生、オーストラリア人のファッションモデルとつき合ってるんですってね。名前はマーガレットさんだったかしら？」

「マギーは、ただの友達さ」

鬼丸は素《そ》っ気《け》なく答えて、ピアノから離れた。マーガレットの愛称はマギーだ。

「先生のそういうドライなところもいいんですよね」

「お先に！」

「フラれちゃったか」

背後で、奈穂が呟《つぶや》いた。

鬼丸は聞こえなかった振りをして、足を速《はや》めた。奈穂は美女だが、好みのタイプではなかった。更衣室に入り、タキシードを脱ぐ。鬼丸は手早く私服に着替え、店の出入口に足を向けた。

中ほどの席で常連客の商社マンと談笑しているオーナーの御木本が、目顔《めがお》で別れの挨拶《あいさつ》をした。鬼丸は御木本に軽く手を挙《あ》げ、そのまま店を出た。十一時を数分回っていた。

春とは名ばかりで、夜気《やき》は棘々《とげとげ》しかった。鬼丸は黒のカシミヤジャケットの襟《えり》を立て、店の裏手に回った。

仕事中は、いつもマイカーのレンジローバーを裏通りに駐《と》めておく。オフブラックの四輪駆動車に乗り込んだとき、上着の内ポケットでスマートフォンが震動した。マナーモードに設定してあった。

鬼丸はスマートフォンを耳に当てた。マーガレットの滑《なめ》らかな日本語が響いてきた。

「もう仕事は終わったの?」

「ああ、少し前にね。これから、きみのマンションに向かおうとしてたんだよ」

「それじゃ、待ってるわ。本格的なビーフシチューをこしらえたの」

「そいつは楽しみだな」

鬼丸は電話を切り、イグニッションキーを捻《ひね》った。

恋人のマーガレット・タイナーは二十六歳だった。三年前に来日し、モデルで生計を立てながら、日本の伝統芸能や文化の研究に打ち込んでいる。ハイスクール時代から日本に興味を持っていただけあって、その学識は豊かだった。

マーガレットは大柄な美人だ。金髪で、肌が抜けるように白い。瞳は澄んだスティールブルーだった。知り合って、はや一年になる。南青山《みなみあおやま》の画廊で背と背をぶつけたことがきっかけで、口をきくようになったのだ。

それから数日後の晩、マーガレットがモデル事務所の社長たちと『シャングリラ』にたまたま飲みにきた。マーガレットはピアノを演奏している鬼丸を目敏《めざと》く見つけ、にこやかに話しかけてきた。

鬼丸は仕事が終わってから、マーガレットを行きつけのショットバーに誘った。単なる気まぐれだったが、彼女とは波長《はちょう》が合った。酒場で話が弾《はず》み、夜明け近くまでグラスを重ねた。

二人が親密な仲になったのは半月後だった。

マーガレットの肉体は熟《う》れていた。それでいて、どこか慎《つつし》み深かった。

鬼丸は会うごとにマーガレットに惹《ひ》かれた。こうして二人は、恋仲になったわけだ。

マーガレットは、四谷《よつや》の賃貸マンションで暮らしている。鬼丸は週に一、二度彼女の部屋を訪れ、一緒に朝を迎えていた。

外苑東《がいえんひがし》通りに出ると、レンジローバーを青山通りに向けた。青山通りを右折し、赤坂《あかさか》見附《みつけ》から紀尾井町《きおいちょう》方向に進む。

有名な料亭の前に、SPらしき二人の男が立っていた。

どちらも逞《たくま》しい体軀《たいく》で、眼光が鋭い。男たちは背中合わせにたたずみ、暗がりを透《す》かして見ている。どうやら料亭から、誰か要人が現われるようだ。

鬼丸は車の速度を落とした。

それから間もなく、老舗《しにせ》料亭から黒塗りのセンチュリーが走り出てきた。軒灯《けんとう》の光が後部座席を浮かび上がらせた。

リア・シートに深々と凭《もた》れているのは、法務大臣の月岡敬太郎《つきおかけいたろう》だった。六十二、三歳のはずだ。

SPと思われる男たちが慌《あわ》ただしく散った。

ひとりはセンチュリーの助手席に坐《すわ》った。もうひとりは覆面パトカーの灰色のスカイラインに駆け寄った。覆面パトカーはセンチュリーの前方に停止している。

ほどなく先導の覆面パトカーが走りはじめ、それにセンチュリーがつづいた。センチュリーの運転席にいる中年男性は、法務大臣の公設秘書かもしれない。

鬼丸はセンチュリーの尾灯《びとう》が小さくなってから、アクセルペダルを少しずつ踏み込んだ。

その矢先、大きな爆発音が轟《とどろ》いた。センチュリーは赤い爆炎を吐きながら、急停止した。

鬼丸は反射的にレンジローバーを路肩《ろかた》に寄せた。ちょうどそのとき、ふたたび爆発音が夜のしじまを突き破った。

鬼丸は視線を泳がせた。

センチュリーは油煙《ゆえん》混じりの橙色《だいだいいろ》の炎にすっぽりと包まれ、激しく燃えていた。車内に閉じ込められた法務大臣たちは、凄《すさ》まじい炎に身を焼かれはじめているにちがいない。

覆面パトカーから複数の男たちが降りたが、誰もセンチュリーには近づけない。ただ茫《ぼう》然《ぜん》と立ち尽くしていた。

およそ半年前から大物政財界人、全日本医師会の重鎮《じゅうちん》、華道の家元など名の知れた者たちが同じ手口で車ごと爆殺されるという事件が月二件以上も起こっていた。どの事件も未解決のままだ。

センチュリーの車体が弾《はじ》け飛び、一段と火の勢いが強くなった。通り抜けはできそうもない。

鬼丸はシフトレバーを後退《リヴァース》レンジに入れた。

# 第一章　謎の連続爆殺事件

## 1

毛布が捲《めく》られた。

足許《あしもと》だった。内腿《うちもも》に熱い息が降りかかった。

鬼丸は眠りを解《と》かれた。セミダブルのベッドの上だった。マーガレットの自宅マンションの寝室である。

「ごめんなさい。やっぱり、起こしちゃったわね」

マーガレットが済まなそうに言った。彼女は、鬼丸の股《また》の間にうずくまっていた。全裸だった。

鬼丸も一糸《いっし》もまとっていない。前夜、二人は激しく求め合い、そのまま眠りについたのである。

出窓のカーテンの隙間《すきま》から、朝の光が淡く射《さ》し込んでいる。鬼丸はナイトテーブルの上に置いたIWCの腕時計を見た。午前十時近い時刻だった。

「マギー、どうしたんだ?」

鬼丸は問いかけた。

「なんだか体が火照《ほて》って、寝つけなかったの」

「愛し方が足りなかったようだな」

「ううん、逆よ。深い悦《よろこ》びを与えられたわ。それだから、体が疼《うず》いて……」

マーガレットがそう言い、鬼丸の太腿《ふともも》を撫《な》ではじめた。情感の籠《こも》った手つきだった。

鬼丸は身振りで胸を重ねろと伝えた。

「あなたは何もしなくてもいいの」

「そう言われても、もう目が覚めちゃったよ」

「そのまま、じっとしてて」

マーガレットが長い髪を耳に掛け、鬼丸の下腹部に顔を近づけた。頰擦《ほおず》りをしてから、ペニスの根元を握り込んだ。

鬼丸は上体を浮かそうとした。それをマーガレットが手で制す。鬼丸は頭を羽毛枕《うもうまくら》に戻して、軽く瞼《まぶた》を閉じた。

「寒くない?」

「ああ」

「それじゃ、これを……」

マーガレットが毛布と羽毛蒲団《ぶとん》を大きくはぐり、鬼丸のペニスに刺激を加えはじめた。

幾度か搾《しぼ》り込まれると、鬼丸の体は反応した。すかさずマーガレットは、鬼丸を口に含んだ。生温かい舌が心地《ここち》よい。

マーガレットの舌技は巧《たく》みだった。男の官能を奮《ふる》い立たせた。

鬼丸は鈴口《すずぐち》を掃《は》かれ、張り出した部分を削《そ》ぐようにこそぐられた。

マーガレットはひとしきり男根を貪《むさぼ》ると、フラットシーツに腹這《はらば》いになった。掌《てのひら》で亀頭を弄《もてあそ》びながら、胡桃《くるみ》に似た部分を頰張《ほおば》りはじめた。

二人はオーラルセックスにひとしきり耽《ふけ》ってから、体を繫《つな》いだ。女性騎乗位だった。

鬼丸は下から腰を突き上げた。

打ち跨《また》がったマーガレットが体を弾《はず》ませはじめる。縦揺れ《ピッチング》と横揺れ《ローリング》が交互につづく。鬼丸は片腕をいっぱいに伸ばし、尖《とが》った肉の芽に中指の腹を宛《あて》がった。小さくバイブレートすると、マーガレットがまた腰を弾ませはじめた。

胸の隆起がゆさゆさと揺れた。まるでマーガレットは馬上にいるようだった。

鬼丸はリズムを合わせて、下から突きまくった。強く突くたびに、マーガレットは息を詰まらせた。鬼丸は欲情をそそられた。

マーガレットの動きが速《はや》くなる。

細い眉《まゆ》はたわみ、上瞼《うわまぶた》の陰影が一段と濃くなった。愛らしい唇は半開きだ。口の奥で、桃色の舌が海草のように舞っていた。白い歯は、すっかり乾いている。

何分か経《た》つと、マーガレットは極《きわ》みに駆け上がった。切なげな声を発しながら、胎児のように裸身を縮めた。

鬼丸は性器に強い緊縮感を覚えた。

襞《ひだ》の群れがまとわりついて離れない。内奥《ないおう》の脈動も、はっきりと感じ取れた。快感のビートだ。

「溶《アイム・メルティング》けちゃう」

マーガレットが母国語で言いつつ、鬼丸の胸の上に倒れ込んだ。弾力性のある乳房が弾んだ。ラバーボールのような感触だった。

鬼丸はマーガレットを抱いたまま、体を反転させた。ペニスは抜け落ちなかった。

マーガレットが心得顔《こころえがお》で両膝《りようひざ》を立てた。鬼丸は背を丸め、マーガレットの耳朶《みみたぶ》を甘咬《あまが》みした。

「竜一、好きよ」

マーガレットが甘やかに囁《ささや》き、しなやかな五指《ごし》で鬼丸の頭髪を梳《す》きはじめた。

鬼丸は舌の先で、マーガレットの耳の奥をくすぐった。マーガレットが身を揉《も》み、腰をうねらせる。鬼丸はマーガレットの項《うなじ》、鎖骨《さこつ》のくぼみ、喉元《のどもと》に丹念に唇を滑《すべ》らせ、腋《わき》の下の柔らかな肉を唇で挟んだ。

白人は一般的に体臭が強い。だが、マーガレットの肌の匂《にお》いは淡かった。

鬼丸は胸の谷間に唇をさまよわせ、二つの蕾《つぼみ》を代わる代わる吸いつけた。

マーガレットは乳首が敏感だ。口の中で蕾《つぼみ》を転がすと、たちまち喘《あえ》ぎはじめた。それは、間もなく淫蕩《いんとう》な呻《うめ》き声に変わった。

鬼丸はマーガレットの両脚《りょうあし》を肩に担《かつ》ぎ上げ、腰を躍《おど》らせはじめた。
六、七度浅く突き、一気に奥まで分け入る。結合が深まるたびに、マーガレットは短く呻いた。
鬼丸は腰に捻《ひね》りを加えながら、少しずつ律動《りつどう》を速めはじめた。

ダイナミックに動くたびに、マーガレットの踵《かかと》が肩口に触れた。そのつど、鬼丸は征服感を味わうことができた。マーガレットは肉のクッションのように弾みつづけた。

鬼丸はタイミングを計《はか》って、マーガレットの腿《もも》を肩から外した。正常位でなければ、もろに陰核《クリトリス》を刺激することはできない。

二人はオーソドックスな体位《ラーゲ》をとった。

鬼丸は性器の根元でクリトリスを圧迫しながら、荒々しく動きはじめた。マーガレットは控え目に迎え腰を使った。鬼丸の猛《たけ》ったペニスは捏《こ》ね回され、捩《ねじ》くられた。

マーガレットはピルを服《の》んでいる。いつも避妊具は使っていなかった。

鬼丸は突き、捻《ひね》り、また突いた。マーガレットの青い瞳に紗《しゃ》がかかりはじめた。官能を煽《あお》られた証《あかし》だ。眉根《まゆね》も寄せられている。

鬼丸はゴールに向かって疾走《しっそう》しはじめた。すぐにマーガレットが追ってくる。彼女が腰をくねらせるたびに、シーツが捩《よじ》れた。

ベッドマットは絶《た》え間なく弾んだ。

鬼丸は、がむしゃらに突きまくった。体の奥深い所から快感の漣《さざなみ》がひたひたと押し寄せ、腰の周辺に集まってくる。

数分後、背筋が立った。痺《しび》れを伴《ともな》った快感が走り抜け、頭の芯《しん》が白く霞《かす》んだ。鬼丸は溜《た》めに溜めていたエネルギーを放出した。射精感は鋭かった。マーガレットの体内で、幾度もペニスが嘶《いなな》くように頭をもたげた。

「ナウ、カム！　カミング……」

マーガレットが一拍遅れて、クライマックスを極《きわ》めた。

二人は抱き合ったまま、余韻《よいん》を全身で汲《く》み取った。

鬼丸の性器は、まだ半《なか》ば硬度を保《たも》っていた。マーガレットの体は鬼丸を搾《しぼ》り上げ、鼓動《こどう》のように規則正しく脈打っている。

鬼丸は伸び上がって、ヘッドボードの棚《たな》からティッシュペーパーの箱を摑《つか》み上げた。ペーパーを五、六枚抜き取り、静かに体を離した。ティッシュペーパーの束《たば》をマーガレットの股間に押し当て、腹這いになる。

「いつも優しいのね」

マーガレットが紙の束を股に挟み、鬼丸の肩口に軽くキスした。それから彼女は横向きになって、ぴったりと身を寄り添わせてきた。

血管の透《す》けて見える白い柔肌は、火照《ほて》りに火照っていた。鬼丸も横臥《おうが》し、マーガレットを抱き寄せた。長い髪をまさぐり、くびれたウエストを撫《な》でる。

十分ほど経《た》ってから、マーガレットはベッドを降りた。床から純白のバスローブを拾い上げ、寝室から出ていく。

鬼丸はティッシュペーパーで陰部を拭《ぬぐ》うと、ロングピースに火を点《つ》けた。情事の後の一服は、いつも格別な味がする。

鬼丸はゆったりと紫煙《しえん》をくゆらせ、仰向《あおむ》けになった。ぼんやりと天井を眺《なが》めていると、バスローブ姿のマーガレットが寝室に戻ってきた。

「バスタブに湯を張っておいたわ」

「ありがとう。それじゃ、今度はおれが……」

鬼丸はベッドから降り、寝室を出た。

部屋の間取りは1LDKだった。ただし、専有面積は六十数平方メートルもある。LD

Kもベッドルームもかなり広かった。

鬼丸はバスルームに入った。すぐにバスタブに浸《つ》かり、頭髪と体を入念に洗った。汚れた湯を落とし、備《そな》えつけのバスタオルで体を拭《ふ》く。

洗いざらしのトランクスが用意されていた。鬼丸は、マーガレットの部屋に下着や靴下を少し置いてあった。トランクスを穿《は》き、浴室を出る。ダイニングキッチンからコーヒーの香りが漂ってきた。マーガレットは黒いスエットの上下を身にまとい、スクランブルエッグをこしらえていた。

「コーヒーだけでいいよ」

「すぐにマフィンを焼くわ。エネルギーをたっぷり使ったんだから、ちゃんと食べなきゃ駄目よ」

「それじゃ、ご馳走《ちそう》になるか」

鬼丸は居間を横切り、寝室に入った。身繕《みづくろ》いをし、左手首に腕時計を嵌《は》める。

「ちょっと遅めだけど、朝食の用意ができたわ」

マーガレットがダイニングキッチンで告げた。

鬼丸は寝室を出て、ダイニングテーブルに向かった。マーガレットと朝食を摂《と》っていると、鬼丸のスマートフォンが鳴った。

鬼丸はマーガレットに断り、スマートフォンを手に取った。

「失礼ですが、鬼丸さんでしょうか？」

相手の男が確かめた。馴染《なじ》みのない声だった。若々しい声ではない。中年だろう。

「はい、そうです。あなたは？」

「羽山克也《はやまかつや》と申します。第三《だいさん》生命調査部の部長をやっております」

「わたしのスマホの番号は誰から？」

「プロゴルファーの松宮満《まつみやみつる》さんから、鬼丸さんのことをうかがいました。あなたは松宮さんがブラックジャーナリストに恐喝《きょうかつ》されそうになったとき、彼を救《たす》けたそうじゃありませんか」

「ええ、まあ」

「あなたは凄腕《すごうで》の悪党《ギャング》ハンターだとか。実は鬼丸さんのお力をお借りしたいんですよ。うちの会社もちょっとした危機に晒《さら》されて、頭を抱《かか》えていましてね」

「そうですか」

「成功報酬は五千万円ほど用意させていただくつもりです」

「条件は悪くないですね。しかし、仕事の内容によっては引き合うかどうか……」

「ええ、おっしゃる通りですね。直《じか》にお目にかかって、依頼内容を詳《くわ》しくお話ししたいのですが、そちらのご都合はいかがでしょう？」

「きょうの午後でしたら、時間は取れます。お話は、わたしの自宅でうかがいましょう。

午後二時に訪ねてくれますか」

鬼丸は神宮前《じんぐうまえ》にある自宅マンションの住所と部屋番号を相手に教え、通話を切り上げた。

すると、マーガレットが口を開いた。

「ピアノ演奏のアルバイトか何か？」

「うん、まあ」

鬼丸は曖昧《あいまい》に答えて、マグカップを摑み上げた。裏ビジネスのことはマーガレットには話していなかった。

2

チャンネルを替える。

テレビの画面に、見覚えのある建物が映し出された。紀尾井町の老舗料亭だ。

鬼丸は画面を凝視《ぎょうし》した。

自宅マンションの居間である。午後一時過ぎだった。数十分前にマーガレットの自宅マンションから戻って、ほんの少し前にリビングソファに腰かけたのだ。

画面が変わり、男性アナウンサーの顔が映し出された。

「繰り返しお伝えします。昨夜十一時半ごろ、紀尾井町の料亭近くの路上で月岡敬太郎法務大臣の乗っていた乗用車が爆発炎上し、三人の方が亡《な》くなりました」

アナウンサーが間《ま》を取り、すぐに言い継《つ》いだ。

「月岡法務大臣のほかに死亡したのは公設第一秘書の清水邦明《しみずくにあき》さん、四十一歳とSPの花村毅《はなむらたけし》さん、三十三歳のお二人です。三人の乗った車は料亭『喜久川《きくかわ》』を出て間もなく爆発し、そのまま炎上しました。車に爆発物が仕掛けられていた模様ですが、詳しいことはまだわかっていません」

またもや画像が変わり、首都高速道路での多重衝突事故のニュースが伝えられはじめた。

鬼丸はテレビの電源を切って、ロングピースに火を点けた。ヘビースモーカーだった。一日に五、六十本は喫《す》っている。

月岡法務大臣とは一面識もなかったが、鬼丸はセンチュリーごと爆殺された六十二歳の政治家を気の毒に思った。やり残したことがたくさんあったにちがいない。

法務大臣とともに犠牲になった秘書とSPにも同情を禁じ得なかった。それぞれの遺族のことを考えると、なんとなく気が滅入《めい》った。

この半年間に大物政財界人など十三人の名士《セレブ》が車ごと爆死させられている。どの車にも、時限爆破装置が仕掛けられていた。犯行に使われたのは、いずれもプラスチック爆弾だった。

一連の事件を引き起こしたのは、爆弾闘争を重ねている過激派集団なのか。

しかし、被害者の中には華道の家元やITビジネスで巨万の富を得た起業家も混じっていた。過激派のセクトがそういう者たちを標的にするとは考えにくい。そうなのだが、大物政治家や財界人だけを狙《ねら》うと、捜査当局に目をつけられやすいと考えて犯行グループは華道の家元や遣《や》り手の起業家まで爆殺したのだろうか。

どちらにしても、卑劣《ひれつ》な犯行だ。なぜ、抹殺《まっさつ》したい人間だけを葬《ほうむ》らなかったのか。公設第一秘書やSPまで虫けらのように始末するのは惨《むご》すぎる。

鬼丸は長くなった煙草《たばこ》の灰を指先ではたき落とした。そのとき、部屋のインターフォンが鳴った。第三生命の羽山との約束は午後二時だ。来訪者は別の人間だろう。

鬼丸は煙草の火を揉《も》み消し、ソファから立ち上がった。

インターフォンの壁掛け型受話器は居間にある。だが、鬼丸は受話器には近づかなかった。リビングを出て、玄関ホールに足を向ける。

間取りは2LDKだった。二年前から、この賃貸マンションに住んでいる。家賃は安くなかったが、住み心地《ごこち》は悪くない。部屋は七階にある。

鬼丸は『シャングリラ』から毎月税引き八十万円のギャランティーを貰《もら》っていた。家賃、駐車賃料を差っ引いても、およそ五十万円の生活費を遣《つか》える。裏稼業で得た一億九千万円には、まだ手をつけていなかった。

鬼丸はドア・スコープを覗《のぞ》いた。

一瞬、わが目を疑った。ドアの向こうにたたずんでいるのは、なんと押坂千草《ちぐさ》だった。押坂勉の妹である。大人の色気を全身に漂《ただよ》わせ、一段と美しくなっていた。

どうすべきか。

鬼丸は迷った。千草から遠ざかって、六年以上の歳月が流れている。愛《いと》しさが胸いっぱいに拡《ひろ》がった。

しかし、千草と顔を合わせるのは後ろめたい。彼女の実兄を植物状態にしたのは自分だ。それも保身のため、押坂を歩道橋の階段から突き落としてしまった。卑劣漢だろう。どんな顔をして、千草と会えばいいのか。

鬼丸は居留守を使うことにした。

息を潜《ひそ》めたとき、ドア越しに千草の声が響いてきた。

「鬼丸さん、玄関ホールにいらっしゃるんでしょ？」

「…………」

「ほんの少しだけ時間をください。わたし、あなたにお礼を言いに伺《うかが》ったんです」

「お礼？」

鬼丸は反射的に問い返してしまった。すぐに悔《く》やんだが、もう遅い。

「やっぱり、いらしたのね。鬼丸さん、どうしてわたしを避けようとするんです？」

「別に避けたわけじゃないよ。まだパジャマ姿なんだ」

「不器用な方ね。とっさに思いついた嘘《うそ》なんでしょうけど、あなたはちゃんと着替えてると思うわ。違います？」

「本当に寝起きなんだよ」

「それでしたら、わたし、ここで待たせてもらいます」

千草が言った。

鬼丸は覚悟を決め、千草に会う気になった。居間に戻り、コーヒーテーブルの上をざっと片づけた。鬼丸は深呼吸してから、ふたたび玄関ホールに足を向けた。

ドアを開けると、サンドベージュのスーツ姿の千草が懐《なつ》かしそうに言った。

「お久しぶりです。鬼丸さん、ちっともお変わりになってないわ」

「きみも昔のままだよ」

「ううん、わたしは老《ふ》けたわ。もう三十四歳ですもの」

「そうか、押坂君とは五つ違いだったからな。とにかく、入ってくれないか」

鬼丸はスリッパラックに片腕を伸ばした。

千草が会釈《えしやく》し、ハイヒールを脱ぐ。鬼丸は千草を居間に案内し、ソファに坐《すわ》らせた。

「コーヒーがいい？　それとも、日本茶のほうがいいかな」

「どうかお構いなく。鬼丸さんもお坐りになって」

千草が促《うなが》した。鬼丸は千草と向かい合う位置に腰かけた。

「さっきお礼を言いたいと言ってたが……」

「二年前から毎月二度、兄を見舞ってくれている謎の男性は鬼丸さんだったのね」

「いや、こっちじゃないよ。おれは八王子の病院には六年以上も行ってない」

「鬼丸さん、なぜ嘘《うそ》をつかなければいけないの？　先々週の金曜日の夕方、あなたは兄の病室を訪《おとず》れています。わたし、兄の病室から出てくるあなたの姿をこの目で見たんですよ」

「えっ」

「あなたはエレベーターホールにいたわたしに気づきませんでした。それから、尾《つ》けられていることにもね」

「きみは病院から、おれを尾行してたのか⁉」

「ごめんなさい。はしたないことはしたくなかったんだけど、あなたの行動に解《げ》せない点があったので、つい尾ける気になったの」

「そうだったのか」

「鬼丸さん、正直に教えてほしいの。兄が歩道橋の階段から足を踏み外した夜、何があったんです？」

「きみのお兄さんはおれと別れた後《あと》、転落事故に遭《あ》ったんだ。おれたちの間には、何もトラブルなんかなかったよ」

「それなのに、どうして鬼丸さんはセクトから急に遠ざかるようになったんです？」

千草が鬼丸の目を見据《みす》えた。鬼丸は内心の狼狽《ろうばい》を隠し、努《つと》めて平静に言葉を紡《つむ》ぎだした。

「あの当時、おれは肝炎に罹《かか》ってた。感染するタイプの肝炎だったんで、意図的に同志には近づかないようにしたんだよ。病気は一年ぐらいで治ったんだが、思想的な迷いが生まれたこともあって、自然にセクトから遠ざかるようになったんだ」

「わたしとも距離を置くようになったのは、なぜなの？」

「転向した自分を恥じる気持ちがあったんで、昔の同志やきみに会えなかったんだ。それで、おれは生き直そうと思って、アメリカに渡ったんだよ」

「向こうでは何をしてたの？」

千草が訊《き》いた。

「数種のアルバイトで喰《く》いつないでたんだが、無性《むしょう》に日本が恋しくなってね。それで、二年前にこっちに戻ってきたんだ」

「いまは何をしてらっしゃるの？」

「六本木の『シャングリラ』というナイトクラブでピアノ弾《ひ》きをしてる。ギャラは悪くないんだ。だから、こんなマンションに住んでられる」

「まだ結婚はされてないのかしら？」

「ああ、独身《シングル》だよ。きみは？」

「わたしも鬼丸さんと同じです」

「いまも同じ外資系の投資会社に勤めてるのかな」

「いいえ、三年前に退職しました。いまは女性専用の人材派遣会社を細々と経営してるの。兄と違って、わたしは特定のイデオロギーに縛《しば》られたくない人間ですから、市場経済の中で好きなことをやりたいの」

「たった一度の人生なんだから、みんな、やりたいことをやるべきだろうな」

鬼丸はそう言い、ロングピースをくわえた。

「くどいようだけど、兄とは別に何も揉めごとはなかったんですね？」

千草が確かめる口調で言った。

鬼丸は小さくうなずいた。疚《やま》しかった。ほんの一瞬だったが、千草に事実を打ち明けたい衝動に駆られた。だが、すぐに思い留《とど》まった。事実を話せば、法の裁《さば》きを受けることになるだろう。そのことを恐れる気持ちは、だいぶ薄れていた。

千草の手によって、警察に引き渡されてもかまわない。しかし、そうなったら、押坂の夢を叶《かな》えてやることはできなくなってしまう。

服役で罪を償《つぐな》えるとも思えない。死ぬまで重い十字架を背負いつづけなければ、決して罪悪感から解き放たれることはないだろう。一生、罪の意識にさいなまれることが卑怯《ひきょう》者《もの》の務《つと》めではないか。

「鬼丸さんの言葉を信じます。だけど、一つだけわからないことがあるの。二年前から毎月二回も兄を見舞ってくれてるのは、なぜなの？」

「それは、きみのお兄さんが最も波長の合った友人だったからさ」

「本当に、それだけ？」

「もちろん、そうだよ」

「そう。わたし、恥ずかしいわ」

「恥ずかしい？」

「ええ。謎の見舞い客が鬼丸さんとわかったとき、わたし、ちょっぴりあなたを疑ってしまったの。兄と何かで言い争いをした後、もしかしたら、鬼丸さんが歩道橋の階段から突き落としたんじゃないかとね」

「仮にそうだったとしたら、きみはおれを警察に引き渡すだろうか」

「多分、そういうことはしないでしょうね」

「なぜだい？」

「それは、あなたがこの世で一番大切な男性だと想《おも》ってるからよ」

千草が早口で言った。白い頬《ほお》はほんのり赤らんでいた。

鬼丸はどう答えていいのかわからなかった。

「もしも彼女がいないんだったら、昔のように……」

「ごめん！」

「つき合ってる女性がいるんだ」

「そうなんだよ」

「それなら、わたしが割り込む余地はないわね」

千草がことさら明るく言って、不自然に笑った。引き攣《つ》った頬が痛々しい。

鬼丸は烈《はげ》しく胸を衝《つ》かれた。千草に対する未練は萎《しぼ》み切っていなかった。しかし、押坂に負い目を感じながら、彼女を愛しつづけることは難しい。第一、それは苦しすぎる。

「何か困ったことがあったら、いつでも相談に乗るよ」

「あ、ありがとう。鬼丸さん、もう兄のことは忘れて。本人は、あなたがせっせと見舞ってくれていることを自覚できないのだから。いままで、本当にありがとうございました」

「押坂君はわからなくても、おれは今後も八王子の入院先を訪ねる。そうしたいんだよ」

「あなたがそこまでおっしゃってくれるなら、もう何も言いません。鬼丸さん、どうかお元気で！」

千草がふたたび作り笑いを浮かべ、すっくと立ち上がった。杏子《あんず》の形をした目は潤《うる》んでいた。

鬼丸は無言で腰を上げ、玄関先まで千草を見送った。千草は小走りにエレベーターホールまで走った。彼女は一度も振り返ることなく、函《ケージ》に乗り込んだ。

鬼丸は感傷的な気持ちを捩伏《ねじふ》せ、部屋の中に戻った。リビングソファに腰を落として、たてつづけに煙草を三本喫《す》う。

胸のどこかで、愛惜《あいせき》の念が燃えくすぶっていた。鬼丸は自分の女々《めめ》しさを嘲笑《ちょうしょう》し、連続爆殺事件のことを考えはじめた。

第三生命の羽山が来訪したのは、きっかり午後二時だった。鬼丸は羽山を居間に請《しょう》じ入れた。二人は名刺を交換すると、リビングソファに坐った。向かい合う形だった。

鬼丸は、さりげなく羽山を観察した。大手生命保険会社の調査部長は四十六、七歳で、いかにも切れ者といった印象を与える。濃いグレイの背広は仕立てがよさそうだった。中肉中背だが、ひと回り大きく見える。部長職に就《つ》いている貫禄《かんろく》だろうか。

「早速《さっそく》ですが、依頼内容を……」

鬼丸は促《うなが》した。

「は、はい。鬼丸さんはこの半年ほどの間に、大物の政財界人たちが相次《あいつ》いで車ごと爆殺されたことをご存じでしょ？」

「ええ、一応は。十三人の方が爆死し、きのうは月岡法務大臣が黒塗りのセンチュリーごと時限爆弾で殺されましたね」

「車種まで、ご存じでしたか。さすがは悪党《ギャング》ハンターですな。テレビニュースには焼け爛《ただ》れた車が映し出されましたが、ふつうは車種まではわからないと思います」

羽山が感心した口ぶりで言った。

「実は昨夜《ゆうべ》、わたしは月岡法務大臣を乗せたセンチュリーの後方を車で走ってたんですよ」

「本当ですか⁉」

「ええ。センチュリーが爆発音とともに炎上したときは、びっくりしましたよ。車内に三人の男がいることはわかってたんですが、近づくこともできませんでした」

「そうでしょうね」

「羽山さん、月岡法務大臣の車に爆発物を仕掛けたのは、これまでの一連の爆殺事件の犯人と考えてもいいと思います。手口がそっくりですのでね」

「わたしも、そう睨《にら》んでいます。これからお話しすることは絶対に口外しないでいただきたいのですが、一連の事件の被害者十三人と前夜亡《な》くなられた月岡法務大臣は、わが社で巨額の裏特約生命保険を掛けてくださっていたんです」

「裏特約生命保険というのは？」

鬼丸は訊《き》き返した。

「大物政治家や財界人、それから各界の名士《セレブ》たちを対象にした裏特約があるんですよ。申すまでもないでしょうが、表には出せない特別な大口契約です。生命保険金は最低でも十五億円で、上限は百億円です。一年間の掛け捨て保険ですが、生命保険料もそれなりに高額になります」

「それは、当然でしょうね。それにしても、そういった裏特約があったとはな。銀行なんかが大口定期預金者や行員に高い利息を払ってるという話は聞いて知っていましたが

……」

「たいていの保険会社は、大口の裏特約を結んでいるはずです。もちろん、表向きはそういうことはしていないということになっていますがね」

「ええ、そうでしょう」

「大口の裏特約の場合は自社のリスクを回避するため、たいがい他社やロイズ保険組合に再保険を掛けています。それでも、今回の被害者に保険金をお支払いすると、わが社の損失額は四百億円近いんです」

「大変な数字だな」

「そうですね。第三生命は生保業界で第一位のランクを守り抜いてきましたが、これ以上、裏特約でマイナスを出したら、二番手、三番手にランクダウンしてしまいます。大口の裏特約顧客は、あと百数十人もいるんですよ」

「そういった客が次々に殺されるようなことになったら……」

「うちの会社は倒産しかねないでしょうね。そこで、鬼丸さんに一連の爆殺事件の犯人を突きとめていただきたいのです。そして、一日も早く凶行を喰《く》いとめてほしいんですよ。電話で申し上げたように、五千万円の成功報酬をお支払いします。どうかお力を拝借させてください。お願いします」

羽山がコーヒーテーブルに両手を掛け、深々と頭を下げた。

「わかりました。お引き受けしましょう」

「ありがとうございます。着手金は、どのくらい用意すればいいのでしょう？　五百万程度でよければ、すぐにも部下に持ってこさせますが……」

「着手金はいりません。ご希望に添えなかった場合は後日、必要経費だけ請求させていただきます」

「それでよろしいんですか」

「ええ、結構です。爆死させられた十四人の裏特約顧客に関するデータはお持ちいただけました？」

鬼丸は問いかけた。

「はい」

「それでは、データを見せていただけますか。何か手がかりを摑《つか》めるかもしれませんのでね」

「いま、すぐに……」

羽山が黒革《くろかわ》のビジネスバッグの留金《とめがね》を外した。

鬼丸は煙草に火を点けた。元公安調査庁職員の彼は顔が広かった。必要に応じて、現職刑事、新聞記者、偽造身分証明書屋、情報屋、賞金稼《かせ》ぎのデス・マッチ屋、高級コールガール、クラブのDJ、ホステス・スカウトマン、やくざなどを助手として使っていた。

羽山が書類の束を差し出した。鬼丸は紫煙をくゆらせながら、資料に目を通した。

だが、これといった収穫は得られなかった。警察関係者から捜査資料を入手する必要がありそうだ。

「いかがでしょう?」

「この資料だけでは動きようがありませんね」

「そうですか」

羽山が肩を落とした。

「ご心配なく。いろんなルートから、情報を集めることは可能ですので」

「それでは、ひとつよろしくお願いします」

「ベストを尽くします」

鬼丸は喫《す》いさしの煙草の火を灰皿の底に捻《ひね》りつけた。羽山が安堵《あんど》した表情で、共通の知り合いのプロゴルファーの噂《うわさ》話を喋《しゃべ》りはじめた。

## 3

和服姿の仲居《なかい》が案内に立った。

鬼丸は奥座敷に通された。赤坂のみすじ通りに面した小料理屋だ。午後八時数分前だった。

堤航平《つつみこうへい》の姿は見当たらない。

鬼丸は黒漆塗《くろうるし》りの座卓についた。下座《しもざ》である。奥座敷は床の間付きの八畳間だった。床の間の一輪挿《ざ》しには、さりげなく侘助《わびすけ》が活《い》けられている。白い花が可憐《かれん》だ。

四十九歳の堤は、警視庁捜査一課特命捜査対策室に所属している。かつては捜査一課の敏腕刑事として鳴らしていたのだが、三年前に誤認逮捕という失態《しったい》を演じ、いまのセクションに飛ばされてしまった。

堤は捜査一課の前は異例だが、公安一課にいた。その当時、まだ鬼丸は公安調査庁に勤めていた。職務で公安関係の情報を交換しているうちに堤と親しくなり、いつしか個人的に酒を酌《く》み交わすようになったのである。もう十年近いつき合いだ。

鬼丸は上着の内ポケットからスマートフォンを摑み出し、『シャングリラ』のオーナーに連絡を取った。スリーコールで通話可能状態になった。

「先輩、おれです」

「おう、鬼丸か。なんか元気がなさそうだな。どうした？」

「風邪をひいたらしくて、少し熱があるんですよ。さっき体温を計ったら、三十八度ちょっとありました。頭が割れそうに痛くてね」

「そりゃ、まずいな。店の仕事休んで、解熱剤《げねつ》を服《の》んで寝てろ」

「しかし、先月も五日ほど仕事を休ませてもらってますんでね。おれ、這《は》ってでも店に行きますよ」

「無理するなって。今夜は、知り合いの音大生にピアノを弾かせよう。だから、おまえはゆっくり寝《やす》んでくれ」

「それじゃ、お言葉に甘えさせてもらいます」

「ああ、そうしろ。大事をとって、二、三日、養生《ようじょう》したほうがいいな。欠勤しても、おまえのギャラを差っ引いたりしないよ。それじゃ、お大事に！」

御木本が先に電話を切った。

何かと世話になっている先輩を騙《だま》すのは心苦しかったが、やむを得なかった。鬼丸はスマートフォンを懐《ふところ》に戻し、煙草に火を点けた。

半分ほど喫《す》ったとき、襖《ふすま》越しに仲居が告げた。

「お連れさまがお見えになりました」

「そうですか。それじゃ、酒と料理を出してください」

「かしこまりました」

「堤さん、入ってください」

鬼丸は声をかけた。襖が勢いよく開けられ、堤がのっそりと入ってきた。書類袋を抱《かか》えている。

鬼丸は第三生命の羽山部長が辞去すると、すぐ堤に電話をかけた。そして、堤に連続爆殺事件の捜査資料を集めるよう頼んだのだ。

「上座《かみざ》でいいのかな」

堤がそう言いながらも、当然のように床の間を背にして胡坐《あぐら》をかいた。身長百七十センチ弱で、小太りだった。髪は短い。

角張った顔で、げじげじ眉《まゆ》だ。やや落ちくぼんだ目は鋭い。肌は浅黒かった。

「酒と肴《さかな》が卓上に並んでから、堤さんの話を聞きます」

鬼丸は煙草の火を消しながら、小声で言った。

「わかった。鬼丸ちゃん、もうピアノ弾きは卒業してもいいんじゃねえのか。悪党《ギャング》ハンターを表看板にしても、充分にビジネスになると思うよ」

「表稼業は、ずっとつづけるつもりです。『シャングリラ』のオーナーには借りがあるし、ピアノ弾きも悪くないですから。それに……」

「それに、なんだい？」

「悪党《ギャング》ハンターの仕事は、ある目的があって始めたことなんですよ。目的を達成できたら、ただのピアノ弾きに戻ろうと思ってます」

「もったいねえ話だな。こんな世の中だから、鬼丸ちゃんの裏ビジネスは絶対に繁昌《はんじょう》するよ。それにさ、おれも内職《ないしょく》できなくなっちまうのは残念だ」

「だったら、堤さんがいっそ悪党《ギャング》ハンターになったら？」

「無茶言うなって。一応、おれは現職の警察官《サツカン》だぜ。おおっぴらに副業に励《はげ》んだら、退職金も貰《もら》えなくなっちまう。まだ上の娘が大学生で、下の息子が予備校に通ってる。危《ヤバ》いことはできねえよ」

堤が苦笑し、ハイライトをくわえた。

そのすぐ後《あと》、仲居が酒と料理を運んできた。京懐石《きょうかいせき》風のコース料理だった。先附《さきづけ》、八寸《はっすん》とも量は少なかった。お造《つく》りが届けられると、鬼丸は仲居に配膳《はいぜん》を中断してくれと頼んだ。四十絡《がら》みの仲居が心得顔でうなずき、速《すみ》やかに個室席から遠ざかった。

「一応、十四の所轄署から捜査資料を極秘に取り寄せたよ」

堤が茶色い書類袋の中から、ファクスペーパーの束《たば》を取り出した。

鬼丸は堤の労を犒《ねぎら》ってから、捜査資料に目を通しはじめた。十四人の大口裏特約顧客は揃《そろ》って外出中にマイカーや公用車に爆発物を仕掛けられ、秘書たちと一緒に爆死させられていた。犯行に使われたプラスチック爆弾はアメリカ製で、信管やリード線などは中国製だった。

「それぞれの所轄署に捜査本部が設置されたんだが、どこもまだ犯人の絞り込みにも至ってない。だらしがねえよな」

堤が言い、盃《さかずき》を傾けた。

鬼丸はファクスペーパーの文字を目で追いつづけた。各捜査本部は四十人前後の刑事を動員し、地取り捜査を重ねている。しかし、いずれも目撃証言は少ない。遺留品も多くはなかった。

「手口から察すると、どうも犯罪のプロの事件《ヤマ》みたいですね」

「鬼丸ちゃん、それは間違いねえよ。狙《ねら》われた十四人の著名人は、第三生命に大口の裏特約保険を掛けてるって話だったよな」

「ええ」

「そのほか被害者《マルガイ》たちに共通点はないようだから、犯行動機は個人的な恨《うら》みじゃねえな。犯人の目的は、第三生命に損害を与えることなんだろう」

「堤さん、急いで結論を出すのは危険でしょう。ほとんど手がかりはないわけですからね」

「確かに鬼丸ちゃんの言う通りなんだが、おれの勘《かん》では、やっぱり……」

「堤さんはベテランですが、最近の犯罪は複雑化してます。偽装工作やミスリードで捜査当局の目を逸《そ》らすケースが増えてるんで、少し慎重にならないとね」

「鬼丸ちゃん、おれに喧嘩《けんか》売ってんのか？　確かにおれは勇み足をして、誤認逮捕をやっちまったよ。けどな、おれの勘が外れたのは、その事件《ヤマ》だけだったんだ」

堤が怒気《どき》を含んだ声で言った。

「落ち着いてください。別におれは堤さんの勘を否定したわけじゃないんだ。ただ、妙な先入観を持つと、見えるものも見えなくなってしまう危険性があると言いたかったんですよ。アメリカの危機管理コンサルタント会社で働いてるとき、おれ自身が先入観に引きずられて、失敗《ドジ》を踏んだことがあるんです」

「そんなことがあったのか。鬼丸ちゃん、謝《あやま》るよ。ちょっと大人《おとな》げなかったよな」

「何も謝ることはありませんよ。おれのほうこそ、なんか失礼な言い方をしてしまって、堤さんを傷つけたようですね」

「こっちは別段、気にしちゃいない。ま、仲良くやろうや」

「そうですね」

鬼丸は徳利《とっくり》を摑《つか》み上げ、堤の盃《さかずき》に純米酒を注《つ》いだ。

「各捜査本部に何か動きがあったら、こっそり教えてもらうことになってるんだ。そのうち、何か大きな手がかりを鬼丸ちゃんにもたらすことができるだろう」

「そいつを期待するか。この資料、貰《もら》っちゃってもいいんでしょう？」

「ああ」

堤がそう応じて、書類袋を差し出した。

鬼丸は書類袋を受け取り、ファクスペーパーの束を中に収めた。それから彼は、上着のポケットから十万円入りの白い封筒を取り出した。

「忘れないうちに、約束の謝礼を渡しておきます」

「いつも悪いな。助かるよ。こういう内職をやらないと、好きな酒も飲めねえんだ。みっともない話だけどな。それじゃ、遠慮なく頂戴《ちょうだい》する」

堤が白い封筒を押しいただき、ツイードジャケットのポケットに突っ込んだ。

「特命捜査対策室の仕事は相変わらず退屈なんですか？」

「ああ、退屈だね。一日中、デスクワークばかりさせられてると、死にたくなってくるよ。おれは、しみじみ現場向きの人間だと思う」

「捜一《そういち》に戻れる見込みは？」

「そいつはないな。現場にカムバックできたとしても、組織犯罪対策部だろう」

「組対《そたい》は主に暴力団関係の犯罪を担当してるんでしたね？」

「そう。この年齢《とし》でヤー公どもと怒鳴《どな》り合いたかねえけど、いまのセクションよりはましだよ。けど、現場に戻してもらえるかどうか」

「堤さんは腕っこきの刑事だったんですから、そのうち現場に復帰できるでしょう」

「だといいけどな。それまで、鬼丸ちゃんの手伝いをさせてもらう。よろしくな」

「こちらこそ頼りにしてます」

二人は酌《しゃく》をし合って、刺身をつつきはじめた。十分ほど経《た》ったころ、堤が唐突に問いかけてきた。

「ずっと気になってたんだが、鬼丸ちゃんはなぜ公安調査庁を急に辞《や》めたんだ？　もしかしたら、スパイ工作中に女闘士に惚《ほ》れちまったのかな」

「おれは、そんなロマンティストじゃありませんよ」

「でも、何かあったわけだろう？」

「対象組織に潜《もぐ》り込んで、せっせとスパイの確保に励《はげ》んでる自分自身がひどく卑《いや》しい人間に思えてきたんですよ」

鬼丸は押坂勉のことを思い起こしながら、もっともらしい嘘《うそ》をついた。

「ふうん」

「スパイづくりは結局、他人《ひと》を騙《だま》すことですからね。職務とはいえ、こっちも人の子だから、なんか後ろ暗い気持ちになる。危険な組織を根《ね》絶《だ》やしにできても、妙に後味が悪くってね。それで、こそこそとした仕事に厭気《いやけ》がさしちゃったんですよ」

「そうだったのか。鬼丸ちゃんのその気持ち、よくわかるよ。おれも公安刑事をやってるころは自分が卑劣な密告者みたいに思えて、自己嫌悪に陥《おちい》ったもんだ。誰かが極左《きょくさ》や極右《きょくう》、それからカルト教団の暴走を阻《はば》まなきゃいけねえんだけど、告げ口はなんとなく卑怯《ひきょう》だからな。少なくとも、男のやることじゃない」

「おれも、そう感じました。それだから、異国で別の生き方をしたくなったんですよ」

「で、ボストンの何とかいう危機管理コンサルタント会社のアシスタントスタッフになったわけか」

「そうです。その会社で教わったことが裏ビジネスにだいぶ役立ってます」

「そうか。その会社の後、サンフランシスコの保釈金貸付会社で債権の取り立てをやってたんだよな？」

　堤が確かめた。

「そうです。アメリカには、保釈金だけを専門に貸し付けてる金融会社が幾《いく》つもあるんですよ。客の大半は前科者で、借りた保釈金を踏み倒すケースが少なくありません」

「あっちの犯罪者たちの隠れ家《かくが》を突きとめて、貸した金を回収してたんだ？」

「そうなんです。相手が荒くれ者ばかりだから、常に危険とは背中合わせでした。部屋に押し入ったとたん、発砲されたことは一度や二度じゃなかったな。いきなり短機関銃《サブマシンガン》で扇撃《ファニング》ちされたこともありました」

「まるで西部劇の保安官じゃないか」

「実際、そんな感じでしたよ。情婦《おんな》と一緒にメキシコまで逃げた男を追っかけて取っ捕まえたら、たったの三ドルしか持っていなかった。身内には見放された奴だったから、誰かに弁済してもらうわけにもいかなかったんです」

「それじゃ、鬼丸ちゃんは三ドルだけを回収して、すごすごとサンフランシスコに戻ったわけか」

「それほど甘い人間じゃありませんよ、おれは。情婦を人質に取って、野郎に銀行強盗をやらせました」

「悪党《ワル》だな、鬼丸ちゃんも」

「おれたちの給料は回収総額の三パーセントでした。取り立てに失敗しつづけたら、只《ただ》働《ばたら》きってことになります。だから、こっちも必死だったんですよ」

「で、結果は？」

「メキシコシティの小さな銀行に押し入った男は、保釈金の数十倍の米ドルをうまく奪った。そいつはツキを運んできてくれたとおれに大いに感謝して、保釈金の倍額を返してくれました」

「へえ、面白い奴だな。で、その二人はアメリカに舞い戻ったのか？」

「いや、二人はエクアドルに当分潜伏すると言ってました。あの仕事はスリリングで、けっこう愉《たの》しかったたな」

「鬼丸ちゃん、人質に取った情婦はどんな女だったんだ？」

「グラマラスでしたよ、頭の回転は悪かったけど」

「その女と何かあったんだろ？」

「想像に任せます」

「きっと寝たな。白人女性の味が忘れられなくて、こっちでもオーストラリア人のファッションモデルとつき合ってるんだろ？」

「怒りますよ。別におれはマギーの体に溺《おぼ》れたわけじゃありません」

鬼丸は顔をしかめた。

「ジョークだよ、そうむきになるなって」

「そういう冗談は不愉快ですね」

「悪かった。今後は少し言葉を慎《つつし》むよ」

堤が頭を掻《か》いた。

鬼丸は手を打ち鳴らし、仲居を呼んだ。そして、残りの料理を運ぶよう指示した。

料理は次々に運ばれてきた。鬼丸たち二人はデザートを平らげると、腰を上げた。勘《かん》定《じょう》を払ったのは、むろん鬼丸だった。

二人が店を出ると、近くに人垣が見えた。

若い男女に取り囲まれているのは、アメリカのメジャー球団で大活躍中の日本人選手だった。田久保剛《たくぼつよし》という名だ。田久保は笑顔でサインに応じている。

「田久保が里帰りしたってニュースが三、四日前に流されてたな。テレビで見るより、でっけえなあ」

堤が小声で言った。

「息抜きに赤坂に飲みに来たんじゃないんですか」

「ああ、多分な。がっぽり稼いでるんだろうから、高級クラブを飲み歩くつもりなんじゃないかね」

「あるいは、テレビ局の帰りなのかもしれないな。どっちにしても、おれたちには関係のないことです。堤さん、行きましょう」

鬼丸は堤の肩を押した。

ちょうどそのとき、田久保が短い悲鳴を洩《も》らした。ほとんど同時に、田久保のすぐ脇《わき》に立っていた若い女の顔面から鮮血がしぶいた。

驚きの声と悲鳴が交錯《こうさく》し、人垣が崩れる。銃声は聞こえなかったが、棒のように倒れた若い女が被弾したことは明らかだ。

「だ、誰か一一〇番してくれ」

田久保選手が大声で叫び、物陰に走り入った。サインをねだっていたファンたちも、一斉《いっせい》に散った。

「標的は田久保だったんだろう。しかし、狙撃者は的を外してしまった。それで、さっきの女の子が顔面を撃ち砕《くだ》かれたんだな。鬼丸ちゃん、スナイパーがどこかにいるはずだ」

堤が早口で言い、路上に仰向けに倒れている若い女に駆け寄った。女はすでに息絶えてしまったのか、身じろぎ一つしない。

鬼丸は周囲のビルを見上げた。

怪しい人影は、どこにも見当たらなかった。狙撃者はもう逃げてしまったのか。

鬼丸はビルの屋上や非常階段をもう一度、見上げた。やはり、不審な人影は視界に入ってこない。いつの間にか、田久保選手の姿は搔《か》き消えていた。近くの建物の中に逃げ込んだのだろう。

堤が駆け戻ってきた。

「女は死んでた。顔は潰《つぶ》れたトマトみたいだったよ。おそらくライフル弾をまともに喰《く》らったんだろう。鬼丸ちゃん、狙撃者の影は？」

「それが見えなかったんですよ。おそらく撃ち損《そこ》ねたんで、ひとまず逃げる気《フケ》になったんでしょう」

「ああ、おそらくな。おれは現場に残る。そっちは消えたほうがいいだろう。何か情報を摑んだら、連絡するよ」

「わかりました。それじゃ、ここで別れましょう」

鬼丸は裏通りに走り入り、レンジローバーを預けてある立体駐車場に向かった。歩きながら、第三生命の羽山に電話をかける。

待つほどもなく電話は繋がった。

「鬼丸です。つかぬことを伺《うかが》いますが、アメリカのメジャー球団で活躍してる田久保選手はおたくの会社と裏特約を結んでませんか？」

「田久保剛なら、確かに大口裏特約保険に加入しています。えーと、保険金は二十五億円だったと思います」

「やっぱり、そうでしたか」

「鬼丸さん、田久保選手がどうしたというんです？」

羽山が問いかけてきた。鬼丸は、少し前に赤坂の路上で田久保剛が何者かに狙撃された事実を手短に話した。

「そ、それで、田久保選手に怪我は？」

「無傷だと思います。彼の代わりに、ファンの女性が被弾して亡くなりました。犯人はサイレンサー付きの狙撃銃を使ったようです」

「田久保選手が標的にされたんでしょうか。これまでの十四人の大口契約者は、車ごと爆殺されてます。今回に限って、手口が違うのはなぜなんでしょう？」

「爆殺を繰り返していたら、そのうち捜査当局も何か手がかりを掴むことになるでしょう。犯人側はそう考え、少し手口を変える気になったのかもしれません」

「ああ、なるほど」

「どちらにしても、田久保選手が命を狙われたことは間違いないでしょう」

「ええ、それはね。田久保剛が無事だと聞いて、ひと安心しました。彼が射殺されてたら、わが社は遺族に二十五億の生命保険金を支払わなければならないところでした。鬼丸さん、一日も早く犯人を突きとめてください」

「少し前に知り合いの警察関係者に協力を求めましたので、逃げた狙撃者に関する情報は入手できると思います」

「とにかく、よろしくお願いします」

羽山が通話を切り上げた。鬼丸はスマートフォンを懐に戻し、足を速めた。

4

溜息《ためいき》が出た。

前夜、堤から手に入れた捜査資料を改めて読み返してみたが、やはり事件の手がかりは得られなかった。鬼丸はファクスペーパーの束をコーヒーテーブルの上に投げ落とし、ロングピースに火を点けた。

自宅マンションの居間である。午後三時過ぎだった。

鬼丸は遠隔操作器《リモート・コントローラー》を使って、大型テレビの電源を入れた。あいにくニュースを流している局はなかった。

鬼丸は、やむなく主婦向けのワイドショー番組にチャンネルを合わせた。化粧品のＣＦ《コマーシャルフィルム》が放映されていた。ＣＭが終わると、画面に田久保剛選手の顔がアップで映った。大勢の放送記者や芸能レポーターに取り囲まれている。昨夜の事件のことでインタビューを受けているのだろう。

女性レポーターが田久保にマイクを差し向けた。

「犯人に心当たりは？」

「まったくありません。みなさんもご存じのように、ぼくは開《あ》けっ広《ぴろ》げな男ですんで、他人に恨《うら》まれたりはしないと思うんです」

「でも、現実に消音器付きの狙撃銃で撃たれそうになったわけでしょ？」

「逃げた犯人は、ぼくがアメリカでちやほやされてることに妬《ねた》ましさを感じてたのかもしれないな。ぼくはサラリーマンが一生かかっても稼ぎ出せない額の年俸を貰ってるし、タレント扱いもされてますんでね」

「しつこいようですけど、女性問題で何かトラブルを起こしたことは？」

「そういうことは絶対にありません。そりゃ、男ですから、チャーミングな女性には関心

があります よ。でもね、ぼくには野球が何よりも大事なんです」

「わかりました。きのう、誤射されてしまった山根響子《やまねきようこ》さんについては、どう思われますか?」

「とてもお気の毒だと思っています。まだ二十四歳だったらしいですからね。それに、山根さんは六月下旬に結婚されることになっていたそうです。ぼくのサインを欲しがったばかりに、運悪く若い命を落とすことになってしまって。心から山根さんのご冥福《めいふく》を祈ります」

田久保が神妙に答えた。

女性レポーターが少し退《さ》がると、別の放送記者やインタビュアーが矢継《やつ》ぎ早《ばや》に田久保に質問を浴びせた。田久保は記者会見が終わると、待ち受けていた高級外車の後部座席に乗り込んだ。芸能レポーターやカメラマンが散った。

鬼丸はテレビのスイッチを切り、短くなった煙草の火を揉み消した。

そのとき、部屋のインターフォンが鳴った。鬼丸は長椅子《ながいす》から立ち上がり、玄関に急いだ。

ドア・スコープで、来訪者を確かめる。客は旧知の蛭田仁《ひるたひとし》だった。

二十九歳の蛭田は元総合格闘技のプロ選手で、いまは賞金稼ぎのデス・マッチ屋だ。アメリカ各地やメキシコをさすらい、ルールなしの異種格闘技試合に出場している。

鬼丸は四年前にボストンの和食レストランで蛭田と初めて会い、たちまち意気投合した。それ以来、交友を重ねてきた。

鬼丸は急いで玄関ドアを開けた。

「久しぶりだな」

「五カ月ぶりかな、鬼丸《オニ》さんの顔を見るのは。どうもご無沙汰《ぶさた》です」

蛭田が二メートル近い巨身を折った。分厚い肩は、アメリカンフットボールのプロテクターを連想させる。両腕の筋肉も隆々と盛り上がっていた。腿《もも》は丸太並に太い。

頭髪はクルーカットだ。目は糸のように細い。

「きのう、ロスから戻ったんですよ」

「例によって、喧嘩《けんか》試合でがっぽり稼いできたんだろう?」

「少しばかりね。五月末まで日本でのんびりしようと思って……」

「いいご身分じゃないか。とりあえず、入れよ」

「それじゃ、ちょっとお邪魔します」

「ああ」

鬼丸は先に部屋の奥に戻り、手早く二人分のコーヒーを淹《い》れた。蛭田はリビングソファに腰かけると、黒い上着の内ポケットから小さな包みを取り出した。

「ロスのアンティークショップで、ちょっと珍しいデザインリングを見つけたんですよ。

こいつを鬼丸《オニ》さんにプレゼントします」

「どんな代物《しろもの》なんだ？」

「そいつは見てのお楽しみだね」

「それじゃ、すぐに包みを解《と》かせてもらうか」

鬼丸は二つのマグカップをコーヒーテーブルに置くと、包装紙を剝《は》がした。

デザインリングは、くすんだ銀色だった。葉と茎《くき》が浮き彫りになっている。鬼丸は貰った指輪を左手の薬指に嵌《は》めた。

「鬼丸《オニ》さん、リングを少し離して見てみてよ」

蛭田がそう言い、にやにやと笑った。

鬼丸は言われた通りにした。次の瞬間、声をあげそうになった。ただの葉っぱと地下茎に見えたものは男女の性器だった。生々しい交合図が幾つか、巧《たく》みに繫がれていた。結合部の断片だけが上手にデザイン化されている。

「仁、おれは高校生の坊やじゃないぞ。こんなリングを貰って喜ぶと思ってんのかっ」

「何も指に嵌めなくてもいいんだ。口説《くど》きたい女がいたら、そいつを見せてやったら？　多分、効果があると思いますよ」

「逆効果だろうが。脈がありそうな女も逃げ出すに決まってる。こっちに変態趣味があるんじゃないかと薄気味悪がってな」

「そうかなあ」

「おまえが小指にでも嵌めろよ。小指なら、なんとか入るだろ？」

「多分ね。それ、三百五十ドルもしたんですよ」

蛭田が言った。

「ばかな買物をしたもんだ」

「でもさ、店員は百年以上も前に造られた面白グッズだから、それなりの価値があると言ってたんだ」

「だったら、おまえの宝物にするんだな」

鬼丸はいかがわしいデザインリングを外し、卓上に置いた。

「せっかく買ってきたのに」

「仁は、まだおれの好みがわかってないようだな。自分で言うのもなんだが、おれは品性を売りものにしてるんだ」

「よく言うな。ブルックリンのシングルバーのトイレで、赤毛の女と立ちマンやったのは、どこの誰でしたっけ？」

「そいつは、ニューヨークに住んでる双児《ふたご》の弟だよ」

「まいった、まいった！」

蛭田が欧米人のように大きく肩を竦《すく》め、卑猥《ひわい》なデザインリングを上着のポケットに突っ込んだ。

ボストン在住のころ、鬼丸は蛭田とニューヨークの繁華街で落ち合い、しばしば遊び歩いた。へべれけに酔っ払い、きまって女漁《あさ》りに励んだ。

首尾《しゅび》よく素人《しろうと》娘を口説《くど》ける夜は少なかった。たいてい娼婦《しょうふ》の世話になったものだ。特別料金を払って、蛭田とベッドパートナーを交換し合ったこともある。

「鬼丸《オニ》さんとつるんで遊び回ってたころが懐かしいな」

蛭田が細い目を一層、細めた。

「おれはあのころの自分を思い出すと、なんだか恥ずかしくなるよ。もう若くもないのに、ずいぶんガキっぽいことをしちまった」

「あの当時、鬼丸《オニ》さんは鬱屈《うっくつ》してた感じだった。昔の仕事を話題にしたがらなかったから、何かあったんだろうな」

「誰にだって、他人《ひと》には話したくないことが一つや二つはあるもんだよ」

「でしょうね。おれにも、他人には知られたくない過去はある。だから、鬼丸《オニ》さんの昔のことを根掘り葉掘り訊《き》いたりしませんよ」

「仁も少しは大人になったじゃないか」

鬼丸はマグカップを持ち上げ、ブラックでコーヒーを啜《すす》った。

「それはそうと、『シャングリラ』で、まだピアノを弾いてるんでしょ？」

「ああ。きのうは仮病《けびょう》を使って、店を休ませてもらったがな」

「ということは、また裏の仕事が入ったみたいですね」

蛭田が探《さぐ》るような眼差《まなざ》しを向けてきた。

鬼丸は無言でうなずいた。巨体の喧嘩屋には何度か裏ビジネスの手伝いをしてもらったことがある。荒っぽい連中を蹴散《けち》らす必要があったとき、蛭田に助《すけ》っ人《と》を頼んだのだ。

「今度の依頼はどんな内容なんです？」

「いまは教えられない。仁の協力が必要になったら、ちゃんと話すよ」

「しばらくオフだから、いつでも声をかけてください」

「そうさせてもらおう」

「鬼丸《オニ》さん、マギーとはいまもつき合ってるんですか」

「ああ。それが何か？」

「おれもマギーみたいな白人女性なら、ちゃんとつき合ってみたいな。彼女、日本通だから、日本の男のハートもわかってくれそうだから」

「確かにマギーは大和撫子《やまとなでしこ》みたいなところがある。しかし、生まれた国が違うわけだから、完璧《かんぺき》な相互理解は無理だろうな」

「鬼丸《オニ》さん、何か不協和音でも……」

「別にそういうわけじゃないんだが、いつかはマギーと別れることになるような気がしてるんだ」

「鬼丸《オニ》さんがマギーを棄《す》てたら、おれが彼女の面倒を見てやります」

「マギーは体力だけの男には、あまり興味がないみたいだぞ」

「言ってくれるな」

蛭田が苦笑して、コーヒーを飲んだ。

二人は小《こ》一時間、雑談を交わした。話題が尽《つ》きたとき、蛭田が言った。

「鬼丸《オニ》さん、飲みに行きましょうよ。お店、サボっちゃえば？」

「せっかくの誘いだが、裏の仕事の調査に取りかかったんだ」

「そういうことなら、無理に誘うわけにはいかないな。それじゃ、おれ、誰か友達に声をかけてみます」

「悪いな。そのうち、ゆっくり飲もう」

鬼丸は言った。

蛭田が屈託《くったく》なくうなずき、のっそりと立ち上がった。鬼丸は蛭田を見送ると、風呂に入った。堤から何も情報がもたらされなければ、今夜は『シャングリラ』に顔を出すつもりだ。鬼丸はのんびりと湯船に浸《つ》かり、髪と体を入念に洗った。ついでに髭《ひげ》も剃《そ》る。

衣服をまとい終えたとき、堤から電話がかかってきた。

「きのうの事件の被疑者《マルヒ》が捜査線上に浮かんだらしいぜ。少し前に赤坂署に行って、警察学校の同期だった刑事から、そいつのことをうまく聞き出したんだ」

「そいつは何者なんです？」

「意外な人物だったよ。綾部健人《あやべけんと》、三十二歳。一年数カ月前まで、警視庁の特殊急襲部隊『SAT《スペシャル・アサルト・チーム》』にいた男だ」

「『SAT《サット》』の元隊員ですって⁉」

鬼丸は驚いた。

ハイジャックやテロ事件の際《さい》に犯人制圧や人質救出に当たっている『SAT《サット》』は、警察庁が発足させた特殊急襲部隊だ。警視庁、大阪《おおさか》府警、北海道《ほっかいどう》警、千葉《ちば》、神奈川《かながわ》、愛知《あいち》、福《ふく》岡《おか》、沖縄《おきなわ》の八都道府県警に十チームある。隊員は、およそ二百人だ。

警視庁には三チームが設《もう》けられ、各隊は二十人で構成されている。三チームは機動隊に所属していた。

隊員は、既存の特殊チームから選ばれた精鋭揃いである。柔道、剣道、空手、少林寺《しょうりんじ》拳法《けんぽう》などの高段者が多い。入隊時に二十五歳以下であることが条件で、最低五年以上は在籍することになっている。危険を伴う任務のため、独身者しか入隊できない。

隊員たちは千五百メートルを五分以内で走り、平均で懸垂《けんすい》四十回、腹筋千二十六回をこなす。それだけではない。隊員は連日、射撃や格闘技の習得を課せられ、突入訓練にも励んでいる。

彼らは走りながら、正確に標的を撃たなければならない。ビルの窓から突入する場合は、飛び込んで一回転し、速《すみ》やかに的《まと》を撃ち抜く。ロープを使って、隣の建物に移るトレーニングもある。ビルの屋上からも降下しなければならない。

そうしたメニューで、隊員たちは常に敏捷性《びんしょうせい》と持久力を養《やしな》っている。訓練に用《もち》いられる車、飛行機、ビルなどはすべて実物だ。ライフル射撃だけは、自衛隊の射撃場で実射訓練をしている。その理由は、警察にライフル射撃の訓練施設がないからだ。

隊員は出動命令が下《くだ》ると、自動拳銃、ライフル、暗視双眼鏡、レーザー距離測定器、聴音装置などを装備し、現場に急行している。体力がタフなだけでは、隊員にはなれない。知力も要求される。いわば、彼らは文武両道に秀《ひい》でたエリート警察官だ。

そういう特殊部隊で活躍していた綾部が、なぜ田久保選手を狙撃したのか。鬼丸には、その理由がわからなかった。

「鬼丸ちゃん、綾部の射撃術は『SAT《サット》』の中でも十本の指に入るというんだよ」

「名うてのスナイパーが田久保をシュートし損ったのは、なぜなんですかね？」

「一般市民に銃口を向けたのは、おそらく初めてだったんだろうな。だから、心理的な動揺から手許《てもと》が狂ったんじゃねえか」

「そうなのかもしれませんね。綾部という男は、どうして『SAT《サット》』を辞《や》めることになったんでしょう？」

「綾部はギャンブル好きで、あちこちの街金《まちきん》から金を借りまくってたらしい。安い俸給じゃ借金をきれいにできないと考え、殺し屋《プロ》になったんだろう。綾部の借金については、複数の証言を得てるから、間違いないよ」

「堤さん、綾部が『SAT《サット》』を辞めたのは一年以上も前だという話でしたよね？」

「ああ」

「だとしたら、月岡法務大臣たち十四人の裏特約顧客を車ごと爆殺したのは綾部という奴の可能性も……」

「あるだろうな。『SAT《サット》』の元隊員なら、時限爆破装置をこさえることぐらいは朝飯前だろう」

「でしょうね。話を戻しますが、綾部に嫌疑《けんぎ》がかかったのはなぜなんです？　まさか逃げる途中、検問に引っかかって、車からライフルが発見されたわけじゃないんでしょ？」

「『SAT《サット》』の元隊員が、そんなヘマはやらねえよ。六本木通りに乗り捨てられてた盗難車の車内から、綾部健人の指紋が検出されたんだ。それから、助手席のフロアに微量の火薬が落ちてた」

「そうですか。警察庁の大型コンピューターには警察関係者の指紋が登録されてるからな。綾部はもう『SAT《サット》』の隊員じゃないわけだが、指紋カードは入力されたままだったんだ？」

「そうだよ。ハンドルやシフトレバーの指紋や掌紋《しょうもん》はきれいに拭《ぬぐ》われてたらしいんだが、ルームミラーの縁《ふち》にほんの少しだけ指紋が付着してたというんだ。それからな、綾部と思われる男が黒いトロンボーンケースを持って、六本木通りでタクシーに乗るとこを数人の者が目撃してるんだよ。人相着衣《ニンチャク》が被疑者と一致してるから、きのうの犯罪《ヤマ》を踏んだのは綾部健人だろうな」

堤が言った。

「凶器は？」

「ライフルマークから、スウェーデン製の狙撃銃と判明したそうだ」

「スウェーデン製とは意外ですね」

「スナイパースコープの付いたＡＷＰモデルとかいうアウティック社の消音型の狙撃銃だってさ」

「堤さんは、綾部って野郎と会ったことあります？」

「いや、面識はない。けど、綾部の顔写真のコピーは手に入れたよ。それから、奴の自宅や潜伏してそうな所も調べ上げた。電話を切ったら、すぐにそういったデータをメール送信してやらあ」

「よろしく！」

鬼丸は通話を切り上げた。

待つほどもなく堤からメール送信があった。鬼丸は、真っ先に綾部の顔写真を見た。どことなく鷲《わし》を連想させる顔立ちだ。唇がひどく薄かった。メールには、綾部の自宅、実家、友人宅の住所が列記され、行きつけの飲食店も何軒か並んでいた。

綾部はどこに潜伏しているのか。

鬼丸は慌《あわ》ただしく部屋を出た。

# 第二章　標的は裏特約顧客

## 1

ありふれたアパートだった。

軽量鉄骨造りの二階建てだ。綾部健人の自宅である。アパートは豊島《とし ま》区西巣鴨《にしすがも》の住宅密集地帯の外れにあった。

鬼丸は、目的の『ハイム西巣鴨』の前ではレンジローバーを停《と》めなかった。アパートの前の通りに二台の覆面《ふくめん》パトカーが見えたからだ。

すでに綾部の自宅は刑事たちに張り込まれていた。ということは、綾部は自分の塒《ねぐら》にはいないわけだ。

鬼丸は綾部の部屋に押し入る気だったが、それは諦《あきら》めるほかないだろう。

車を板橋《いたばし》区に向ける。志村《しむら》一丁目に綾部の実家があるはずだ。

数十分で、目的地に着いた。綾部が生まれ育った家は大手印刷会社の裏手にあった。総二階の家屋で、敷地は六十坪ほどだろうか。

路上に刑事らしき人影は目に留《と》まらない。

鬼丸は綾部の実家の少し先に車を停めた。そのまま路上駐車する。三分ほど時間を遣《や》り過ごしてから、ごく自然に外に出た。

鬼丸は綾部の実家まで歩き、勝手に門扉《もんぴ》を押し開けた。玄関のチャイムを鳴らすと、奥から六十年配の女性が現われた。髪は半白だった。

「夜分に申し訳ありません。わたし、警視庁機動捜査隊の鈴木《すずき》といいます」

鬼丸は、でまかせを言った。

「機捜《きそう》の方とおっしゃると、もしや健人のかつての上司だった……」

「ええ、そうです。失礼ですが、綾部君のお母さんですね？」

「はい、健人の母親でございます」

「実は昼間、綾部君から電話がありまして、わたしに相談したいことがあるので、夕方以降に実家に来てもらいたいと言われたんですよ」

「ここにですか⁉」

「ええ」

「そのお話、本当なんですね？」

「もちろんです。わたしの言葉を疑ってらっしゃるのかな」

「いいえ、そういうわけではないんです。ただ、健人は勘当《かんどう》の身ですので、この家でどなたかにお目にかかるというお話をうかがっても……」

綾部の母が語尾を呑《の》んだ。

「息子さん、勘当されてたんですか。それは、まったく知りませんでした」

「健人は『SAT《サット》』にいたころから競馬、競輪、オートレース、競艇に狂って、友人やサラ金に借金してたんですよ。ここにも、何度か無心に現われました。そんなことで、主人が健人をきつく叱《しか》りつけまして、親子の縁を切るとまで言ってしまったんです」

「そうだったのか」

「倅《せがれ》はひとりっ子のせいか、わがままなんですよ。だから、父親にも反抗的な態度をとって、『こっちから縁を切ってやらあ』と捨て台詞《ぜりふ》を残し……」

「それは、いつのことなんでしょう？」

「『SAT《サット》』を辞める一、二カ月前のことです。それ以来、健人は一度もここには来ていません」

「そうなんですか。そういう事情があるのに、ここでわたしに会いたがったのは何か切羽《せっぱ》詰まった問題を抱《かか》えてたんだろうな」

「あのう、息子は何か悪いことをしたのでしょうか」

「悪いこと？」

「はい。昼間、警察の方たちが訪ねてこられて、健人の私生活のことをあれこれ質問されたんですよ」

「綾部君が法に触《ふ》れるようなことをしたという情報は、わたしの耳には入っていません」

「それならば、いいんですけどね。なんだか悪い予感がして、とても落ち着かないんですよ」

「刑事がお宅に伺ったのは、単なる聞き込みなんでしょう。綾部君は何か事件に巻き込まれてしまったんだろうか」

「あっ、もしかしたら……」

「何か思い当たることでも？」

鬼丸は早口で問いかけた。

「暴力団関係者が絡《から》んでるサラ金会社の取り立てがとても厳《きび》しいと言っていましたので、息子はそういう連中にどこかに連れていかれたのでしょうか。ああ、心配だわ」

「綾部君は『ＳＡＴ《サット》』の優秀な隊員だった男です。そういう連中にやすやすと拉致《らち》されたりはしないでしょう」

「そうでしょうか」

「多分、彼は危険が迫ったことを察知して、自《みずか》ら身を隠したのでしょう。わたしとの約束を破ったのは、外出するのは危ないと判断したからなんじゃないのかな」

「それじゃ、息子は西巣鴨のアパートにもいないんでしょうね？」

「ええ、多分。綾部君は城東《じょうとう》大学時代からの友人の中里博久《なかざとひろひさ》という方とだいぶ親しかったんでしょ？」

「はい、中里君とは仲良くしていましたね。健人は彼をこの家に何度も連れてきました。でも、中里君は二年前に結婚したんで、彼の所には匿《かくま》ってもらってないと思いますよ」

「そうでしょうね。ほかに親しくつき合っていた友人は？」

「吉田《よしだ》君という商社マンがいますけど、彼は南アのケープタウンの駐在事務所で働いているはずですので、そっちに隠れている可能性はないでしょう」

「ええ、そう思います。綾部君に恋人は？」

「勘当後のことはわかりませんけど、それ以前は特定の女性はいませんでした。たまに風俗店やデリヘル嬢の世話になってたんでしょうけどね」

「さて、どうするかな。お宅で綾部君を待たせてもらっても、おそらく彼は現われないでしょう。中里という友人を訪ねてみます」

「もし健人の居所がわかったら、わたしにこっそり教えてくださいね」

綾部の母親が声をひそめた。

鬼丸は黙ってうなずき、そのまま辞去した。車に戻り、上着の内ポケットからスマートフォンを摑み出す。

ルームランプを灯《とも》し、メールで中里博久の住所を確認した。杉並《すぎなみ》区の方南《ほうなん》だった。

鬼丸はレンジローバーを発進させた。

板橋本町《ほんちょう》まで走り、環七《かんなな》通りに入る。道なりに十分ほど進んだとき、スマートフォンが鳴った。ハンズフリーのセットを使っている。

「おれだよ」

御木本の声だった。

「先輩に電話しようと思ってたところなんです。おかげさまで熱は下がったんですが、まだ咳《せき》がひどくってね」

「まだ二、三日は無理そうだな」

「そうですね。迷惑をかけます」

「気にするな。代役の音大生に頑張《がんば》ってもらうよ。そう、そう、店の奈穂がおまえの体のことを心配してたぞ」

「そうですか」

「奈穂は、おまえにぞっこんみたいだな。たまには、彼女とも遊んでやれよ」

「おれは先輩と違って、掛け持ちをやれるほど器用じゃありません」

「人聞きの悪いことを言うなよ。レーサー時代はともかく、いまはおれだって二股《ふたまた》は掛けてない」

「ほんとかな」

「まだ疑ってやがる。ま、いいさ。早く元気になってくれ」

「はい」

鬼丸は電話を切って、運転に専念した。午後七時を回っていた。

数十分で、方南に着いた。中里の自宅マンションは閑静《かんせい》な住宅街にあった。

鬼丸はマンションの際《きわ》に車を駐《と》め、エントランスに足を向けた。八階建てのマンションの玄関はオートロック・システムにはなっていなかった。

鬼丸はエレベーターに乗り込んだ。

中里の部屋は五〇三号室である。五階でエレベーターを降り、綾部の友人宅に急ぐ。

五〇三号室のインターフォンを鳴らすと、若い女性の声で応答があった。

「どちらさまでしょう？」

「警察の者です」

鬼丸は刑事になりすました。彼は模造警察手帳に加えて、十数種の身分証明書を持ち歩いている。それらは、腕のいい偽造屋がこしらえたものだ。

「刑事さんですか？」

「ええ、赤坂署の鈴木です。中里博久さんはご在宅でしょうか？」

「まだ会社から戻ってないんですよ。あのう、夫の友人の綾部さんのことで、お見えになったのかしら」

「ええ、そうです。奥さん、ちょっと玄関先まで出ていただけませんか」

「わかりました。少々、お待ちください」

スピーカーが沈黙した。

ややあって、青いスチールのドアが開けられた。中里の妻は二十六、七歳だった。

鬼丸は目礼し、模造警察手帳を短く呈示《ていじ》した。

「刑事さん、綾部さんは何をやったんですか？　昼間、夫の勤務先に二人の刑事さんが訪ねてきたらしいんですよ」

「ある事件の重要参考人になっているとしか申し上げられません。あなた、綾部健人とは面識は？」

「綾部さんには何度もお目にかかっています。ここにも五、六度、遊びに来ました」

「そうですか。まさか部屋に綾部を匿《かくま》ったりしてませんよね？」

「部屋には誰もいません。なんでしたら、ご自分で確かめてもらってもかまいませんけど」

「いいえ、そこまでやるつもりはありません。最近、綾部が訪ねてきたことは？」

「三週間ほど前に遊びにきました」

「そうですか。綾部は金に困ってる様子でした？」

「いいえ。夫に高いスコッチ・ウイスキーを持ってきてくれたぐらいですから、お金には余裕があるんでしょう」

「彼が一年数カ月前に警察を辞《や》めたことは、ご存じですよね？」

「ええ、知っています。綾部さんは数カ月遊んでたらしいけど、警備関係の仕事に就《つ》いたようですよ。わたしは、勤め先の会社名までは知りませんけど」

　中里の妻が言いながら、玄関ドアを少し閉《と》じた。室内を見られたくないのか。それとも、マンションの入居者の目を気にしているのだろうか。

「綾部はギャンブル狂で、だいぶ友人やサラ金から金を借りてるようだが、ご主人は彼に貸してたんだろうか」

「七十万円ほど貸してたんですけど、もう返してもらいました。五カ月ほど前に、まとめて返済してくれたんですよ」

「急に金回りがよくなったわけか。警備会社のサラリーって、そんなによかったかな」

「刑事さんは、綾部さんが何か悪いことをして借金をきれいにしたのではないかと疑ってるみたいですね」

「綾部は勘当の身らしいんですよ。親に無心はできないでしょうし、友人や知人からはもう金は借りられないでしょう？　となったら……」

「綾部さんは競馬で大穴を当てたんじゃないのかな。借金の総額がどのくらいだったのかわかりませんけど、それで大半は返せたんじゃありません？」

「世の中、そう甘くはないんじゃないかな」

鬼丸は微苦笑した。

そのすぐ後、エレベーターホールの方から三十二、三歳の細身の男が歩いてきた。茶系の背広に身を包み、地味なネクタイをきちんと結んでいる。

中里の妻が首を伸ばし、小声で告げた。

「刑事さん、夫です」

「そうですか」

鬼丸は向き直って、中里に軽く頭を下げた。中里が会釈《えしゃく》し、妻に問いかけた。

「どなた？」

「赤坂署の刑事さんよ。綾部さんのことで、あなたに訊《き》きたいことがあるんですって」

「そうなのか」

「立ち話もなんだから、刑事さんに部屋に入っていただいたら？」

中里の妻が言った。しかし、夫は何も答えなかった。

「お手間は取らせませんので……」

鬼丸は中里の妻に言い、彼女の夫に歩み寄った。さきほどと同じように模造警察手帳をちらりと見せ、ありふれた姓を騙《かた》った。

「中里です」

「綾部健人とは大学時代から親しくされているとか？」

「ええ、まあ。綾部の名を呼び捨てにされたということは、彼は何か危《ヤバ》いことをしたんですね」

「ある事件の被疑者として、われわれは綾部の行方を追っています」

「そうですか。刑事さん、ここでは人目につきますので、屋上で話をしましょう」

「わかりました」

二人はエレベーターで、屋上に上がった。給水塔の前で向き合う。

「まず綾部の勤務先から教えてください」

「それが知らないんですよ。あいつ、警備の仕事をしてると言っただけで、社名までは教えてくれませんでした」

「中里さん、綾部を下手《へた》に庇《かば》ったりすると、あなたに犯人隠匿《いんとく》の罪がかかりますよ」

「嘘《うそ》なんか言ってませんっ。本当に綾部は再就職先の社名を教えてくれなかったんです」

中里が憮然《ぶぜん》とした顔で言い返した。

「学生時代からの親友に勤務先を教えたがらないとは、ちょっと妙だな」

「もしかしたら、綾部は国家の秘密機関の仕事に携《たずさ》わっているのかもしれません」

「なぜ、そう思われたんです？」

「綾部は『SAT《サット》』の優秀な隊員だったようですし、スマホの電源を切ることが多くなったんですよ。それから、半年ほど前から金回りもよくなりました。わたしが貸した七十万も一括《いっかつ》返済してくれたんです。あちこちから総額で一千万円前後の金を借りてたみたいですが、多分、それも返したんじゃないだろうか」

「それほど高い報酬を払う秘密機関があるとは思えないな。日本のCIAと呼ばれてる陸上自衛隊情報本部のスタッフの俸給は安いし、公安調査庁や内閣調査室も特別な手当など付かない」

「そういう機関ではなくて、法務大臣とか警察庁長官直轄《ちょっかつ》の秘密機関があるんじゃないでしょうか？」

「スパイ・アクション映画に出てくるような国家秘密機関が実在するとは考えられませんね」

「そうでしょうか」

「おそらく綾部は金で抱き込まれて、悪事の片棒を担《かつ》がされてるんでしょう」

「刑事さん、綾部は誰かを殺したんですか？」

「その質問には答えられないな。それより、綾部が親しくしてた女性は？」

「そういう女性がいる様子はありませんでした。ただ、渋谷《しぶや》の『お染《そめ》』という小料理屋にはちょくちょく飲みに行ってましたね。その店の女将《おかみ》はわたしたちより四つ年上なんですが、とっても妖艶《ようえん》なんですよ。いつも着物を粋《いき》に着こなしてましてね」

「そうですか」

鬼丸は短い返事をした。その小料理屋のことは、堤が集めてくれた捜査資料の中にも記《しる》されていた。

「あの女将は、なんて名前だったっけな。えーと、樋口《ひぐち》、樋口彩乃《あやの》さんだ」

「綾部は、その彩乃さんに惚《ほ》れてるのかな」

「女将のほうは綾部を単なる客と思ってるのかもしれませんけど、あいつは彼女に惚れてるようですね」

「女将について、知ってることがあったら、教えてください」

「綾部から聞いた話だから、真偽はわかりませんが、樋口彩乃さんは二十代のころ、人間国宝の歌舞伎《かぶき》役者の愛人だったらしいんですよ。でも、パトロンが病死したんで、渋谷に小料理屋をオープンしたという話でした」

「そう。参考までに、綾部のスマホのナンバーを教えてもらえます？」

「彼、別のスマホを使ってるんじゃないのかな。いつも電源が切られてますからね」

「それでも一応……」

「わかりました」

中里が綾部のスマートフォンの番号をゆっくりと告げる。鬼丸は自分のスマートフォンに綾部のナンバーを登録した。

「刑事さん、わたしが綾部のナンバーを教えたことは彼に言わないでくださいね。あいつが何をやったか知りませんが、友人を警察に売ったと思われたくないんですよ」

「心得てます。それより、こっちがあなたを訪ねたことは綾部には言わないように」

「わかりました。知ってることは、何もかもお話ししました。もういいですよね？」

中里が訊いた。鬼丸は礼を述べ、中里を解放した。中里は、すぐに遠ざかっていった。

鬼丸は一服してから、綾部に電話をかけた。

だが、電源は切られていた。鬼丸はエレベーターで一階に下《くだ》った。マンションを出たとき、マーガレットから電話がかかってきた。

「よかった。ちょうど休憩の時間だったのね？」

「うん、まあ」

鬼丸は話を合わせた。『シャングリラ』でピアノ演奏をしていると思わせておいたほうが何かと都合がいい。

「仕事が終わったら、わたしの部屋に来ない？　なんだか急にあなたの顔を見たくなっちゃったの」

「今夜は無理だな。店のオーナーと一緒に飲みに行く約束をしちゃったんだ」

「そうなの。明日の都合は？」

「ちょっと風邪気味なんだよ。マギーに風邪をうつしたくないから、明日は行かないほうがいいだろう」

「風邪をうつされても、わたしはかまわないわ」

「しかし、ショーのスケジュールがびっしり詰まってるんだろう？」

「仕事よりも、竜一のほうが大事だわ。明日、来てくれるでしょ？」

「行けたら、行くよ。それじゃ、そういうことで！」

鬼丸は一方的に電話を切り、レンジローバーに乗り込んだ。

渋谷に向かう。『お染』は宇田川町《うだがわちょう》にあった。飲食店ビルの一階だ。

鬼丸は車を路肩《ろかた》に寄せ、ハザードランプを点《つ》けた。

車を降り、『お染』に歩み寄る。ガラス戸の上部は素通しになっていた。そこから、店内を覗《のぞ》く。素木《しらき》のカウンターの内側で、初老の男が刺身庖丁《さしみぼうちょう》を使っていた。カウンターには、四十代の男たちが三人並んでいる。

女将と思われる和服の女がテーブル席のカップル客と何か談笑していた。綾部の姿は見当たらない。鬼丸は車の中に戻った。

三十分ほど張り込んでいると、精悍《せいかん》な顔つきの男が馴《な》れた足取りで『お染』の中に入っていった。綾部だった。

刑事の張り込みを警戒している様子はうかがえなかった。綾部は、まだ捜査当局にマークされはじめていることを知らないのか。知っていながら、大胆にも好きな女の顔を見に現われたのだろうか。

鬼丸は車の中から、周辺を見回した。

どこかに捜査員が張り込んでいるかもしれない。注意深く観察してみたが、刑事らしい人影はどこにも見当たらなかった。

彼らは、まさか綾部が行きつけの飲み屋に姿を見せるはずはないと判断し、張り込んでいないのか。綾部は元警察官だ。そんな彼がのこのこと『お染』に現われるわけはないと考え、ノーマークなのかもしれない。

そうだとしたら、綾部はまんまと裏をかいたことになる。侮《あなど》れない相手だ。

鬼丸は車を十メートルほどバックさせ、本格的な張り込みに入った。

2

夜が更《ふ》けた。

あと数分で、十一時半になる。だが、綾部はまだ『お染』から出てこない。

先客はとうに引き揚《あ》げ、綾部の後《あと》から入った客の大半もすでに店内にはいなかった。

鬼丸は喫《す》いさしのロングピースを灰皿の中に突っ込んだ。灰皿の中は、吸殻《すいがら》で一杯だった。

喉《のど》がいがらっぽい。明らかに煙草の喫い過ぎだ。

しかし、紫煙《しえん》でもくゆらせていなければ、退屈で仕方がない。張り込みは、いつも自分との闘《たたか》いだった。ともすれば、焦《じ》れそうになる。しかし、焦れてしまったら、ろくな結果は招かないものだ。

マークした人物が動き出すのをじっと待つ。それが張り込みの基本だ。鬼丸は逸《はや》る気持ちを抑《おさ》えて、ひたすら綾部を待ちつづけた。

十一時四十五分を回ったころ、綾部以外の客たちが相前後して店から出てきた。それから間もなく、初老の板前が店の暖簾《のれん》を取り込んだ。

綾部は閉店後も飲みつづけるつもりなのか。そうしたわがままを通せるのは、女将の彩乃と親密な間柄だからなのか。そうだったとしたら、じきに板前は帰るだろう。

鬼丸は綾部が彩乃と二人きりになったら、『お染』に入ることにした。

五分待っても、板前は姿を見せない。板前は相伴《しょうばん》に与《あず》かっているのだろうか。

鬼丸はレンジローバーを降り、『お染』に足を向けた。

ガラスの素通し部分から、店の中をうかがう。板前が流しに向かって洗いものをしていた。女将は布巾《ふきん》でテーブルを拭《ふ》いている。綾部の姿はない。

トイレに立ったのか。それとも、調理場の奥の勝手口からビルの裏手に逃れてしまったのだろうか。

店に入るべきか。

迷っていると、鬼丸の脇腹《わきばら》にナイフの切《き》っ先《さき》が押し当てられた。すぐ横に、黒いキャップを被《かぶ》った二十歳前後の男が立っていた。

「何か用か？」

「おっさん、ちょっとつき合ってくれや」

「子供と遊んでる暇《ひま》はないな。殴られたくなかったら、とっとと消えたほうがいいぞ」

鬼丸は穏《おだ》やかに言った。

「イキがりやがって。いいから、おれと一緒に歩きな」

「半グレらしいな」

「つべこべ言ってねえで、さっさと歩きやがれ」

相手が声を荒《あら》らげ、刃先を強く押しつけてきた。そのとき、暗がりから仲間と思われる二人がぬっと現われた。

ひとりはニット帽を被っている。片方は口髭《くちひげ》を生《は》やしていた。

「あんた、何者なんでえ？」

リーダー格らしい口髭の男が凄《すご》むように言った。

「なんで、こっちのことを知りたがる？」

「知り合いにあんたの正体を突きとめてくれって頼まれたんだよ。あんた、『お染』の客をチェックしてるんだって？」

「おまえら、綾部に頼まれたらしいな」

「綾部？　誰だよ、そいつは？」

「空とぼける気か。いいだろう、つき合ってやる」

鬼丸は言った。

口髭の男が先に歩きだした。ナイフを持ったキャップの男が鬼丸の背を押した。もうひとりのニット帽の男は抜け目なく鬼丸の背後に回った。

鬼丸は四、五十メートル歩かされ、路地裏に連れ込まれた。すぐに三人の男に取り囲まれた。

「ポケットに入ってる物を全部出しな」

フォールディング・ナイフを握っている男が命じた。

「おれの正体を知りたかったら、自分でポケットを探《さぐ》るんだな」

「て、てめえ！　ぶっ刺すぞ」

「人を刺すだけの度胸があるのか？　そうは見えないな。女の尻を追いかけ回すのは得意そうだがな」

た。

「刺せるものなら、刺してみろ」

鬼丸は相手を挑発した。ナイフを手にした男は大声で喚《わめ》いたが、刺す様子は見せなかった。

「おっさん、威勢《いせい》がいいね」

口髭をたくわえた男が薄笑いを浮かべ、右手の指に真鍮《しんちゅう》のブラスナックルを嵌《は》めた。四つのリングの先端部分は尖《とが》っている。

ニット帽を被った男は腰の後ろから、小型のインディアン・トマホークを引き抜いた。

「奥歯を喰《く》いしばってたほうがいいぜ」

口髭の男が言いざま、右のロングフックを放った。

鬼丸は、ナイフを握った男の胸板《むないた》に肘打《ひじう》ちを見舞った。相手が短く呻《うめ》いて、体をふらつかせた。鬼丸は横に跳《と》び、口髭の男にボディーブロウを浴びせた。相手が前屈《まえかが》みになった。

すかさず鬼丸は踏み込んで、ショートアッパーを繰《く》り出した。狙《ねら》ったのは顎《チン》だった。骨と肉が鈍く鳴った。

口髭の男は大きくのけ反《ぞ》り、尻《しり》から路面に落ちた。尾骶骨《びていこつ》をまともに打ちつけたのか、相手は長く唸《うな》った。鬼丸は敵に隙《すき》を与えなかった。ステップインして、口髭の男の睾丸《こうがん》を蹴《け》り上げる。相手が両手で股間《こかん》を押さえ、手脚《てあし》を縮めた。

「ふざけやがって!」

ナイフを手にした男が吼《ほ》え、突っかかってきた。刃渡り十三、四センチのフォールディング・ナイフは腰撓《こしだ》めに構えられている。

鬼丸は数歩退《さ》がった。

相手が足を止め、刃物を逆手《さかて》に持ち替えた。隙だらけだった。鬼丸は突進《ダッシュ》し、相手の顔面に右のストレートを叩《たた》き込んだ。

体重《ウエイト》を乗せたパンチは、ナイフマンの眉間《みけん》を捉《とら》えた。相手は両腕をV字形に掲《かか》げ、そのまま仰《あお》向《む》けに引っくり返った。弾《はず》みで、刃物が零《こぼ》れ落ちた。

鬼丸はナイフを遠くに蹴りつけ、すぐさま向き直った。

ニット帽の男は小型インディアン・トマホークを振り翳《かざ》したまま、立ち竦《すく》んでいた。

「どうした? 早くかかってこいよ」

「お、おたく、若いころ、ボクシングをやってたろ? 凄《すげ》えパンチだったからな。けど、おれはインディアン・トマホークを持ってる。だから、ビビらねえぞ」

「だったら、相手になってやろう」

鬼丸は足を踏み鳴らした。

すると、ニット帽男は急に身を翻《ひるがえ》した。小型インディアン・トマホークを提《さ》げたまま、一目散《いちもくさん》に逃げ去った。

鬼丸は冷笑し、口髭の男に近寄った。

男は路上に倒れ込んだまま、まだ呻いている。鬼丸は相手のこめかみを蹴りつけた。口髭の男は獣《けもの》じみた声をあげ、転《ころ》げ回りはじめた。

鬼丸は、刃物を振り回した男を睨《ね》めつけた。

男が焦《あせ》って立ち上がり、情けない表情で言った。

「もう殴《なぐ》らねえでくれ。あんた、素人《トウシロ》じゃねえんだろ？　ヤー公には見えねえけど、ずいぶん喧嘩《けんか》馴れしてる」

「誰に頼まれたんだ？」

「そいつは……」

「もう一発殴られたいのか」

鬼丸は拳《こぶし》を固めた。

ナイフマンは怯《おび》えた顔で後ずさり、背中を見せて走り去った。

鬼丸は口髭の男を摑《つか》み起こし、利《き》き腕を肩の近くまで捩《ねじ》上げた。男が痛みを訴えた。

「誰に頼まれたのか、吐くんだっ。シラを切ったら、おまえの右腕をへし折るぞ」

鬼丸は威《おど》した。

「神山《こうやま》のおっさんだよ」

「誰なんだ、そいつは？」

「『お染』の板前だよ。おれたち、神山のおっさんとよくチンチロリンをやってんだ。おっさんから電話がかかってきて、店の前で張り込んでる四十歳前後の男がいるから、そいつの正体を探《さぐ》ってくれって頼まれたんだよ」

「神山という板前の下の名は？」

「わからねえよ」

「住まいは？」

「中目黒《なかめぐろ》あたりに住んでるって話だけど、住所までは知らねえな」

「神山は、綾部という常連客のことで何か言ってなかったか？」

「別に何も言ってなかったよ。あんた、その綾部とかいう奴を追ってんだな？」

口髭の男が言った。

「おまえには関係のないことだろうが！」

「それはそうだけどさ。あんた、街金の取り立て屋《キリトリ》じゃねえの？　素《す》っ堅気《かたぎ》じゃないよな」

「余計な詮索《せんさく》はするな。ガキは小便して、早く寝ろっ」

鬼丸は相手を突き飛ばし、路地裏から出た。『お染』に引き返すと、ちょうど店から女将の彩乃が出てきた。

ひとりだった。板前の神山は、もう帰ったのだろう。綾部は、いつ店から消えたのか。彩乃とどこかで落ち合うことになっているのだろうか。

彩乃は店の前で、無線タクシーに乗り込んだ。鬼丸は大急ぎでレンジローバーの運転席に入った。

エンジンをかけたとき、無線タクシーが走りだした。鬼丸は少し距離を保《たも》ちながら、彩乃の乗った黄色いタクシーを追尾《ついび》しはじめた。タクシーは大きく迂回《うかい》し、道玄坂《どうげんざか》に出た。そのまま玉川《たまがわ》通りをたどり、三宿《みしゅく》通りに入った。行き先の見当はつかなかった。

タクシーは世田谷《せたがや》公園の少し先で停止した。しっとりと落ち着いた和風住宅の前だった。彩乃の自宅なのか。タクシーを降りた彩乃が、和装バッグの中から鍵《かぎ》を取り出した。どうやら彼女の自宅らしい。

タクシーが走り去った。

鬼丸は車を和風家屋の二軒手前の生垣《いけがき》に寄せ、すぐにヘッドライトを消した。エンジンも切る。

彩乃が門の向こうに吸い込まれた。鬼丸は静かに車を降り、和風家屋の前まで歩いた。

表札を確かめる。やはり、樋口と出ていた。歌舞伎役者が彩乃に買い与えた住宅なのだろう。

庭はそれほど広くないが、樹木が形よく植え込まれている。建物は数奇屋《すきや》造りの平屋だ。家の中は明るかった。

綾部が彩乃と他人でないとしたら、家の中にいる可能性もある。

鬼丸はあたりに人の目がないことを確認してから、樋口邸の大谷石《おおやいし》の塀《へい》を乗り越えた。庭木の陰に隠れ、耳をそばだてる。彩乃に怪しまれた気配はうかがえない。

鬼丸は中腰で家屋に近づいた。廊下の雨戸は閉まっていた。窓は、カーテンか障子戸《しょうじど》で塞《ふさ》がれている。

鬼丸は雨戸に耳を押し当てた。

かすかにテレビの音声が洩《も》れてくるが、人の話し声は聞こえない。家の中には、彩乃だけしかいないのか。

まだ、わからない。綾部はもう寝ついている可能性もあった。

鬼丸は建物の裏側に回り込んでみる気になった。庭の踏み石を歩くと、足音が響くかもしれない。

鬼丸は地べたの上を進んだ。

十数メートル歩いたとき、何かに蹴つまずいた。それは、折り重ねられた空《から》の素焼《すや》きの植木鉢《うえきばち》だった。

驚くほど大きな音がした。とっさに鬼丸は、庭の暗がりに走り入った。息を殺す。

少し経《た》つと、雨戸が一枚だけ繰《く》られた。

「誰？　誰かいるの⁉」

彩乃がこわごわ首を突き出し、懐中電灯の光で庭を照らした。

鬼丸はうずくまって、じっと動かなかった。家の中に綾部がいたら、彩乃は彼に声をかけていたのではないか。やはり、家には彩乃だけしかいないようだ。

「気のせいだったのね」

彩乃が独《ひと》りごち、雨戸を閉めた。

鬼丸は玄関に回り、チャイムを鳴らした。ややあって、ガラス戸の向こうに女の影が見えた。

「どちらさまでしょう？」

「非常識な時刻にお訪ねして申し訳ありません。警察の者です」

「いくらなんでも、こんな夜分《やぶん》に警察の方が見えるなんて変だわ。押し込み強盗ねっ」

「そうではありません。わたし、赤坂署の鈴木という者です」

鬼丸は告げた。

「わたしを安心させて、家の中に押し入ろうという魂胆《こんたん》ね。その手には乗らないわよ。帰って、帰ってちょうだい！」

「樋口さん、冷静になってください。あなたは宇田川町の『お染』の女将でしょ？」

「そこまで知ってるなら、押し込み強盗じゃなさそうね。でも、まだ安心できないわ。玄関のガラス戸に警察手帳を押し当ててちょうだい！」

彩乃が言った。鬼丸は上着の内ポケットから模造警察手帳を取り出し、言われた通りにした。

「本物の刑事さんだったのね。いま、玄関戸の鍵を開けます」

「恐れ入ります」

「わたしのほうこそ、泥棒扱いしてしまって、すみませんでした」

彩乃がそう言いながら、ガラス戸を勢いよく開けた。別の和服に着替えられていた。

アップに結《ゆ》い上げられた黒々とした髪は下ろされている。頰《ほお》から項《うなじ》にかけて、そこはかとなく色香がにじんでいた。

「ご協力に感謝します」

鬼丸は先に言葉を発した。

「いいえ、どういたしまして。それで、ご用件は？」

「あなたのお店に綾部健人がよく飲みに行ってますよね？」

「はい、ごひいきにしていただいております」

「今夜も綾部は『お染』に入ったはずなんだが、張り込みの刑事は奴を見失ってしまったらしいんですよ。綾部は何時ごろ、店を出たんです？」

「十一時半ごろだったかしら？　表にサラ金会社の連中がいるようだからって、綾部さん、厨房《ちゆうぼう》の勝手口からビルの裏手の道に出たんですよ」

「つまり、籠抜《かごぬ》けをしたんだ」

「ええ、そういうことになりますね。綾部さんは大切な常連さんですので、わたし、あの方を裏から逃がしてあげたんですよ」

「あなたと綾部は特別な間柄だという情報もあるんですが……」

「いやですわ。綾部さんは、ただのお客さんですよ。あの方がわたしに好意を寄せてくださっていることは薄々感じていましたけど、四つも年下の男性は恋愛の対象にはなりません。それに、わたしにはほかに想《おも》いを寄せている男性《ひと》がいますの。まだ片想いなんですけどね」

　彩乃がそう言って、小娘のようにはにかんだ。初々《ういうい》しかった。

「その方は、妻子のあるロマンスグレイなのかな」

「ええ、まあ。それより、綾部さんは何か悪いことでもしたんですか？」

「ある殺人事件に関与している疑いがあるんですよ」

「まあ、怖い」

「綾部は西巣鴨の自宅アパートには何日か前から戻ってないようなんです。彼がどこに泊まってるか、ご存じではありませんか？」

「いいえ、わかりません。お店で飲んでるときは綾部さん、プライベートな話はほとんどなさらないんです」

「そうですか。それじゃ、綾部の女性関係はわからないだろうな」

「ええ」

「お店での支払いは、どうです？」

「警察を辞めたころは少しツケを溜《た》めることがありましたけど、半年ぐらい前からはいつも勘定を多めに払ってくれるようになりました」

「そのころから、急に金回りがよくなったわけか」

「あら、わたし、まずいことを言ってしまったのかしら？　綾部さんが何か罪を犯したとしても、あの方はうちの上客です」

「板前の神山という男のことを少し教えてください」

鬼丸は言った。

「神山さん、うちの神山は若いころに京都のお料理屋さんで修業した和食の達人なんですよ。でも、博奕《ばくち》好きなもんで、いまだに自分のお店も持てないんです。神山が何か？」

「板前さんは綾部と親しいんでしょうか？」

「いいえ、お店の中だけのおつき合いだと思いますよ。年齢差がありますので、お互いに友達づき合いをする気には……」

「そうかもしれませんね」

「うちの神山が綾部さんの共犯者か何かなんでしょうか？」

彩乃が不安げに問いかけてきた。

「いや、そういうわけじゃないんです。若い半グレたちとつき合いがあるようなんで、ちょっと訊いてみただけです」

「神山は若い男たちが好きなんですよ。息子さんが三つのときに離婚して以来、ずっと会ってないらしいんですよ。だから、若い男の子たちをかわいがってるの」

「そうなんですか。いろいろ参考になりました。どうもありがとうございました」

鬼丸は謝意を表し、彩乃に背を向けた。

レンジローバーに大股《おおまた》で歩み寄る。ドア・ロックを解《と》いているとき、背後で靴音が響いた。鬼丸は振り向く前に、首筋に強烈な手刀《しゅとう》打ちを浴びせられた。片膝《かたひざ》をついたとき、頭にすっぽりと布袋を被せられた。

「綾部だなっ」

鬼丸は立ち上がろうとした。その瞬間、背中を膝頭で思い切り蹴られた。幾度か、むせた。

暴漢は鬼丸の喉に片腕を回し、ぐいぐいと締めつけてくる。鬼丸は気が遠くなった。

「死にたくなかったら、おれのことを嗅《か》ぎ回るな」

襲撃者が鬼丸を捻《ひね》り倒し、勢いよく走りだした。鬼丸は布袋を剝《は》ぎ取り、すぐに立ち上がった。早くも暴漢は闇《やみ》に紛《まぎ》れかけていた。

鬼丸は追った。しかし、最初の四つ角で敵を見失ってしまった。

おそらく綾部に襲われたのだろう。鬼丸は歯噛《はが》みして、路面を軽く蹴った。

3

うっかり和音《コード》を弾《ひ》き間違えてしまった。

鬼丸は店内を眺《なが》め回した。客もホステスも小さなミスに気づかなかったようだ。鬼丸はほっとして、『イパネマの娘』を演奏しつづけた。ボサノバだ。

『シャングリラ』である。樋口彩乃の自宅近くの路上で暴漢に襲われてから、四日が経《た》っていた。

その間、鬼丸は昼間は必ず綾部の自宅アパートと実家の様子をうかがいに出かけた。しかし、綾部はどちらにも近づいた痕跡《こんせき》がなかった。

堤には警察無線をチェックしてもらっていた。だが、各捜査本部が綾部の潜伏先を突きとめたという報告は入っていない。

蛭田には、渋谷の『お染』を見張らせていた。しかし、板前の神山が綾部と接触する気配はないという。綾部はどこに身を潜めているのか。都内のビジネスホテルか、ウィークリーマンションに偽名で隠れているのだろうか。

綾部がプロの殺し屋だとしたら、ふたたび田久保選手を狙撃《そげき》するだろう。田久保のスケジュールを調べ上げて、彼に張りついていれば、綾部を取り押さえられるかもしれない。

鬼丸は二回めの演奏が終わると、休憩室に急いだ。

スマートフォンを使って、毎朝《まいちょう》タイムズ社会部記者の橋爪昇《はしづめのぼる》に連絡を取る。十年来の知り合いだ。鬼丸よりも三つ年上だった。

「はい、橋爪です」

「鬼丸です」

「よう！　しばらくだな。元気か？」

「なんとか生きてますよ。橋爪さん、運動部に親しい記者はいます？」

「何人かいるが……」

「それじゃ、里帰り中の田久保選手の日程を誰かに教えてもらってくれませんか」

「田久保なら、確か午後二時ごろの便でロスに戻ったぞ」

「えっ、アメリカに戻ってしまった？」

「ああ。ほら、こないだ田久保は赤坂の路上で何者かに狙撃されただろう？」

「そういえば、そんなことがありましたね」

「だから、社会部の若い記者がずっと田久保に張りついてたんだよ」

「そうですか。それで、田久保はまた誰かに命を狙《ねら》われたんですか?」

「いや、魔手の影は一度も近づくことはなかったそうだよ。田久保はガードマンに身辺護衛をさせてたし、プレス関係者も彼の周《まわ》りに大勢いたからね」

　橋爪が言った。

「そういう状況なら、犯人も田久保を狙いようがなかったんだろうな」

「ああ、そうなんだろう。田久保に何か特別な関心でもあるのか?」

「そうじゃないんです。遠縁の中学生の男の子が田久保選手のサインボールを欲《ほ》しがってるんですよ。その子も野球をやってるんですが、長崎《ながさき》県に住んでるんです」

　鬼丸は言い繕《つくろ》った。

「なるほど。それで、おたくがその子の代わりにサインボールを……」

「ええ、そうなんです。しかし、もう日本にいないんじゃ、サインはねだれないな」

「どうしても田久保のサインボールが欲しいというんなら、ロス支局長に頼んでやってもいいぞ。ロス支局長は取材で、田久保にちょくちょく会ってるようだから」

「いいえ、結構です。会ったこともない方に迷惑をかけるわけにもいきませんので。それより、田久保選手の事件の捜査はどうなってるんですかね?」

「おれは、その事件《ヤマ》は担当してないんだ」

「そうなんですか」

「担当記者たちの話によると、捜査当局は警視庁の『ＳＡＴ《サット》』の元隊員をマークしてるそうだよ。その人物は、射撃の名手らしいんだ」

「橋爪さんは、いま、どんな事件の取材を担当してるんです？」

「例の連続爆殺事件を追ってるんだが、どの捜査本部もまだ犯人の割り出しもできてないんだよ。イスラム原理主義者による連続テロじゃないかなんて見方をしてる捜査員もいるんだが、おれは犯人は日本人だと睨《にら》んでる。大物の政治家や財界人だけが車ごとプラスチック爆弾で噴《ふ》き飛ばされたんだったら、そういう線も考えられるだろうが、被害者の中には華道の家元もいたわけだからな」

「しかし、ニューヨークの同時多発テロの犠牲者は民間人ばかりでしたよ」

「あのケースとは明らかに違うよ。犯人どもは自爆覚悟で、世界貿易センタービルに旅客機で突っ込んだ」

「ええ、そうでしたね」

「おたく、何かサイドビジネスをやってるみたいだな」

橋爪が言った。

「サイドビジネスですか⁉」

「そう。おたくはこれまでにも何度か、おれに探《さぐ》りを入れてきた。トラブルシューターみたいなことをやってるんじゃないのか」

「おれは、ただのピアノ弾きですよ。そんな才覚なんかありません」

「そうでもないだろうが。おたくは公安調査庁にいたんだし、ボストンでは危機管理コンサルタント会社で働いてた」

「おれは、単なるアシスタントスタッフをやってたんです。トラブルシューターなんかやれっこないでしょ」

「そう警戒するなって。仮におたくが法律に触れるような危《ヤバ》い副業をやってたとしても、おれは警察に密告するような真似《まね》はしないよ。何かスクープ種《だね》が欲しいだけなんだ。どうだい、共同戦線を張らないか？」

「橋爪さんは何か勘違いしてるな。おれ、何もサイドビジネスなんかしてませんよ」

「ほんとだな？」

「ええ。そのうち、ゆっくり飲みましょう。そろそろ次のステージの時間なんですよ」

鬼丸はそそくさと電話を切った。

別段、橋爪を信用していないわけではなかったが、まだ裏ビジネスのことを打ち明ける気はなかった。副業では、かなり荒っぽいことをしてきた。法を破ったことは数知れない。そのせいか、どこか後ろめたかった。

煙草《たばこ》に火を点《つ》けようとしたとき、スマートフォンが着信ランプを瞬《またた》かせた。

鬼丸はスマートフォンを耳に当てた。電話をかけてきたのは、デス・マッチ屋の蛭田だった。

「何か動きがあったんだな」

「ちょっとね。いま、神山っておっさんが宇田川町の喫茶店で、鷲《わし》のような顔立ちの三十二、三の男と会ってるんですよ」

「おそらく相手は綾部だろう」

「鬼丸《オニ》さん、どうします？　綾部って野郎をぶちのめして、どこかに監禁しましょうか」

「多分、奴は拳銃を持ってるだろう。無防備に躍《おど》りかかったりしたら、仁は至近距離から撃たれるかもしれない」

「へっちゃらですよ。おれはアラバマ州でピストルを持ってた黒人の二人組に絡まれたとき、そいつらを素手でぶっ飛ばしてやりました。それから、メキシコでもタクシーの運ちゃんが居直り強盗になって、でっけえリボルバーを突きつけてきやがったんです。でも、おれは無傷で相手をのしてやりましたよ」

「綾部は『ＳＡＴ《サット》』の優秀な隊員だった男なんだ。なめてかかるのは危険だな。とりあえず綾部を尾《つ》けて、奴の隠れ家を突きとめてくれないか」

「隠れ家は板前のおっさんを少し痛めつければ、すぐに吐くと思うがな」

「いや、綾部は神山に自分の居所《いどころ》を教えてないだろう」

「そうかな」

「仁、無理するなよ。綾部に気づかれたら、まず逃げてくれ」

「喧嘩屋のおれが尻尾《しっぽ》を巻くわけにはいきませんよ。綾部がどんなに手強《てごわ》くても、必ずぶっ倒してやります」

「あんまり子供っぽいことを言うなって。撃たれたりしたら、おまえはリングに立てなくなるかもしれないんだぞ」

「だけど……」

「いいから、おれの言う通りにしろ。仁、わかったな？」

「鬼丸《オニ》さんがそこまで言うんだったら、無茶はやりませんよ」

「綾部の塒《ねぐら》がわかったら、すぐ連絡してくれ」

「了解！　それじゃ、また後で！」

電話が切られた。

鬼丸はマナーモードに切り替えた。次の演奏時間が迫っていたからだ。

もう一服してから、休憩室を出る。鬼丸はさりげなくピアノに向かい、『想い出のサンフランシスコ』を軽快に奏《かな》ではじめた。

店に第三生命の羽山部長が入ってきたのは、ツーコーラス目に差しかかったときだった。連れはいなかった。黒服のボーイに導《みちび》かれ、羽山はピアノに近いボックスシートに坐った。沈んだ表情だった。

新人のホステスが羽山の席に着いた。羽山はウイスキーの水割りを傾けはじめたが、ホステスと短い会話を交わすだけだった。目で鬼丸に何か訴えかけ、腕時計に目を落とした。どうやら羽山部長は何か急用があって、わざわざ『シャングリラ』にやってきたらしい。

いったい何があったのか。

鬼丸は気になりはじめた。しかし、ピアノ演奏を中断させるわけにはいかない。そのままメドレーで、ジャズのスタンダードナンバーを五曲弾き通した。

鬼丸は客たちに一礼し、羽山のいる席に急いだ。

「きみ、席を外してくれないか」

羽山が新入りのホステスに小声で言った。若いホステスは素直に腰を浮かせた。彼女が遠ざかると、羽山が問いかけてきた。

「鬼丸さん、次のステージまでどのくらいの時間がありますか?」

「三十分はあります。場合によっては、五分か十分、次の演奏開始時間を遅らせることは可能です」

「それじゃ、一緒に外に出ましょうか」

「休憩室には誰もいないはずです。休憩室じゃ、まずいですか?」

「ええ、ちょっとね」

「羽山さん、何があったんです？」

「ここでは話しにくい内容なんですよ。とにかく、店を出ましょう」

「わかりました」

鬼丸は通路にたたずんだ。羽山が黒服のボーイを呼び、帰ることを告げた。

ほどなく二人は表に出た。

「わたしの車まで少し歩いてもらえますか？」

羽山がそう言い、せかせかと歩きだした。

鬼丸は大股で追い、羽山と肩を並べた。裏通りを百メートルほど歩くと、羽山は路上駐車してあるオフブラックのクラウンの運転席に乗り込んだ。助手席のドアが押し開けられた。

鬼丸は羽山のかたわらに坐った。ドアを閉める。

「裏特約の大口契約者十人に、ここ一両日の間に脅迫状が届けられました」

「えぇっ。で、脅迫の内容は？」

「脅迫状の写しをお見せしましょう」

羽山がルームランプを点け、ビジネスバッグの中から一枚のコピーを取り出した。鬼丸はそれを受け取り、パソコンで打たれた文字を目で追った。

裏特約はルール違反だ。エゴイストどもは罪深い。月岡法務大臣のような死に方をしたくなかったら、二週間以内に古札で十億円を用意しておけ。金の受け渡し場所については、後日、通告する。

言うまでもないことだろうが、警察に通報したら、きさまを処刑する。われわれは、きさまを常に監視している。そのことを忘れるな。

文面は、それだけだった。差出人の名はなかった。

「その脅迫状は、人気ニュースキャスター寺尾宏《てらおひろし》の自宅の郵便受けに投げ込まれたものです」

羽山が溜息混じりに説明した。

「あの寺尾宏は、おたくの会社と裏特約を結んでるんですね？」

「ええ、二十億の生命保険を掛けていただいています。ほかの九人も、それぞれ各界で活躍されている方ばかりです」

「犯人の要求額は、十人とも同じなんですか？」

「はい、そうです。寺尾氏と同じように、犯人が直接、九人の自宅の郵便受けに……」

「この脅迫状のことを警察に話した大口契約者は？」

「誰も警察には通報していません。寺尾氏たち十人の方は、わが社の契約部に相談に見えられたんです」

「それで、第三生命さんはどうされることになったんです？」

「きょうの役員会議で、この問題は内部で処理することに決定しました。要求の十億円につきましては、それぞれの方に仮払いという形で特約保険金の早出しをさせていただくつもりです」

「要求額は十人分で、ちょうど百億円か。巨額ですね」

「おっしゃる通りです。会社にとって、とても大きな負担です。しかし、大口契約者任せにするわけにはいきません。どなたも高額所得者ですが、わずか二週間のうちに十億円を用意できる方はそう多くないと思います」

「でしょうね」

「それに、わが社も裏特約の件が外部に洩れるのは困ります」

「ええ、わかります」

「おそらく脅迫者は、一連の爆殺事件や田久保選手の事件を画策した首謀者なんでしょう。鬼丸さん、なんとしてでも犯人を見つけ出してほしいんです」

「全力を尽くしてはいるのですが、残念ながら、犯人の顔が透《す》けてこないんですよ」

鬼丸は、羽山部長の顔をまともに見られなかった。

「あなたがベストを尽くしてくださっていることは、よくわかります。しかし、鬼丸さん、もう時間があまりないんですよ。これ以上、会社の損失が大きくなったら、存亡《そんぼう》の危機に直面することになるでしょう」

「急《せ》かされなくても、よくわかっているつもりです。わたしもプロの悪党《ギャング》ハンターです。プライドにかけても、お引き受けした仕事はやり遂《と》げます」

「いまのお言葉をうかがって、心強くなりました。経費はいくらかかっても、結構です。必要でしたら、何人でも助手の方を雇《やと》ってください。その方々の謝礼も、わが社が負担します」

「時間がありませんので、そうさせてもらうつもりです。いろんな分野のエキスパートが周《まわ》りにいるんですよ。そういった連中に協力してもらいましょう」

「その方々は口が堅《かた》いですよね？」

「もちろんです。第三生命の裏特約のことが外部に洩れる心配はありません」

「それなら、安心です」

「寺尾宏のほかの九人の方の氏名や住所を教えてくれませんか。脅迫された十人の方の身辺に網を張っておけば、犯人側の偵察役が引っかかるかもしれませんのでね」

「十人のリストは用意してあります」

羽山がふたたびビジネスバッグの中を探り、ルーズリーフ・ノートを取り出した。鬼丸は脅迫された十人のリストを受け取り、ざっと目を通した。ベテランの演歌歌手の名も載っていた。

　鬼丸はリストを二つに折り畳み、タキシードのポケットに突っ込んだ。羽山がルームランプを消した。

「鬼丸さん、よろしくお願いしますね」

「はい。それでは、わたしは店に戻ります」

　鬼丸はクラウンを降りた。

『シャングリラ』の少し手前で、スマートフォンが震動した。スマートフォンを耳に当てると、蛭田の呻き声が流れてきた。

「仁、何があったんだ⁉」

「野郎、おれの尾行に気づいてたんですよ。そうとも知らずに奴を尾けていったら、いきなり消えたんです」

「で、どうしたんだ？」

「あたりを見回してたら、電信柱によじ登ってた奴が空中飛び蹴りをおれの顔面に……」

「怪我は？」

「もしかしたら、鼻の軟骨を潰《つぶ》されたかもしれません」

「そこは、どこなんだ？」

「目黒区青葉台《あおばだい》の邸宅街です」

「詳しい場所を教えろ。店のオーナーに頼んで、早退《はやび》けさせてもらうよ」

「鬼丸《オニ》さん、大丈夫だって。自分でちゃんと歩けますよ。それより、奴にまかれてしまって、面目《めんぼく》ないっす」

「ひとまず引き揚《あ》げてくれ。仁、わかったな」

「ええ」

「痛みがひどいようだったら、外科医に診《み》てもらったほうがいいぞ」

「テーピングで、そのうち治りますよ。リングで数えきれないくらいに鼻を傷《いた》めてますから、怪我の程度は自分でわかるんです」

「そうか」

「鬼丸《オニ》さん、おれ、めちゃくちゃ悔しいよ。いつか野郎をとことんやっつけてやります」

「とにかく、おとなしく自分の塒《ねぐら》に戻るんだ。いいな?」

鬼丸は念を押してから、電話を切った。

4

邸宅街はひっそりと静まり返っている。

港区《みなと》白金《しろかね》三丁目だ。鬼丸は、人気ニュースキャスターの寺尾宏の自宅近くで張り込んでいた。レンジローバーの中だった。

第三生命の羽山が『シャングリラ』を訪れたのは四日前である。その翌日から鬼丸は店に出るまでの間、毎日、寺尾の自宅の周辺をチェックしていた。

いまのところ、不審者の姿は目に留《と》まっていない。寺尾以外の九人の裏特約顧客の身辺は、クラブのＤＪや情報屋たち知人が探《さぐ》っている。だが、まだ何も動きはなかった。

夕陽が寺尾の豪邸を照らしている。午後四時過ぎだった。

鬼丸はスマートフォンを手にすると、またもや綾部をコールしてみた。これまでに百回近く電話をかけている。だが、いつも先方の電源は切られていた。

いまも、やはり電話は繋がらなかった。どうやら綾部は警戒心を強め、古いスマートフォンは使っていないようだ。

きのう、鬼丸は綾部の実家に電話をしてみた。綾部の母親から何か情報を得たいと考えていたのだが、その期待は虚《むな》しかった。

渋谷の『お染』には、毎夕から深夜まで蛭田が張り込んでいる。しかし、綾部は店に近づかなくなってしまった。

鬼丸はいったん電話を切ってから、堤のスマートフォンを鳴らした。待つほどもなく堤が電話に出た。

「堤さん、おれです。その後、何か捜査に動きがありました？」

「鬼丸ちゃん、ちょっと待っててくれ。いま、デスクにいるんだ」

「それじゃ、電話をかけ直します」

「いや、このまま話そう。いま、廊下に出たよ。例の爆殺事件や田久保の事件の捜査は相変わらず難航してるようだが、ちょっと気になる情報を小耳に挟《はさ》んだんだ」

「どんな話なんです？」

「いま売れに売れてるテレビ女優の天沼由季《あまぬまゆき》、知ってるよな」

「ええ」

鬼丸は短く答えた。二十五歳の天沼由季は瓜実顔《うりざねがお》だが、その肢体《したい》は白人娘のように豊満だった。テレビドラマの主演を務め、トークショーの司会もこなしている。CM出演も多い。

「きのうの夜、天沼由季が関東テレビで録画撮《ど》りを終えた直後に黒いフェイスマスクを被った二人組の外国人に拉致《らち》されそうになったらしいんだ」

「外国人ですか⁉」

「ああ。イラン人っぽい男たちだったみてえだな。天沼由季が大声を出したんで、その二人組は慌てて逃《フケ》げたって話だったよ」

「読めましたよ。堤さんは、ひょっとしたら、天沼由季も第三生命と裏特約を結んでるんじゃないかと……」

「ああ、なんとなくそう思ったんだ。直感とか勘なんて言い出すと、鬼丸ちゃんにまた笑われそうだけどな」

「堤さん、おれは笑ったことなんかありませんよ」

「どっちでもいいじゃねえか。それはそうと、鬼丸ちゃんはどう思う？」

「天沼由季が裏特約に加入してる可能性はありそうですね。あれだけの人気女優なら、偏《へん》執狂《しつきょう》のファンに命を狙われる恐れもゼロじゃない」

「第三生命の羽山って部長にそのことを確かめてみなよ」

「そうしますか。しかし、仮に天沼由季が裏特約を結んでたとしても、一連の事件とは切り離して考えるべきなんじゃないだろうか」

「犯行の手口が違うって言いてえんだな？」

　堤が言った。

「ええ、まあ」

「確かに月岡法務大臣たち十四人は車に爆発物を仕掛けられた。田久保の場合は殺されなかったが、サイレンサー付きのライフルで狙われた。どっちも犯人の狙いは命だよな？」

「そうなんでしょう。天沼由季だけ即座に殺そうとしないのは、変なんじゃないかな」

「人気女優をすぐ殺したら、もったいないじゃねえか。犯人どもは、そう考えたんだろうよ」

「要するに、セクシーな美人女優をさんざん慰《なぐさ》み者にしてから命を奪う気になったってことですね？」

「そう。人気絶頂の女優を抱くチャンスなんか、そうそうあるもんじゃない。けど、引っさらっちまえば、好き放題できるってもんだ」

「それはそうですが、天沼由季を拉致しようとした二人組はイラン人っぽい男たちだったんでしょ？」

「ああ」

「一連の事件に外国人の影は一度もちらついてないんですよ」

「鬼丸ちゃんの言う通りだが、連続爆殺事件と田久保の狙撃未遂事件は明らかに手口が違う。しかし、殺された十四人と田久保は第三生命と裏特約を結んでた。だから、天沼由季が田久保と同じように大口契約者だったとすれば、犯行の手口が違ってても、別に不思議はねえわけだよな」

「そうですかね。とにかく、その件は羽山部長に訊いてみますよ」

鬼丸は言った。

「ところで、ニュースキャスターの寺尾たち十人に脅迫状が送りつけられたって話だったが、そっちの線から何か手がかりは得られたのか？」

「脅迫状を受け取った十人の自宅周辺を手分けしてチェックしつづけてるんですが、まだ犯行グループの偵察らしい人影はまったく……」

「そうなのか。鬼丸ちゃんは、誰の家《ヤサ》を見張ってるんだ？」

「寺尾の自宅に張りついてるんです。きょうも無駄骨を折る結果に終わったら、十人の裏特約顧客の自宅の電話保安器にヒューズ型盗聴器を仕掛けようと思ってるんですよ。自動録音装置付きの受信機をそれぞれの家の近くに隠しておけば、脅迫電話の類《たぐい》があったかどうかチェックできますんでね」

「鬼丸ちゃん、そのほうがいいかもしれねえぞ。犯人側にとっては、脅迫した十人が金策に駆けずり回ってるかどうか気になるとこだろうが、わざわざ仲間の誰かを偵察に行かせるかな。おそらく敵は、そのうち寺尾たち十人に電話をかけて、十億円の調達ができそうかどうか確かめるんじゃないのか？」

「ええ、考えられますね」

「おっと、前方から課長が来やがった。鬼丸ちゃん、またな」

堤が小声で言い、慌《あわ》てて電話を切った。

鬼丸は、今度は第三生命の羽山をコールした。電話は、すぐに繋がった。

「ちょっと確認したいんですが、テレビ女優の天沼由季はおたくの会社と裏特約を結んでますか？」

「ええ、結んでいます。確か十五億円だったと思います、保険金は」

「やっぱり、そうでしたか」

「鬼丸さん、いったいどういうことなんでしょう？」

羽山が説明を求めた。鬼丸は経緯《いきさつ》を話した。ただし、情報提供者が堤であることは明かさなかった。

「天沼由季が拉致されそうになったからといって、一連の爆殺や田久保氏の事件と関連づけて考えるのは、いかがなもんですかね」

「実はわたしも、最初はそう思ったんですよ。しかし、敵は必ずしも同じ手口の犯行を重ねているわけではありません。現に田久保選手は赤坂の路上で狙撃されました」

「ええ、そうでしたね」

「犯人グループは、色気たっぷりの人気女優の肉体を弄《もてあそ》んでから殺す気になったのかもしれません」

「なるほど、そういうことも考えられますね。イラン人らしき二人組を雇ったんだとしたら、首謀者は暗黒社会と繋がりのある人物なんでしょうか」

「その可能性はあると思います」

「うちの会社が犯罪組織に狙われてるとしたら、警察の力を借りなければならなくなってきますね。そんなことはしたくないが……」

「羽山さん、もう少し時間をください。わたしの手で、闇の奥から邪悪な奴らを引きずり出して見せます」

「もちろん、そうしていただけるのがベストです。鬼丸さん、見通しはいかがなんでしょう？」

「近いうちに何か大きな手がかりを掴めそうな感触があるんです。ですので、もう少し時間が欲しいんですよ」

「わかりました。ぎりぎりまで警察の力は借りないことにします」

羽山がそう約束し、先に通話を切り上げた。

鬼丸はスマートフォンを懐《ふところ》に戻すと、ロングピースに火を点けた。

一服し終えたとき、前方から一台の単車が走ってきた。ライダーはフルフェイスの黒いヘルメットを被っていた。体つきから察して、まだ二十代の男だろう。

ヤマハの大型バイクは寺尾邸の塀《へい》の横に停まった。

ライダーは単車から降りると、寺尾邸の門扉《もんぴ》に近づいた。それから周囲を見渡し、レリーフの施《ほどこ》された鉄の扉越しに邸内の様子をうかがいはじめた。

挙動が怪しい。

鬼丸は静かにレンジローバーから出て、寺尾邸に歩《ほ》を進めた。足音を殺したつもりだったが、ヘルメットの男がぎょっとして振り向いた。

鬼丸は、相手を射竦《いすく》めた。ライダーは目を逸《そ》らし、焦ってバイクに走り寄った。鬼丸も単車に駆け寄り、手早く鍵《キー》を抜き取った。

「な、何すんだよ⁉」

ヤマハに打ち跨《また》がった男が甲高《かんだか》い声を放った。

「ニュースキャスターの寺尾の自宅を覗《のぞ》き込んでたなっ」

「えっ⁉」

「バイクの免許証を見せてくれ」

「あんた、なんの権利があって、そんなことを言うんだよ！」

「おれは刑事なんだ」

鬼丸は言って、模造警察手帳を短く見せた。

男が少し迷ってから、大型自動二輪の運転免許証を呈示した。鬼丸は運転免許証を検《あらた》めた。偽造された運転免許証ではなかった。ライダーの氏名と現住所を頭に叩き込み、運転免許証を返す。

「寺尾宏の邸を覗き込んでたことは認めるな？」

「は、はい」

「なぜ、そんなことをしたんだ？」

「もしかしたら、寺尾宏がいるかなと思ったんですよ」

「それだけじゃないだろうが。そっちは周《まわ》りの様子をうかがってから、門扉に近づいた。

おれは見てたんだ」

「まいったな」

「何か別の目的があったんじゃないのかっ」

「えっ⁉」

「正直に答えないと、パトカーを要請することになるぞ」

「…………」

「ポケットに入ってる物をすべて見せてくれ」

「最悪だな」

男がヘルメットのシールドを上げ、ブルゾンのポケットに両手を突っ込んだ。ドライバーと小型ハンマーが取り出された。

「それは何に使う気だったんだ？　そっちは泥棒《ノビシ》なのかっ」

「ち、違いますよ。おれ、有名人の表札を集めてるだけです」

「表札を集めてるって？」

「は、はい。寺尾宏の表札をがめようとしただけで、家の中に忍び込む気なんかまったくありませんでした。どうか信じてください」

「そっちが有名人の表札を集めてるって、何かで証明できるのか？」

鬼丸は訊いた。

ヘルメットの男が二度うなずき、サドルバッグから二枚の表札を摑み出した。片方は名の売れた男優の表札で、もう一つは著名な小説家のものだった。

「これで信じてもらえたでしょ？」

「表札を盗むのも泥棒は泥棒だぞ」

「もう盗《と》りませんから、どうか大目に見てください」

男は、いまにも泣き出しそうだった。

どうやら単なる表札泥棒らしい。鬼丸は形ばかりの説諭《せつゆ》をして、単車のキーを返してやった。男はあたふたとヤマハのエンジンを唸《うな》らせ、逃げるように走り去った。鬼丸は苦笑って、自分の車の中に戻った。

大物演歌歌手の自宅を見張っていたクラブのDJ玄内翔《げんないしよう》から連絡が入ったのは、午後六時過ぎだった。

「西島次郎《にしじまじろう》の家の様子をしつこくうかがってた三十代半《なか》ばの男が、いま新宿エクセレントホテルのティールームで中国人と思われる中年男と会ってます」

「その二人の正体を突きとめてくれ」

「了解！」

「おれも、これからそっちに行くよ。おまえがホテルを離れる場合は、もう一度電話をしてくれ。いいな」

鬼丸は電話を切ると、レンジローバーを発進させた。

玄内は二十七歳で、元検察事務官である。一年半前まで東京地検に勤めていたのだが、いまは渋谷のクラブのDJだ。音楽好きが昂《こう》じ、転職したのである。

いつも風変わりな恰好《かっこう》をしているが、根は好青年だ。渋谷のショットバーで一年あまり前にたまたま隣り合わせ、なんとなく口をきくようになったのだ。

DJの収入はそれほど多くない。そんなことから、鬼丸はちょくちょく玄内に調査や張り込みの仕事を回していた。

新宿エクセレントホテルは西武《せいぶ》新宿駅の並びにある。目的のホテルに着いたのは、およそ四十分後だった。

鬼丸は車をホテルの地下駐車場に置き、一階ロビーに上がった。

玄内はフロントから少し離れたソファに腰かけていた。例によって、奇抜なファッションだった。肩まで伸ばした髪はプラチナに脱色されている。

鬼丸は、さりげなく玄内のかたわらに坐った。

「翔、マークした二人はまだティールームにいるのか?」

「いいえ。二人は五分ほど前にティールームから出てきて、ロビーで別れました。西島次郎の自宅の様子をうかがってた三十三、四歳の男は湯原《ゆはら》と呼ばれてました。四十二、三の奴は中国人で、郭《グオ》と呼ばれてた。おれ、ティールームに入って、二人の会話を盗み聴《ぎ》きしたんですよ」

「そうか。で、どんな話をしてた？」

「湯原は郭《グオ》って奴に『西島次郎は金を持ってるから、問題ないでしょう』と報告してました。それに対して、郭《グオ》は『それなら、いいビジネスになりそうね』なんて言ってました」

「二人は日本語で喋《しゃべ》ってたんだな？」

「ええ、そうです。郭《グオ》には少し訛《なまり》がありましたが、一応、日本語にはなってました」

「二人の話の中に、第三生命の社名は？」

「それは一度も口にしませんでした、二人とも」

「そう。湯原という日本人の男は、どんな印象だった？」

「堅気《かたぎ》じゃないと思います。左手の小指の先っぽがなかったし、右手首にゴールドのブレスレットを嵌《は》めてましたしね。どこかの組員か、元やくざだろうな」

玄内が言った。

「郭《グオ》のほうは？」

「やっぱり、どこか崩れた感じでしたね。郭《グオ》は、このホテルに泊まってるようです。ロビーで湯原と別れてから、郭《グオ》はエレベーターで十六階に上がったんですよ。それで、おれ、フロントに行って、宿泊客の中に郭《グオ》という中国人がいるはずだと言ったんですが、そういう名前の泊まり客はいないという話でした。多分、偽名でチェックインしたんだと思います」

「そうだろうな。湯原って奴はホテルを出ていったんだな?」

鬼丸は確かめた。

玄内がうなずき、肘《ひじ》で鬼丸の脇腹を軽くつついた。その目は、奥のエレベーターホールに注がれている。郭《グオ》が姿を見せたのか。

函《ケージ》から出た眼光の鋭い四十絡《がら》みの男がロビーに向かって歩いてくる。

「あの男が郭《グオ》だな?」

「ええ、そうです。どこかに出かけるみたいだな。鬼丸さん、おれ、奴を尾行します」

「それは、おれがやろう。翔は渋谷に戻って、自分の仕事をやってくれ。こいつは、きょうの謝礼だ。ご苦労さんだったな」

鬼丸は五枚の一万円札を玄内に握らせ、ソファから立ち上がった。怪しい中国人は、ホテルの回転扉に向かっていた。

鬼丸は尾行を開始した。

# 第三章　不審な外国人たち

## 1

胡散《うさん》臭そうな中国人はロッカールームに向かった。

歌舞伎町《かぶきちょう》の裏通りにあるスポーツクラブだ。ビルは風林《ふうりん》会館の斜《なな》め裏あたりに建っている。鬼丸はクロークに歩み寄った。

顔色のすぐれない二十代後半の男が目礼《もくれい》し、遠慮がちに確かめた。

「失礼ですが、当スポーツクラブの会員の方でしょうか？」

「いや、違うんだ」

「申し訳ありませんが、当スポーツクラブは会員制になっておりまして……」

「警察だよ」

鬼丸はそう告げ、模造警察手帳を短く呈示した。クロークマンの顔が引き締まる。緊張の色がみるみる拡《ひろ》がった。

「たったいま、ロッカールームに入っていった四十年配の男は中国人だね？」

「ええ」

「彼は、ここの会員なのかな」

「そうです」

「名前は？」

「郭淳民《グオチェンミン》さまです」

「職業は？」

「入会時の申込書には、確か貿易商と記入されていたと記憶しています」

「現住所は？」

鬼丸は畳みかけた。

「入会時は中野区内にお住まいだったのですが、いま現在は新宿エクセレントホテルの一六〇五号室を月極《つきぎめ》でお借りになっているそうです」

「郭《グオ》は、いつもひとりでスポーツクラブに来てるの？」

「たいていおひとりですね。でも、何度かビジターの方とご一緒でした」

「その連れは中国人？」

「中国の方とご一緒のこともありましたし、日本人のお連れさまと見えられたこともございました」

「日本人の連れの名は？」

「湯原さまとおっしゃる方でした」

「小指の先が欠けてる三十三、四歳の男じゃなかった？」

「さあ、どうでしたか。ビジターの方を露骨に見るわけにもいきませんので、そこまでは確認しておりません」

「とにかく、やくざ風だったんだろう？」

「ええ、まあ」

クロークマンは言いづらそうに答えた。

「ちょっとクラブ内を歩かせてもらってもいいね」

「はい、それはかまいません。ですが、ここで会員の方を逮捕されるようなことは困ります」

「郭《グオ》に手錠《ワッパ》打ったりはしないよ。安心してくれ」

「あのう、郭《グオ》さまは何をされたのでしょう？」

「その質問には答えられないな」

鬼丸は素《そ》っ気《け》なく言って、クロークから離れた。ちょうどそのとき、ロッカールームから郭《グオ》が出てきた。

白いゴムキャップを被《かぶ》り、水色のスイミングパンツを穿《は》いている。迫《せ》り出した腹が醜《みにく》い。

鬼丸は観葉植物の鉢の陰に隠れた。

郭《グオ》はフロアを進み、地下一階にあるプールに下《くだ》った。プールサイドには、縞《しま》柄のデッキチェアが幾つか並んでいた。

プールの温水がうっすらと湯気を立ち昇らせている。プールの中では、ホスト風の美青年と五十歳前後の太った女が戯《たわむ》れているだけだった。女は、ホストクラブの上客なのではないか。

郭《グオ》はプールの端から、ゆっくりとクロールで泳ぎはじめた。泳ぎ方は上手だった。

鬼丸はリラクゼーションルームの嵌《は》め殺しガラス窓から、郭《グオ》の動きを眺めた。

郭《グオ》は五十メートルのプールを四往復すると、デッキチェアで体を休めた。一階から五階まで各種のトレーニングルームになっているようだ。インストラクターの号令が遠くから響いてくる。

鬼丸は堤に連絡をした。

「天沼由季は、やっぱり第三生命と裏特約を結んでましたよ。保険額は十五億円らしい」

「おれの勘《かん》は、まだ鈍《にぶ》っちゃいなかったな」

堤が満足げに呟いた。

「たいしたもんですよ、堤さんは。それはそうと、ちょっと前科の有無《うむ》の照会をしてもらいたい奴がいるんです」

「何か手がかりを摑《つか》んだらしいな」

「翔がちょっとね」

鬼丸は経過を話し、湯原の前科歴を調べてくれるよう頼んだ。

「湯原の下の名はわからねえんだな？」

「そうなんですよ。おそらく、どっかの組員だと思います。三十三、四歳だろうな」

「すぐに照会してやる。折り返し、こっちから電話するよ」

堤の声が熄《や》んだ。鬼丸はスマートフォンをマナーモードに切り替え、プールを覗《のぞ》いた。

いつからか、郭《グオ》は平泳ぎで温水を搔《か》いていた。

数分が経《た》ったころ、スマートフォンが震動した。発信者は堤だった。

「湯原姓の前科《マエ》持ちは二人いたが、片方は元証券会社の社員だった。そいつは上司と酒を飲んでて喧嘩《けんか》になって、相手を殴《なぐ》り殺しちまったんだ」

「もうひとりは？」

「湯原芳高《よしたか》、三十四歳。三年前まで関東義誠《ぎせい》会辛島《からしま》組の組員だったんだが、破門になってるな。前科は傷害と恐喝のダブルだったよ」

「現住所は？」

「新宿区若松町《わかまつちょう》三十×番地、『若松町スカイハイツ』八〇八号室だ。しかし、いまもそこに住んでるかどうかはわからねえぞ。多分、転居してるだろう」

「そうかもしれませんね」

「ついでに、郭淳民《グオチエンミン》のことも調べてみた。郭は四十二歳で、新宿署にマークされてる男だよ。五年前に上海《シャンハイ》から正規入国してるんだが、外国人登録はしてねえ。ビザが切れる前に中国に戻って、観光ビザや研修ビザで日本に舞い戻ってる。表向きは漢方薬の商《あきな》いをしてるってことになってるようだが、他人名義で上海クラブを経営したり、非合法の賭場《とば》を開いてるらしい」

「上海マフィアの幹部なんでしょうね」

「郭《グオ》は歌舞伎町を根城《ねじろ》にしてる上海グループの大幹部のひとりらしいんだが、最近は不良イラン人グループやコロンビア人たちと積極的につき合ってるようだな」

「郭《グオ》は混成外国人マフィアを結成する気でいるんですかね」

「そうなのかもしれねえな。元やくざの湯原ともつき合ってるところを見ると、新しい犯罪集団をこさえて、歌舞伎町を牛耳るつもりでいるんじゃねえのか」

　堤が言った。

「堤さん、郭《グオ》がダミーを使って経営してる上海クラブの名は？」

「そこまでは調べてねえんだ。それから、女関係もな。けど、チャイニーズ・マフィアの幹部どもは、だいたい自分の情婦《おんな》に店のママをやらせてる。上海クラブがわかりゃ、女関係は苦もなく洗い出せるだろう」

「そうでしょうね」

「湯原って野郎が西島次郎の自宅の様子をうかがってたんなら、郭《グオ》が寺尾宏たち十人に脅迫状を送りつけた疑いが濃くなってきたな」

「そうだったとしたら、『SAT《サット》』の元隊員の綾部は郭《グオ》に雇われたってことになるわけか」

「おおかた、そうなんだろう。それから、イラン人と思われる二人組にテレビ女優の天沼由季を拉致《らち》させようとしたのも郭《グオ》だと思う」

「流れから考えると、そうなるでしょうね」

「鬼丸ちゃん、郭《グオ》って野郎を追ってみなよ。そうすりゃ、陰謀が透《す》けてくるんじゃねえか」

「ええ、多分」

鬼丸は堤の労を犒《ねぎら》って、先に電話を切った。

それから間もなく、郭《グオ》が温水プールから上がった。怪しい中国人はシャワールームに消えた。鬼丸はリラクゼーションルームから出て、クロークの前に戻った。クロークマンは鬼丸と目を合わせようとしなかった。郭《グオ》に余計なことを喋《しゃべ》ったと疑われたくないのだろう。

十数分で、郭《グオ》はシャワールームから出てきた。腰に白いバスタオルを巻いた恰好《かっこう》で、ロッカールームに入っていった。

鬼丸は先にスポーツクラブを出て、路上駐車中のワンボックスカーの陰に入った。

数分後、マーガレットから電話がかかってきた。

「ファッション雑誌のグラビア撮影が予定よりも早く終わったの。わたし、いま、六本木にいるのよ」

「そう」

「竜一、まだ『シャングリラ』に入ってないんでしょ？　だったら、どこかで一緒にご飯を食べない？」

「悪いが、つき合えない。今夜は店を休むつもりなんだ」

「どこか具合が悪いの？」

「いや、そうじゃないよ。私的な用事があって、どうしても会わなきゃならない人間がいるんだ」

「竜一、時々、仕事を休んでるでしょう？　専属ピアニストの仕事、ちょっと飽《あ》きちゃったのかな」

「マギー、何を言い出すんだ？　仕事はおれの性《しょう》に合ってるし、オーナーの御木本先輩もよくしてくれてる」

「それなのに、どうしてお店を休んだりするの？」

「それは……」

鬼丸は口ごもった。裏ビジネスのことを打ち明けたら、マーガレットに心配をかけることになる。

「わたし、悲しくなるわ」

「悲しくなる？」

「だって、そうでしょ？　男と女が愛し合うには、お互いが信頼し合えなければ、やがては……」

「マギー、おれはきみを大切な女性だと思ってる。昔のことはともかく、いまはマギーを最も愛《いと》しいと思ってるんだ。そのことは嘘《うそ》じゃない」

「だったら、なぜ竜一はこそこそしてるの？　わたしのほかに好きな女性ができたんでしょ？　だけど、わたしを傷つけたくなくて、あなたはなかなか言い出せない。そうなのね？」

マーガレットが叫ぶように言った。

「そいつは曲解だよ、マギー」

「もう嘘《うそ》なんか聞きたくないわ」

「わかった。おれが時々、仕事を休む理由を話そう。学生時代からの友人が小さな出版社を経営してるんだが、この不況で二人の社員を解雇せざるを得なくなってしまったんだよ。それで、おれが無給で友人の仕事を手伝ってやってるんだ」

鬼丸は苦し紛《まぎ》れに嘘を口にした。自分が偽善者になったようで後ろめたかったが、マーガレットに事実を語るわけにはいかない。

「そうだったの。おかしなことを言ってしまって、わたし、恥ずかしいわ。心の狭い女だと思ったでしょうね」

「そんなことは考えなかったさ。マギーの熱い想いが伝わってきて、むしろ嬉《うれ》しかったよ」

「ほんとに？」

「もちろんさ」

「時間ができたら、電話してね。それじゃ、また！」

マーガレットが電話を切った。

スマートフォンをジャケットの内ポケットに戻したとき、スポーツクラブから郭《グオ》が現われた。

鬼丸は慎重に郭《グオ》を尾《つ》けはじめた。郭《グオ》は花道《はなみち》通りから西武新宿駅前通りをたどり、上海料理の店に入った。

鬼丸は一分ほど経《た》ってから、店内に足を踏み入れた。十数卓の円《まる》いテーブルは、あらかた客で埋まっている。

テーブル席に、郭《グオ》の姿は見当たらなかった。左側に個室席《コンパートメント》が三つ並んでいた。いずれも出入口はアコーディオン・カーテンで塞《ふさ》がれている。

郭《グオ》は個室席のどこかにいるようだ。鬼丸は三つの個室席を見通せる空席に坐り、メニューを押し開いた。高級上海料理がメインで、庶民的な一品料理は少ない。

チャイナドレス姿のウェイトレスがジャスミン茶のセットを運んできた。

鬼丸は鮑《あわび》の旨煮《うまに》とフカヒレ焼売《シューマイ》をオーダーした。飲みものはビールを選んだ。

鬼丸は、さりげなく三つの個室席に目をやった。どこも出入口はアコーディオン・カーテンで閉ざされたままだった。

少し待つと、ビールと前菜が届けられた。一杯目のビールを空《あ》けたころ、料理が円卓に並んだ。

鬼丸はビールを傾けながら、料理を食べはじめた。

値はやや高めだったが、それだけの価値はあった。ことに鮑の旨煮は絶品だった。隠し味のオイスターソースが利《き》いていた。

フカヒレ焼売を口の中に放り込んだとき、ウェイトレスが真ん中の個室席のアコーディオン・カーテンを横に大きく払った。鬼丸は視線を延ばした。

ウェイトレスの向こうに、郭《グオ》の笑顔が見えた。郭《グオ》の右隣に坐っている男は彫りが深く、鼻が高い。イラン人だろうか。

左隣にいる男も日本人には見えない。頭髪が癖《くせ》っ毛《け》で、肌の色が黒い。コロンビア人か。二人とも三十代だろう。

ウェイトレスは汚れた取り皿を銀盆に重ねると、そのまま円卓から離れた。ふたたびアコーディオン・カーテンで出入口は塞《ふさ》がれた。

郭《グオ》は混成外国人マフィアのボスなのか。連中は日本の要人や各界の著名人を爆殺事件などで震え上がらせ、裏特約顧客たちから十億円ずつ脅し取るつもりなのだろうか。すべての顧客から十億円ずつせしめたら、その総額は数千億円になる。手間のかからないダーティー・ビジネスではないか。

それだけの軍資金があれば、郭《グオ》は歌舞伎町の裏社会を支配できるようになるかもしれない。そこまでは無理にしても、新勢力はアウトローたちから一目《いちもく》置かれるようになるだろう。

それはそれとして、郭《グオ》はどんな手を使って第三生命の裏特約のことを知ったのか。社員の誰かを抱き込んで、裏特約顧客リストを盗み出させたのだろうか。

鬼丸はフカヒレ焼売を平らげると、先に表に出た。店の斜め前にたたずみ、第三生命の羽山部長に電話をかける。

「一連の爆殺事件が起こる前後に、おたくの調査部のスタッフで退職された方は？」

「そういう社員は、ひとりもいません」

「それでは、急に金遣《かねづか》いが粗《あら》くなったスタッフの方は？」

「調査部には、そういう人間はいませんね。鬼丸さん、どういうことなんでしょう？」

羽山が訝《いぶか》しげに問いかけてきた。

鬼丸は、元やくざの湯原が演歌歌手の西島次郎の自宅の様子をうかがっていたことから説明し、陰謀のシナリオを練ったのが郭《グオ》かもしれないと語った。

「やっぱり、外国人マフィアの仕業《しわざ》臭いんですね。女優の天沼由季がイラン人らしき二人組に拉致されそうになったことで、その疑いが濃くなったと思っていたんです」

「羽山さん、まだ断定できるだけの証拠を押さえたわけではありません。ですんで、あまり先入観を持たないでください」

「しかし、状況証拠だけでも外国人による犯行っぽいでしょ？」

「確かにおっしゃる通りですが、まだわかりません。それはそうと、社内に誰か内通者がいるような気がしてるんですが……」

「社内にそういう不心得者はいないと信じたいですが、契約部第二課にいる女性社員が半年ぐらい前から少し生活が派手になりましたね。それまで彼女は万事に地味だったんですが、急に有名ブランド物の洋服やバッグで身を飾りたてるようになったんですよ」

「羽山さん、その方の名前と住所を教えてもらえませんか。ちょっと調べてみたいんです」

「その調査は、わたしがやりましょう。彼女が事件に関与していなかったら、後《あと》で厄介《やっかい》な問題になりかねませんからね。わたしなら、同じ会社の人間ですので、調査しやすいと思うんです」

　羽山が早口で言った。

「それもそうですね。それでは、その女性社員の調査は羽山さんにお願いしましょう」

「任せてください。彼女が怪しいようでしたら、あなたにご報告します」

「頼みます」

　鬼丸は通話を切り上げ、スマートフォンを懐《ふところ》に戻した。

　それから一分も経《た》たないうちに、高級上海料理店から郭《グオ》たち三人が姿を見せた。三人は新宿東宝《とうほう》ビルのある方向に肩を並べて歩きだした。

　鬼丸は三人を追った。郭《グオ》たちは日本語で遣《や》り取りをしている。

　イラン人らしき男は、ゴーラムという名だった。南米系の男はパウロと呼ばれていた。二人とも、郭《グオ》ほどは日本語がうまくない。ことにパウロの助詞の使い方は、でたらめだった。

　それでも三人は、互いに言葉が通じている様子だった。郭《グオ》たちは、日本の通勤・通学電車の混み具合を話題にしていた。

「ほんと凄《すご》いね。だけど、女と女に挟まれたら、わたし、どんなに押されても怒らないよ。怒るどころか、大歓迎ね。女のおっぱい、とても気持ちいい。ヒップもクッションみたいね」

ゴーラムが大声で、どちらにともなく言った。すると、パウロが口を開いた。

「イランの男、みんな、スケベね。いつもいつもそういう話する」

「パウロの国、自由ね。でも、イランはお酒もフリーセックスも駄目。だから、コロンビアの男たちみたいに好きなことできない。そのせいで、外ではスケベ剝《む》き出しになる。それ、仕方ないことね」

「そうだよな」

郭《グオ》がゴーラムに同調した。三人は歩きながら、高笑いを響かせた。

鬼丸は幾度も三人に殴りかかりたい衝動に駆《か》られたが、じっと堪《こら》えた。

三対一では分《ぶ》が悪すぎる。郭《グオ》たちが拳銃《けんじゆう》を隠し持っていたら、逆に射殺されてしまうかもしれない。ここは大事をとるべきだろう。

三人はさくら通りとあずま通りを横切り、区役所通りに出た。区役所通りを斜めに突っ切り、純白の飲食店ビルの中に入っていった。

鬼丸は郭《グオ》、ゴーラム、パウロの三人が函《ケージ》に乗り込んでから、エレベーターホールに駆け込んだ。階数表示盤を見上げる。

郭《グオ》たち三人を乗せたエレベーターは、五階で停止した。エレベーターは二基あった。鬼丸は隣の函《ケージ》に乗った。

五階で降りる。すでに三人の姿は搔き消えていた。通路の両側には、クラブやパブが連《つら》なっていた。右側の中ほどに上海クラブ『桃源郷《とうげんきょう》』という軒灯《けんとう》が見えた。郭《グオ》たち三人は、その店に入ったにちがいない。

鬼丸は『桃源郷』に入るべきかどうか、迷いはじめた。

飲食店ビルの大きさから察すると、上海クラブの店内はそれほど広いとは思えない。店に入れば、先客の三人に顔を見られる恐れがある。店の外で郭《グオ》たちを待つほうが賢明だろう。

鬼丸はそう判断し、エレベーターで一階に下《お》りた。大急ぎで新宿エクセレントホテルに戻り、レンジローバーに乗り込む。

郭《グオ》たちは最低でも一時間前後は上海クラブにいるだろう。

鬼丸は車を若松町に走らせはじめた。十五、六分で、湯原の自宅マンションに着いた。

しかし、湯原は一年以上も前に引っ越していた。マンションの入居者たちに声をかけてみたが、誰も湯原の転居先は知らなかった。

鬼丸は区役所通りに舞い戻った。車を飲食店ビルの際《きわ》に寄せ、郭《グオ》たち三人が出てくるのを待つ。

飲食店ビルから郭《グオ》が現われたのは午後十時過ぎだった。郭《グオ》は、パーリーピンクのチャイナドレスの女と連れだっていた。女性は二十七、八歳だろうか。目が少々きついが、男たちを振り返らせるような美人だ。郭《グオ》の情婦かもしれない。

二人は職安通りに向かって七、八十メートル歩き、鮨屋《すしや》に入った。女が夜食を摂《と》りたがったのではないか。

郭《グオ》たち二人は三十分ほどで鮨屋から出てくると、今度は花道通りに向かった。新宿エクセレントホテルの一六〇五号室で肌を重ねる気になったのか。

鬼丸は車の向きを変え、低速で郭《グオ》たち二人を追尾《ついび》した。

勘は正しかった。二人は郭《グオ》が月極で部屋を借りているホテルの中に吸い込まれていった。鬼丸はレンジローバーを車寄せの端に停めた。

少し間《ま》を置いてから、エレベーターで十六階に上がる。

一六〇五号室のドアに耳を押し当てると、シャワーの音が伝わってきた。鬼丸はホテルの従業員になりすまして、部屋に押し入る気になった。

ちょうどそのとき、首筋のあたりに他人の視線を感じた。小さく振り向くと、廊下にホテルマンが立っていた。怪しむ目つきだった。

鬼丸は一六〇五号室から離れ、エレベーターホールに引き返した。区役所通りに面した飲食店ビルに戻り、ゴーラムかパウロを締め上げることにした。

## 2

いつになくコーヒーが苦い。

鬼丸はマグカップを食卓に戻した。昨夜のことを思い出すと、忌々《いまいま》しい気持ちになった。

新宿エクセレントホテルを出ると、急いで車を区役所通りに走らせた。純白の飲食店ビルの前で張り込んでみたが、いっこうにゴーラムもパウロも姿を現わさなかった。

鬼丸は午前零《れい》時前に上海クラブ『桃源郷』に行ってみた。しかし、すでに店は閉まっていた。

ゴーラムとパウロは、自分が郭《グオ》たちカップルを尾行中に上海クラブを出てしまったのだろう。風林会館のあたりにたむろしている不法滞在外国人たちにゴーラムとパウロのことを訊《き》いてみたが、二人を知る者はいなかった。

鬼丸はデス・マッチ屋の蛭田を電話で呼び寄せ、ふたたび新宿エクセレントホテルに行ってみた。

しかし、郭《グオ》は一六〇五号室にはいなかった。フロントマンの話によると、怪しい上海人はチャイナドレスの女と午後十一時前に外出したという。

蛭田は悔しがり、歌舞伎町にいる不良中国人を片っ端から痛めつけて郭《グオ》の居そうな場所を探《さぐ》り出そうと提案した。しかし、そんな派手な動き方をしたら、敵に警戒されることになるだろう。鬼丸は蛭田をなだめて、ひとまず帰宅させた。そして、自分も塒《ねぐら》に戻ってきたのである。

いまは午後三時過ぎだ。

鬼丸はダイニングテーブルから離れ、外出の仕度《したく》に取りかかった。きょうは、八王子市内の総合病院に入院中の押坂勉を見舞う日だった。

間もなく鬼丸は部屋を出た。レンジローバーに乗り込み、新宿方面に向かう。

自宅マンションを出てから、ずっと一台のタクシーが追尾《ついび》してくる。犯人グループの一味に尾《つ》けられているのか。

鬼丸は車をガードレールに寄せて、探し物をする振りをした。気になるタクシーは鬼丸の車を追い越し、ゆっくりと遠ざかっていった。

誰かに尾行されていると感じたのは、どうやら思い過ごしだったらしい。ただ、タクシーの後部座席に腰かけた男は色の濃いサングラスをかけていた。崩れた感じの男ではなかった。背広もネクタイも地味だ。

鬼丸は、そのことが少し気になった。

チャイニーズ・マフィアは、日本のやくざのように目立つ服装はしない。堅気にしか見えない場合が多かった。

郭《グオ》の手下がタクシーに乗っていたのか。

鬼丸は一瞬、そう思った。だが、前夜、誰かに尾行されている気配はうかがえなかった。考え過ぎだろう。鬼丸は不安を打ち消し、ふたたびレンジローバーを走らせはじめた。

新宿通りから甲州《こうしゅう》街道を進み、笹塚《ささづか》から中央《ちゅうおう》自動車道に入る。八王子ＩＣ《インターチェンジ》で一般道路に下り、小比企《こびき》町まで南下した。押坂の入院先は雑木林《ぞうきばやし》に囲まれていた。

鬼丸は病院に着くと、いつもの駐車場に車を置いた。

押坂の病室は東病棟の三階にある。鬼丸はエレベーターで三階に上がり、ナースステーションの前を通り抜けた。顔見知りの看護師たちに目礼《もくれい》しただけで、面会人名簿には署名しなかった。

三〇一号室の象牙《ぞうげ》色のドアを軽くノックして、勝手に病室に入る。六畳ほどの広さの個室だった。

押坂はベッドに横たわり、規則正しい寝息を刻んでいた。窓は半分だけカーテンで閉ざされている。押坂の上半身のあたりは影が濃い。

「また来たよ」

鬼丸はベッドの脇《わき》にある円椅子《まるいす》に腰かけ、押坂の肩口を軽く叩《たた》いた。

いつものようになんの反応もなかった。鬼丸は寝具を捲《めく》って、押坂の手を握った。指は動かなかったが、温《ぬく》もりは伝わってくる。鬼丸の脳裏《のうり》に押坂を突き落としたときの情景が鮮明に蘇《よみがえ》った。掌《てのひら》に触れた押坂の背骨の感触も思い出した。

「おれは臆病《おくびょう》な卑怯者《ひきょうもの》だよな。赦《ゆる》してくれ」

鬼丸は小声で呟き、押坂の右手をぎゅっと握りしめた。すると、押坂の中指がほんの少しだけ動いた。

意識が戻る前兆なのか。脳の一部がめざめかけているのだろうか。

鬼丸は押坂の体を揺さぶりながら、大声で呼びかけてみた。しかし、押坂の瞼《まぶた》は閉じられたままだった。中指が動いたと感じたのは錯覚だったのかもしれない。鬼丸は落胆しながら、毛布を掛け直した。

押坂の髭《ひげ》は、きれいに剃《そ》られている。頭髪にも櫛目《くしめ》が通っていた。看護師が毎日、病人の世話をしているのだろう。押坂の妹の千草も足繁《あししげ》く兄を見舞っているにちがいない。

「おまえの夢は必ず叶《かな》えてやる。もちろん、それでおれの罪を帳消しにしてくれなんて言わない。押坂、また来るな」

鬼丸は腰を上げた。

静かに病室を出て、エレベーターホールに急ぐ。ホールにたたずんだとき、エレベーターの扉が左右に割れた。

次の瞬間、鬼丸は声をあげそうになった。函《ケージ》の中には、なんと千草がいた。千草も驚いた様子だった。

「こんな偶然があるのか」

「また、兄を見舞ってくださったのね。ありがとう」

千草がそう言いながら、函《ケージ》から出てきた。

二人は向き合う形になった。鬼丸は後ろめたくて、つい伏し目になってしまった。勇気を出して事実を千草に話せたら、どんなに気持ちが軽くなるだろうか。そう思いつつも、鬼丸は何も言えなかった。

「こうしてお目にかかれたんだから、ゆっくり喋《しゃべ》りたいわ。鬼丸さん、兄の病室に戻りません？」

「そうしたいところだが、人に会うことになってるんだよ」

「せめて三十分、ううん、二十分でもいいの」

千草が哀願口調で言った。

「愛想なしだが、きょうは時間がないんだ」

「そうなの。それは残念だわ」

「ごめん！」

「わたしたち、またいつか会えるかしら？　こんなふうに偶然、ばったりと」

「なんとも言えないな。それはそうと、元気そうで何よりだ」

「鬼丸さん、わたし……」

「なんだい？」

「ううん、なんでもない。急いでるのに引き留《と》めてしまって、ごめんなさいね」

「気にしないでいいよ」

「それじゃ、ここで失礼します」

「さよなら」

鬼丸は片手を伸ばして、下降ボタンを押した。

千草が一礼し、兄の病室に向かって歩きだした。鬼丸は振り向きたい気持ちを抑《おさ》え、意味もなく階数表示ランプを見つめた。

千草の靴音が遠のいたとき、エレベーターの扉が開いた。鬼丸はケージに乗り込み、一階のボタンを強く押した。一階に下《くだ》ると、駐車場に急いだ。

レンジローバーの近くに、見覚えのあるタクシーが停まっていた。自宅マンションを出たときに見かけた車だった。どうやら何者かに尾行されていたようだ。

鬼丸は背をこごめ、タクシーの後部座席を覗き込んだ。そのとき、濃いサングラスをかけた男がタクシーを降りた。

鬼丸は身構えた。

サングラスの男の背恰好《せかっこう》は、知り合いの誰かに似ているような気がした。しかし、それが誰なのか、とっさには思い出せなかった。

「何か用なのかな？」

鬼丸は先に言葉を発した。相手が立ち止まり、サングラスを外した。毎朝タイムズ社会部の橋爪昇だった。

「橋爪さんだったのか」

「神宮前のマンションの近くで尾行に気づかれたようだったんで、タクシーの運転手さんにおたくの車をいったん追い越してもらったんだ。それで、またレンジローバーを追ってもらったわけさ」

「なんで、おれを尾行したりしたんです？」

「おたくの副業が、やっぱり気になってね」

橋爪が意味ありげに言った。

「副業なんか何もやってませんよ。電話で、そう言ったでしょう」

「確かに、そう言ってたな。しかし、おれはおたくが何かサイドビジネスをやってると睨《にら》んだ」

「いい加減にしてほしいな」

「おたくこそ、そろそろ手の内を見せてくれてもいいんじゃないのか。この病院には、いったい誰が入院中なんだ？　悪徳弁護士でも入ってるのかな」

「友人の見舞いに来ただけですよ」

「誰なの、その友人というのは？」

「学生時代の友達です」

「その友達の名は？」

「そこまで橋爪さんに言わなきゃならない理由はないと思います」

鬼丸は皮肉混じりに言った。

「ま、そうだがね。実は、うちの社会部の若い記者にきのう、おたくを尾けてもらったんだよ。おたくは新宿で誰かを張ってたそうじゃないか。マークしてた人物は、連続爆殺事件に関わってるのかな？」

「橋爪さん、何を言ってるんです⁉」

「おとぼけだな。こないだ電話で言ったように、おれは情報が欲しいんだよ。おたくがやってることに干渉《かんしょう》する気はないし、ましてや非難めいたことを言うつもりもない。人には、それぞれ事情ってやつがあるからね。おたくが何をしてようが、おれには関係のないことだ。ただ、特種《とくだね》は欲しいんだよ」

橋爪が言った。

「こっちはナイトクラブのピアノ弾《ひ》きですよ。犯罪には興味はありません。そんな人間が社会面を飾るようなニュース種《だね》を持ってるわけないでしょ?」

「おたくがシラを切るつもりなら、今後、事件情報は一切《いっさい》流さないぞ。そうなったら、おたくは困るんじゃないのか?」

「いいえ、別に」

「頑固な奴だ」

「橋爪さん、おれ、ちょっと用事があるんですよ。申し訳ありませんが、これで失礼させてもらいます」

鬼丸は一方的に言って、自分の車に乗り込んだ。

橋爪が慌《あわ》ててタクシーに駆け戻った。鬼丸は車を急発進させて、病院の駐車場を走り出た。タクシーが追走してくる。

鬼丸は雑木林の間を通り抜け、丘陵地の新興住宅街の中をぐるぐると走り回った。いつの間にか、橋爪を乗せたタクシーはミラーから消えていた。

八王子ICに向かうのは危険だ。橋爪がIC付近で待ち伏せする気になるかもしれない。

鬼丸は国道十六号線に出た。東名《とうめい》高速道路の横浜町田《よこはままちだ》ICまで突っ走り、都心をめざした。首都高速に入って間もなく、スマートフォンが鳴った。スピーカー設定にしてあった。いきなり羽山部長の悲痛な声が告げた。

「天沼由季がロケ先で午後四時過ぎに外国人の二人組に拉致されました」

「先日のイラン人たちに連れ去られたんですね？」

「と思います。天沼由季は駒沢《こまざわ》競技場の前で自分の出番を待ってるとき、二人組に拉致されたらしいんです。片方の男は自動拳銃をちらつかせたようです。それで、居合わせた撮影スタッフや共演者たちは何もできなかったというんですよ。わたし、テレビのニュースでそのことを知って、すぐ天沼由季の所属事務所に電話をしてみたんです」

「天沼由季は犯人たちの車に押し込まれて連れ去られたわけですね？」

「ええ、そうです。車は小豆《あずき》色のステーションワゴンだったそうですが、ナンバープレートの数字は白のスプレーで塗り潰《つぶ》されていたというんです。ですから、誰もナンバーを読み取ることはできなかったらしいんですよ」

「そうですか」

鬼丸は落胆と憤《いきどお》りを同時に覚えた。天沼由季を拉致したのは、ゴーラムとパウロの二人と考えていいのか。それとも、別のイラン人たちが拉致犯なのだろうか。

「その事件がテレビのニュースで報じられた直後から裏特約顧客たちが次々に電話をしてきて、特約を解約したいと申し入れてきたんです。月岡法務大臣たち十四人と田久保選手が第三生命に大口の生命保険を掛けていた事実を経済専門誌が記事にしましたんでね。もちろん、裏特約という文字は一度も記事には使われていないんですが、大口顧客たちにはピーンときたんでしょう」

「ええ、多分ね。裏特約を解約したいと申し出た方は合計で何人なんです？」

「現在、十七人です。しかし、マスコミは天沼由季の拉致事件を今後も派手に取り上げるはずです。そうなったら、解約の申し出はもっともっと増えるでしょう。最悪の場合は百人以上の顧客を失うことになるかもしれません。まさに弱り目に祟《たた》り目です」

羽山がぼやいた。

「なんと申し上げたらいいのか……」

「鬼丸さん、どうか第三生命を救ってください。こんな状態がつづいたら、百二十年の歴史を誇る当社も倒産に追い込まれてしまいます」

「いつも同じ言い訳で気がひけますが、全力を尽くします」

「頼みますね」

「はい。ところで、契約部二課の女性社員のことですが、どうでした？」

「彼女には探《さぐ》りを入れてみました。しかし、犯人グループと通じている疑いはまったくありませんでした。急に彼女がブランド品で身を飾るようになったのは、五年近く交際していた男性と別れてしまったことが原因だったんです」

「もう少し具体的に話していただけますか？」

「ええ。急に派手な身なりをするようになった女子社員は、せっせと結婚費用を貯《た》めてたらしいんですよ。しかし、結婚したかった男には逃げられてしまった。それで、自棄《やけ》っぱちになって、シャネルの洋服やエルメスのバッグなんかを手当たり次第に買ってしまったというんです。嘘ではないでしょう」

「そうでしたか。社内に内通者がいなかったとなると、謎が残るな。なぜ、裏特約顧客リストが犯人側に渡ったんだろうか」

「犯人グループの中に、天才的なハッカーがいるのかもしれません。当社のコンピューターシステムのセキュリティーはほぼ万全《ばんぜん》だと思いますが、絶対に侵入を防げるとは言い切れない」

「それはそうでしょうね」

「わたしは外国人犯罪組織が凄腕《すごうで》のハッカーを抱き込んで、うちの会社の裏特約顧客リストを盗み出させたのではないかと考えています」

「そう考えれば、一応、話の辻褄《つじつま》は合いますね。しかし、どうもすっきりしないな」

鬼丸は呟いた。

「あなたは、社内に裏切り者がいると思いたいようですね」

「そういうわけではないんですが、なんとなく釈然《しゃくぜん》としないんですよ。そういうことですので、あまりお気を悪くなさらないでください」

「とにかく、一刻も早く危機を回避していただきたいな」

羽山が不機嫌そうな声で言って、通話を切り上げた。

どうやらクライアントの機嫌を損《そこ》ねてしまったらしい。鬼丸は苦く笑って、スマートフォンを耳から離した。

その直後、堤から電話がかかってきた。

「鬼丸ちゃん、テレビ女優の天沼由季がロケ先で二人の外国人に拉致されたぜ」

「知ってます。たったいま、第三生命の羽山部長が電話でそのことを教えてくれたんですよ」

「そういうことなら、話は早い。おそらく犯人の二人組は郭淳民《グオチエンミン》の仲間か手下だろう」

「おれも、そう推測しました。昨夜《ゆうべ》は郭《グオ》に迫れなかったが、今夜はなんとしてでも奴を追いつめてやる」

鬼丸は、前夜のことをつぶさに話した。

「チャイナドレスの女は、『桃源郷』のママだろう。現職警官がこんなことを言っちゃいけねえんだろうが、その女を押さえるべきだろうな。新宿エクセレントホテルの一六〇五号室に押し込むのは無謀《むぼう》だよ」

「堤さん、とても参考になりました」

「そうかい。そいつはよかった！　何か捜査に動きがあったら、また情報を流してやるよ」

堤の声が途切れた。鬼丸はスマートフォンを懐に入れ、ステアリングを握り直した。

3

夕闇《ゆうやみ》が一段と濃くなった。

あと数分で、午後六時になる。長椅子に横たわっていた鬼丸は起き上がって、居間の電灯を点けた。ベランダ側のガラス戸に歩み寄り、レースとドレープのカーテンを閉じた。

そのとき、コーヒーテーブルの上でスマートフォンに着信があった。鬼丸はコーヒーテーブルに走り寄り、スマートフォンを摑《つか》み上げた。

「鬼丸さん、最悪な事態になりました」

羽山が早口で告げた。沈んだ声だった。

「何があったんです？」

「きのうロケ現場から連れ去られた天沼由季の全裸惨殺《ざんさつ》死体が第三生命本社前に遺棄《いき》されていたんですよ、五十分ほど前にね」

「なんてことなんだ」

「人気テレビ女優は口、性器、肛門の三カ所を穢《けが》され、乳房にも精液がこびりついていました。犯人の二人組に代わる代わる犯されたんでしょう」

「絞殺されてたんですか？」

「いいえ、鋭利な刃物で喉《のど》を真一文字《まいちもんじ》に搔《か》っ切られていました」

「残忍な殺し方をするもんだ」

「天沼由季が殺されたニュースは、もうテレビで流されています。いまも報道関係者が会社の前に大勢います」

「まだ現場検証が行われてるんですね？」

「いいえ、五分ほど前に終わりました。遺体はどこかに搬送され、警察の人たちもいません。おそらく犯人どもの仕業なんでしょう」

「考えられますね」

「裏特約顧客たちから解約の申し入れが相次《あいつ》いでいます。この調子では、百人前後の方がキャンセルすることになるでしょう」

「わたしの力不足です。いろいろご不満があるでしょうから、依頼を白紙に戻されても文句は言いません」

「鬼丸さん、逃げるおつもりですか⁉」

「そうではありません。わたし自身は仕事を全《まっと》うしたいと思ってますよ。しかし、依頼主がもどかしく感じているようでしたら、断っていただいてもと考えたわけです」

「前にも申し上げましたが、裏特約のことは外部の人たちに知られたくないんです。ですので、最後まで鬼丸さんに……」

「わかりました。それでは、仕事を続行しましょう」

鬼丸は電話を切ると、急いでテレビの電源スイッチを押した。

画面には、ちょうど第三生命本社ビルが映し出されていた。マイクを手にした男性放送記者が人気女優拉致事件の経過をレポートしていた。

その後、天沼由季の惨殺体の遺棄された現場が映された。現場には、たくさんの花束が置かれていた。故人のファンと思われる若い男女が二十人ほど遺棄現場を見つめている。

そのうちの約半数は、明らかに涙ぐんでいた。

放送記者は、天沼由季が凌辱《りょうじょく》されたことにはまったく触《ふ》れなかった。彼女が性的暴行を受けたことを羽山は警察関係者から聞いたのだろう。

むろん、マスコミ関係者もその事実を知らないわけがない。しかし、事実をありのままに伝えることは惨《むご》すぎる。そんな配慮から、レイプの件は伏せられたのだろう。

事件のあらましが伝えられると、天沼由季の主演ドラマのシーンが流されはじめた。

鬼丸はテレビの電源スイッチを切り、リビングソファに坐り込んだ。ロングピースをパッケージから抓《つま》み出そうとしたとき、またもやスマートフォンが着信音を奏《かな》ではじめた。

電話をかけてきたのは警視庁の堤だった。

「鬼丸ちゃん、天沼由季が殺害されたことはもう知ってるだろう？」

「ええ。少し前に羽山部長から電話があって、そのことを教えてもらったんですよ。テレビのニュースも観《み》ました」

「そうか。マスコミでは報じられなかっただろうが、天沼由季は輪姦《りんかん》されてた。被害者の口、局部、肛門から複数のザーメンが検出されたんだ」

「そうですか」

「喉を刃物で搔っ切ってるから、殺しの実行犯は南米出身者っぽいな。コロンビア人なんかはよくそういう殺し方をするそうだ。犯罪者どもは単に喉を真一文字に捌《さば》くだけじゃなく、殺した相手のベロを引っ張り出すって話だよ」

「裏切り者にそういうことをやるのは、コロンビア人に限ったことじゃないでしょう。西アジアやイタリア系のならず者たちも、そういうことをやってるみたいですよ」

「それなら、実行犯は西アジア系かイタリア系の男かもしれねえな」

「拉致犯はイラン人の二人組と思ってましたが、その可能性もあるのか」

「おっと、いけねえ。肝心なことが後回しになった。鬼丸ちゃん、辛島組を破門された湯原芳高の転居先がわかったぞ。組対四課にいる若い刑事に調べさせたんだ」

「そいつはありがたいですね。で、湯原の転居先は？」

鬼丸は訊いた。

堤が所番地《ところばんち》を二度口にした。新宿区百人町《ひゃくにんちょう》だった。鬼丸は住所とマンション名をメモした。

「若い刑事の情報によると、湯原はせこい恐喝《カツアゲ》で喰《く》ってたようだが、一年ぐらい前から上海出身の中国人やイラン人たちとつき合ってるらしいんだ。麻薬か拳銃の売人でもやってるのかもしれねえな」

「考えられますね。これから湯原のマンションに行ってみます」

「鬼丸ちゃん、油断するなよ。湯原はトカレフか、マカロフを隠し持ってるかもしれねえからな」

堤がそう言って、電話を切った。

鬼丸は戸締りをすると、そのまま部屋を出た。レンジローバーを駆って百人町に向かう。

目的の低層マンションは、有名な製菓会社の裏手にあった。三階建ての古ぼけた建物だった。鬼丸は低層マンションの少し手前に車を駐《と》めた。アパートや低層マンションが密集している。通りかかる男女の多くは外国人だった。

湯原は、タイ人か中国人街娼《がいしょう》のヒモにでもなっているのかもしれない。

鬼丸はそう思いながら、車を降りた。ところどころ外壁の剝《は》がれ落ちた三階建てのマンションの敷地に入り、集合郵便受けに近づく。

湯原の部屋は一〇五号室だった。一階の角部屋だ。

鬼丸は湯原の部屋の前に立った。

ドアに耳を近づけると、テレビの音声が響いてきた。鬼丸はインターフォンを鳴らした。

ややあって、ドアの向こうから男の野太《のぶと》い声が聞こえた。

「誰？」

「ヤマネコ急便です」

鬼丸は作り声で応じた。

「おれに届け物だって？　珍しいな」

「こちらは湯原芳高さまのお宅ですよね」

「そう。おれが湯原だよ。ちょっと待っててくれ」

相手の声が熄《や》んだ。

スリッパの音が聞こえ、内錠《うちかぎ》が外された。鬼丸はドア・スコープに背を向け、荷物を両手で抱えている真似《まね》をした。スチールのドアが勢いよく開けられた。

鬼丸は振り向きざまに、応対に現われた三十三、四歳の男の顔面に右のストレートパンチを叩き込んだ。確かな手応《てごた》えがあった。

男が玄関マットの上に仰向《あおむ》けに引っくり返った。鬼丸は素早く部屋の中に入って、ドアを手早く閉めた。

「てめえ、なんなんだっ」

部屋の主が気色《けしき》ばみ、肘《ひじ》で上体を起こした。

鬼丸は無言で相手の鳩尾《みぞおち》を蹴《け》った。男が唸《うな》りながら、横倒しに転がる。

「湯原だな？」

「誰なんだよ、てめえは！」

「喚《わめ》くと、顎《あご》の関節を外すことになるぞ」

鬼丸は片方の膝《ひざ》を落とし、湯原を引き起こした。すぐに両手で、元やくざの頰《ほお》をきつく挟みつけた。湯原が苦しげにもがいた。

「奥に誰かいるのか？」

「誰もいねえよ」

「それじゃ、こっちの質問に答えてもらおう。おまえ、演歌歌手の西島次郎の自宅を覗き込んでたなっ」

「あんた、刑事《デカ》なのか⁉」

「訊かれたことに素直に答えろ！」

「てめえ、なめんなよ。おれは関東義誠会辛島組で舎弟頭《しやていがしら》まで務《つと》めた男だぜ」

「破門されて、いまはただのプータローだろうが！　凄《すご》むんじゃないっ」

鬼丸は指先に力を込めた。湯原の顔が大きく歪《ゆが》んだ。

「西島邸の様子をうかがってた理由《わけ》を言うんだ！」

「おれはそんなことしちゃいねえ」

「世話を焼かせやがる」

鬼丸は湯原の背後に回り込んで、右腕を大きく捩《ねじ》上げた。

湯原が痛みに呻《うめ》いた。鬼丸は視線を巡《めぐ》らせた。

玄関ホールに接して浴室があった。鬼丸は湯原の肩口をむんずと摑んだ。そのまま摑み起こし、風呂場の中に押し込む。青い浴槽の中には、残り湯が溜《た》まっていた。もう水になっている。

「てめえ、何する気なんでえっ」

湯原が全身で暴《あば》れた。鬼丸は湯原の腰を膝頭で蹴り、浴槽の際《きわ》まで押した。

「おれの面《つら》を水の中に押し込むつもりだな？」

「まるっきりの馬鹿でもないらしいな」

「て、てめえをぶっ殺してやるっ」

湯原が吼《ほ》えた。

鬼丸はせせら笑って、左手を湯原の後頭部に掛けた。ぐっと押し下げ、湯原の顔面を水の中に沈める。湯原が手脚《てあし》をばたつかせはじめた。湯船の底から、無数の気泡が湧《わ》き上がってきた。

鬼丸は容赦しなかった。湯原の肺が破裂する直前まで強く押さえつけ、一気に引き揚《あ》げる。ジャージまで濡《ぬ》らした湯原が大きく息を吐き、すぐさま深呼吸した。

「まだ喋る気にはならないだろうな」

鬼丸は湯原をからかい、同じことを十回ほど繰り返した。

湯原は息も絶《た》え絶《だ》えになり、抗《あらが》う力を失ったようだった。しかし、それでも観念しなかった。

鬼丸は一気に湯原の顎《あご》の関節を外した。湯原が喉の奥で呻き、洗い場にうずくまった。

それから動物のように唸りながら、タイルの上を転げ回りはじめた。

鬼丸は足拭《ふ》きマットの上に立ち、しばらく湯原を眺《なが》め下ろした。

湯原は涎《よだれ》を垂らしつづけた。鬼丸は頃合《ころあい》を計《はか》って、湯原の上体を引き起こした。こめかみ《テンプル》を数発殴りつける。パンチを放つたびに、湯原は白目を剝《む》いた。

「そろそろ吐く気になったか？」

鬼丸は問いかけた。

湯原が怯《おび》えた表情で深くうなずいた。鬼丸は湯原の顎の関節を元通りにしてやった。湯原が頰と顎をさすりながら、腰タイルに凭《もた》れ掛かった。

「西島次郎の自宅を覗き込んでたのは、大物演歌歌手が警察に泣きついたかどうか確かめに行ったんだな？　それとも、西島が金の工面《くめん》をしてるかどうか知りたかったのかっ」

「なんの話をしてるんでぇ⁉」

「まだ粘《ねば》る気か」

鬼丸は少し退《さ》がり、前蹴りを放った。靴の先は湯原の口許《くちもと》を直撃した。湯原がむせて、血塗《まみ》れの前歯を吐き出した。

一本ではなく、二本だった。湯原の口の中には、ポスターカラーのような血糊《ちのり》が溜《た》まっている。

「もう勘弁してくれねえか」

「正直になれば、これ以上、手荒なことはしない」

「おれは西島に極上《マブネタ》の覚醒剤《シャブ》が手に入るって話を持ちかけるつもりだったんだよ。けど、西島は家《ヤサ》にいねえみたいだったから、インターフォンは鳴らさなかったんだ。西島が十年以上も前から覚醒剤《シャブ》を喰ってるって噂《うわさ》を耳にしてたんで、おれは中国大陸で密造されてる麻薬《ヤク》を奴に売りつけようと思ったんだよ」

「その上質の覚醒剤の卸元《おろし》は、上海マフィアの郭淳民《グオチエンミン》だなっ」

「なんで、そこまで知ってんだよ⁉　あ、あんた、麻薬取締官《マトリ》か？」

「身許調査にはつき合えない。覚醒剤《シャブ》は郭《グオ》から仕入れてるんだなっ」

「そうだよ。けど、おれが郭《グオ》さんから回してもらってる覚醒剤は、たいした量じゃねえ。何十キロもの粉を買うだけの資金もねえし、そんなでっけえ取引をしたら、どっかの組に必ずバレちまう。どこにも足《ゲソ》つけてねえ元組員がやれるのは、小口の密売だけさ」

「おまえはともかく、郭《グオ》は覚醒剤を扱ってるだけじゃないんだろう？」

「数年前まで中国製トカレフのノーリンコ54、いまは主に中国製マカロフのノーリンコ59を上海から運んでるって言ってたよ。けど、おれは拳銃《チャカ》の取引は一度もやってねえ。ほんとの話だよ。拳銃の密売は危《ヤベ》え割に、儲《もう》けが少ねえんだ」

「郭《グオ》は覚醒剤や拳銃の密売をしてるだけじゃないな？」

鬼丸は確かめた。

「上海クラブを経営して、中国賭博《とばく》の胴元もやってる」

「それから？」

「えっ、まだ別のビジネスをやってんのかよ⁉」

「郭《グオ》はイラン人のゴーラムやコロンビア人のパウロを使って、日本の政財界人や各界の著名人を車ごとプラスチック爆弾で噴《ふ》き飛ばしたんじゃないのか。それだけじゃない。プロ野球の田久保選手を狙撃《そげき》したり、女優の天沼由季を惨殺した疑いがある」

「嘘だろ⁉」

湯原が素《す》っ頓狂《とんきょう》な声を洩《も》らした。

「黙って聞け。郭《グオ》はニュースキャスターの寺尾宏たち十人に脅迫状を送りつけて、それぞれから十億円ずつ脅し取ろうとしてる。大物演歌歌手の西島次郎も脅迫状を送りつけられたひとりだ」

「あんたの言ってることは確かなのかよ。郭《グオ》さんはいろいろ危《ヤバ》いことをやってるみてえだが、政財界人たちを爆殺なんかしてねえと思うよ。それから、野球選手を狙撃させたり、女優を殺《や》らせたりしちゃいないんじゃねえのか」

「おまえ、郭《グオ》と親しくしてるゴーラムやパウロは知ってるんだろ？」

「郭《グオ》さんに紹介されて、何度かゴーラムたちと一緒に飲んだことはあるよ。けど、別におれは奴らの仲間じゃねえ。おれは一匹狼《いっぴきおおかみ》だからな」

「気取るな。天沼由季をロケ現場から拉致したのは、イラン人の二人組かもしれないんだ」

「そうだったとしても、郭《グオ》さんはそういう犯罪《ヤマ》は踏んでねえと思うな。あの大将はイラン人、コロンビア人、タイ人たちと新しい組織を結成したがってるけど、案外、用心深い性格なんだ。だから、派手な犯罪《ヤマ》踏んで警察《サツ》にマークされるようなことはしないだろう」

「そのあたりのことは郭《グオ》に直《じか》に訊いてみよう。おまえ、『桃源郷』に行ったことあるな？」

鬼丸は訊いた。

「郭《グオ》さんに連れられて、二、三度行ったよ。あの大将の彼女がママをやってんだ」

「そのママは、ちょっと目のきつい美人だな？」

「ああ、そうだよ」

「なんて名前なんだ?」

「美菲《メイフェイ》だったかな。ママは中国共産党の幹部の娘らしいんだが、ちょっとグレちまって、上海で遊び回ってたらしいんだ。郭《グオ》さんが美菲《メイフェイ》に目をつけて、こっちに呼び寄せたんだってさ」

「そうか」

「郭《グオ》さんの話だと、美菲《メイフェイ》はもの凄く体が軟らかくてさ、自分のベロで大事なとこを舐《な》めることができるんだってよ。いつか郭《グオ》さん、てめえのことみたいに自慢してた。あの大将、アクロバチックな体位で美菲《メイフェイ》とやってんだろうな」

湯原が好色そうな笑みを拡《ひろ》げた。開いた口から赤い条《すじ》が垂れ、顎先まで血の雫《しずく》が伝い落ちた。

「ママは新宿エクセレントホテルの一六〇五号室で郭《グオ》と一緒に暮らしてるのか?」

「いや、ふだんは別々に暮らしてるみてえだな。ママのマンションは、確か中野坂上《なかのさかうえ》にあると聞いてる。マンション名までは知らねえけど」

「そうか。おまえ、そいつは?」

「誰なんでえ、綾部健人に会ったことは?」

「面識はなさそうだな」

「そいつ、何者なんだ?」

「知らなきゃ、それでいい。郭《グオ》に余計なことを言ったら、ただじゃ済まないぞ」

「損になるようなことはしねえよ」

「そっちはどうも信用できない。念には念を入れておくか」

鬼丸は薄く笑って、ふたたび湯原の顎の関節を外した。湯原が洗い場にうずくまり、体を左右に振りはじめた。

鬼丸は浴室を出て、土足で奥に進んだ。間取りは1LDKだった。ダイニングボードの上に、布製粘着テープが一巻載《の》っている。

鬼丸は粘着テープを引っ摑むと、浴室に引き返した。

湯原の両手首を腰の後ろで重ね、布製テープをきつく巻きつけた。両足首も同じ要領で縛《しば》り上げ、湯原の体をくの字に寝かせる。

湯原が目顔《めがお》で許しを乞《こ》うた。

鬼丸は、湯原の顎の関節を元の位置に戻した。湯原が長く息を吐いた。

「おまえ、ここで独《ひと》り暮らしをしてるのか？」

「いまはな。先月の末に同棲してたタイの女が東京入管（東京出入国在留管理局）に検挙《アゲ》られちまったんだ、オーバーステイでな」

「その彼女は本国に強制送還させられたのか？」

「ああ。頭《ペテン》は悪かったけど、気立てはよかったんだ。オーラルプレイも上手だったよ。ちよっぴり惜《お》しいね」

「そいつは残念だったな」

「おれ、郭《グオ》さんにあんたのことは何も喋《しゃべ》らねえよ。だから、粘着テープを剝《は》がしてくれねえか」

「そうはいかない。今夜は、ここで寝るんだな」

鬼丸は粘着テープを適当な長さに切り、湯原の口を塞《ふさ》いだ。

湯原が唸った。声がかすかに洩れた。

鬼丸は、湯原の口許にもう一枚布製テープを貼《は》りつけた。そうすると、ほとんど唸り声は聞こえなくなった。

「いい夢を見てくれ」

鬼丸は粘着テープの残りを湯船の中に投げ落とし、湯原の部屋を出た。低層マンションの前の通りに出ると、堤から電話がかかってきた。

「もう湯原を締め上げた？　鬼丸ちゃんのことが急に心配になってきたんで、電話をしてみたんだ」

「それは心配かけました。少し湯原を痛めつけたら、西島次郎の自宅の様子をうかがってたことは認めました。ですが、湯原は大物演歌歌手に極上の覚醒剤を売りつけようとしただけだと言い張ったんですよ」

鬼丸はそう前置きして、経過を語った。

「前歯二本飛ばされたぐらいじゃ、まだダメージはたいしたことない。湯原って野郎、ばっくれてんじゃねえのか？」

「いや、そうは見えませんでした」

「湯原が嘘をついてねえということになったら、一連の事件に郭《グオ》は関与してないってことになるんじゃねえのか」

「もしかしたら、こっちの推測は間違ってるのかもしれません」

「鬼丸ちゃん、まだわからねえぞ。とにかく『桃源郷』のママを人質《ヤマ》に取って、郭《グオ》を徹底的に痛めつけてみなよ」

堤が言った。

鬼丸はその気でいることを伝え、通話を終わらせた。上海クラブの閉店までは、だいぶ時間がある。表の仕事をすることにした。

鬼丸は車に乗り込むと、六本木に向かった。

## 4

飲食店ビルから美菲《メイフェイ》が現われた。

午前零時近い時刻だった。美菲《メイフェイ》はひとりだ。連れはいない。カジュアルな服をまとっている。

鬼丸はハンドルに手を掛けた。

美菲《メイフェイ》が区役所通りを短く歩き、靖国《やすくに》通りの横断歩道を渡った。通りの向こう側でタクシーを拾う気なのかもしれない。

鬼丸はレンジローバーを低速で走らせはじめた。

思った通り、横断歩道を渡った美菲《メイフェイ》が空車を拾った。鬼丸は急いで車を靖国通りに乗り入れた。マークしたタクシーは新宿大ガードを潜《くぐ》り抜けると、青梅《おうめ》街道を直進しはじめた。

どうやら美菲《メイフェイ》は中野坂上にある自宅マンションに向かっているようだ。鬼丸は数台の車を挟みながら、タクシーを尾行しつづけた。

タクシーは地下鉄中野坂上駅の少し先の交差点を右折し、茶色の磁器タイル張りのマンションの前に停まった。九階建てだった。

鬼丸はマンションの少し手前で、車を路肩《ろかた》に寄せた。

美菲《メイフェイ》がタクシーを降り、釣り銭を受け取っている。鬼丸は車から出て、マンションの植え込みの陰に身を隠した。

美菲《メイフェイ》がマンションのアプローチをたどり、集合郵便受けの前に立った。五〇二号室のメールボックスが開けられた。だが、郵便物はないようだった。

美菲《メイフェイ》はバレリーナのように体をターンさせると、エレベーターホールに向かった。マンションの出入口はオートロック・システムではなかった。

鬼丸はアプローチを抜き足で進み、そっとエントランスロビーに入った。そのとき、美菲《メイフェイ》が函《ケージ》に乗り込んだ。

鬼丸は駆けた。エレベーターの扉が閉まる寸前、ケージの中に飛び込む。美菲《メイフェイ》が驚きの声を洩らした。

「びっくりさせちゃって、申し訳ない」

「わたし、ちょっと驚いただけ。何階？」

「七階のボタンを押してもらえますか？」

鬼丸は言いながら、美菲《メイフェイ》の背後に回り込んだ。美菲《メイフェイ》が七階のボタンを押した。甘い香水の匂《にお》いが鬼丸の鼻腔《びこう》をくすぐる。

エレベーターが上昇しはじめた。

「お仕事の帰りですか？」

「そう。わたし、新宿で働いています」

「綺麗《きれい》な方だな」

「ありがとう」

「中国の方でしょう?」

「はい、そう。よくわかりましたね」

美菲《メイフェイ》が小さく振り向き、きつい目を和《なご》ませた。

「なんとなくチャイナドレスが似合いそうだと思ったんですよ。それに、言葉に少し訛《なまり》があったんでね」

「日本語、難しいです」

「それだけ喋れれば、立派なもんですよ」

鬼丸は口を結んだ。

エレベーターが五階に停まった。美菲《メイフェイ》が軽く頭を下げ、ホールに降りた。鬼丸は閉まりかけた扉を手で押さえながら、素早くケージから出た。

歩廊《ほろう》に向かいかけていた美菲《メイフェイ》が足を止め、体ごと振り向いた。

鬼丸は大きく踏み込んで、美菲《メイフェイ》に当て身を見舞った。ボストンの危機管理コンサルタント会社で働いているときに教わったアメリカ式の当て身だった。

美菲《メイフェイ》が唸《うな》りつつ、前のめりに倒れかかってきた。

鬼丸は上海《シャンハイ》美人を肩に担《かつ》ぎ上げ、茶色のセカンドバッグを奪った。歩廊を進み、五〇二号室のドア・ロックを解《と》く。

室内は真っ暗だった。

鬼丸は意識を失った美菲《メイフェイ》をいったん玄関ホールに下《お》ろし、照明を灯《とも》した。内錠を掛けてから、靴を脱ぐ。

ふたたび美菲《メイフェイ》を肩に担ぎ上げ、部屋の奥に進んだ。

間取りは2LDKだった。中央にリビングがあった。

その右手に十畳ほどの寝室がある。鬼丸は電灯を点け、美菲《メイフェイ》をダブルベッドに仰向けに寝かせた。

美菲《メイフェイ》が小さく身じろぎをした。だが、息は吹き返さなかった。

鬼丸は美菲《メイフェイ》の衣服を剝《は》ぎ取った。白い裸身が目を射《い》る。肉感的な肢体《したい》だった。

乳房は砲弾型で、ウエストのくびれが深い。ハートの形に整えられた和毛《にこげ》は艶《つや》やかだった。脚《あし》はすんなりと長かったが、太腿《ふともも》にはほどよく肉が付いていた。

鬼丸は美菲《メイフェイ》の服やパンティーを壁際の長椅子の上に置くと、寝室を出た。

キッチンに直行し、調理台の下を覗く。使い込まれた中華庖丁が目に留《と》まった。四角い刃は研《と》がれたばかりらしく、切れ味はよさそうだった。

鬼丸は中華庖丁を手にすると、すぐ寝室に戻った。ダブルベッドに斜《なな》めに腰かけたとき、美菲《メイフェイ》が瞼《まぶた》を開けた。

「あ、あなたは……」

「大声を出すな」

鬼丸は美菲《メイフェイ》のなだらかな下腹に寝かせた中華庖丁を密着させた。美菲《メイフェイ》が片腕で胸を隠し、もう一方の手で恥丘《ちきゅう》全体を覆《おお》った。

「あなた、どうしてわたしを裸にした？　暴行魔《レイピスト》？」

「そうじゃない。きみは『桃源郷』のママの美菲《メイフェイ》さんだな？」

「なぜ、わたしの名前知ってるの!?　わたし、あなたと会ったこともないね」

「おれは、きみのパトロンに用があるんだ」

「パトロン？」

「郭淳民《グオチエンミン》のことだよ。知らないとは言わせないぞ。おれは、きみと郭《グオ》が鮨を喰《く》った後、新宿エクセレントホテルの一六〇五号室にしけ込んだことも知ってるんだ」

「わたし、郭《グオ》さんに面倒見てもらってる。でも、悪いことは何もしていません。彼はわたしにお店の女の子に売春させろと言ったけど、そういうことは絶対にやっていない」

「きみがどうだと言うんじゃないんだ」

「それなのに、なんでこんなひどいことを……」

「きみを素っ裸にしたのは、大事な人質に逃げられちゃ困るからだよ」

「人質!?」

「そうだ。運が悪かったと、諦《あきら》めてくれ」

「あなた、郭《グオ》さんから身代金を奪《と》るつもりなの？」

「それが目的じゃない。郭《グオ》に確かめたいことがあるだけだ。奴は、どこにいる？」

鬼丸は訊いた。

「わからない。きょうは会う日じゃないから、一度も連絡は取らなかったの。ホテルの部屋にいないとしたら、多分、大久保《おおくぼ》のマンションね」

「そのマンションは、中国賭博の賭場なんだな？」

「ええ、そう」

「郭《グオ》に電話をしてくれないか」

「スマホはバッグの中に入ってる。わたしのバッグはどこにあるの？」

「シューズボックスの上だ」

「あなた、バッグを持ってきてくれるの？」

美菲《メイフェイ》が問いかけてきた。

「いや、きみから目を離すわけにはいかない。起きてくれ」

「わたし、逃げないよ。こんな姿じゃ、逃げられないでしょ？」

「寝室のドアの内錠を掛けられるかもしれないからな。とにかく、起きてほしいな」

鬼丸は言って、中華庖丁を浮かせた。

美菲《メイフェイ》が溜息《ためいき》をつき、上体を起こした。鬼丸は立ち上がった。美菲《メイフェイ》が乳房と股間《こかん》を隠しながら、ベッドから離れる。鬼丸は中華庖丁で威《おど》しながら、美菲《メイフェイ》を玄関ホールまで歩かせた。美菲《メイフェイ》が無言でシューズボックスの上から自分のセカンドバッグを抓《つま》み上げた。

鬼丸は美菲《メイフェイ》に回れ右をさせ、寝室に引き返した。セカンドバッグを取り上げ、美菲《メイフェイ》を夜具の中に潜《もぐ》らせる。仰向けだった。

鬼丸はセカンドバッグからパーリーホワイトのスマートフォンを取り出し、美菲《メイフェイ》に手渡した。美菲《メイフェイ》がディスプレイに電話登録されているナンバーを呼び出し、発信ボタンを押した。

電話が繋《つな》がると、彼女は早口の上海語で何か訴えた。

鬼丸は美菲《メイフェイ》の手からスマートフォンを引ったくり、自分の左耳に当てた。右手に握った中華庖丁の切っ先を美菲《メイフェイ》の首筋に押しつける。

「郭《グオ》だな？」

「おまえ、誰⁉」

「まだ質問に答えてないぞ。郭淳民《グオチエンミン》だなっ」

「そうだ。今度は、おまえが名乗る番ね。何者か言う」

「事情があって、名乗るわけにはいかないんだよ。美菲《メイフェイ》さんを人質に取ったことは、彼女から聞いたな？」

「ああ」

「あんたの彼女は、素っ裸になってる」

「おまえ、美菲《メイフェイ》を姦《や》ったのか⁉」

郭《グオ》の声は上擦《うわず》っていた。

「おかしなことはしていない。ただし、そっちがこのマンションに来なかったら、彼女はどうなるかわからないぞ」

「美菲《メイフェイ》には手を出すな。彼女は、おれの大事な女なんだ」

「いま、どこにいる？」

「大久保ね」

「いまから三十分以内に中野坂上のマンションに来い。言うまでもないだろうが、妙な気を起こしたら、あんたの彼女の命は保障しないぞ」

「わかってる。わたし、ひとりで行く。部屋の合鍵《あいかぎ》は持ってるよ」

「そうか。丸腰で来い」

「丸腰？　その意味、わからないよ」

「刃物も拳銃も持たずに来いってことだ」

「わかった。そうするよ。おまえ、わたしにどんな用がある？　わたし、それ、早く知りたい」

「こっちに来れば、わかるさ」

「わたし、急いで美菲《メイフェイ》の部屋に行くよ」

郭《グオ》が先に通話を打ち切った。

鬼丸はスマートフォンを美菲《メイフェイ》に返し、ベッドに浅く腰かけた。

「ゴーラムってイラン人とパウロというコロンビア人を知ってるね？」

「ええ、知ってます。郭《グオ》さんが何度か二人をお店に連れてきました」

「そうか。きみのパトロンは、混成外国人マフィアのボスになりたがってるようだな。元やくざの湯原は、郭《グオ》が覚醒剤や拳銃の密売をしてると言ってた」

「わたし、郭《グオ》さんのビジネスのこと、あまり知らない。わたしは『桃源郷』のママをやってるだけ」

「きみのパトロンはプラスチック爆弾を入手できるルートを持ってるんじゃないのか？」

「そういうこと、わたし、何も知りません。でも、彼は黒社会と関わりがあると思う。いつも消音型のマカロフPbを持ち歩いてるから」

美菲《メイフェイ》が言った。

「いい情報を教えてもらった。きみも護身用の小型拳銃ぐらいは持ってるんじゃないのか？」

「わたし、ピストルなんか持ってない」

「それじゃ、ちょっと検《しら》べさせてもらうぞ」

鬼丸はナイトテーブルに片腕を伸ばした。

そのとたん、美菲《メイフェイ》がうろたえた。鬼丸はナイトテーブルの引き出しを次々に開けた。最下段にバイブレーター、煽情的《せんじようてき》な黒いランジェリー、カラースキンなどが入っていた。

「わたし、恥ずかしい」

美菲《メイフェイ》が羽毛蒲団《ぶとん》を両手で引っ張り上げ、顔半分を隠した。

鬼丸は湯原が言っていたことを思い出し、急に淫《みだ》らな気持ちになった。

「バイブは郭《グオ》が持ってきたのか？」

「そう、黒いショーツと一緒に」

「きみは、とても体が軟らかいんだってな。噂《うわさ》によると、体を深く折り曲げて、自分のデリケートゾーンも舐められるそうじゃないか」

「…………」

美菲《メイフェイ》は返事をしなかった。肯定《こうてい》の沈黙だろう。

「それを見たいな」

「わたし、困る」

「見せてくれないか」

鬼丸は羽毛蒲団と毛布を一緒に引き剝《は》がした。美菲《メイフェイ》が声をあげ、裸身を竦《すく》めた。鬼丸は中華庖丁の刃を美菲《メイフェイ》の肩に垂直に押し当てた。

「わたしにおかしなことはしないと、あなた、言いました」

「気が変わったんだよ」

「えぇっ。言われた通りにしなかったら？」

「それは自分で考えてくれ」

「刺されたくないから、見せてあげる」

美菲《メイフェイ》が観念した表情で言い、両膝を立てた。それから彼女はゆっくりと上体を起こし、首を深く折り曲げた。自分の秘《ひ》めやかな場所を覗《のぞ》き込むような恰好《かっこう》になった。

鬼丸は、さすがに気が咎《とが》めた。しかし、好奇心には克《か》てなかった。

美菲《メイフェイ》が短くためらってから、桃色の舌を長く伸ばした。

鬼丸は一瞬、ヨガの修行を見ているような錯覚に捉《とら》われた。舌の先が敏感な突起に届いた。美菲《メイフェイ》は喘《あえ》ぎながら、舌を閃《ひらめ》かせつづけた。湿った音がなんとも猥《みだ》りがわしかった。

鬼丸は美菲《メイフェイ》の足許に回り込み、舌の動きをじっくりと観察したくなった。しかし、それを実行に移すのは憚《はばか》られた。

美菲《メイフェイ》は時折、舌を宙に浮かせた。そのつど、切なげな声が洩れた。甘やかな呻きも発した。官能がだいぶ昂《たか》まったらしい。

少し経つと、美菲《メイフェイ》が急に顔を上げた。

「ここまでにさせて。これ以上、舐めたら、わたし、来了《ライラ》しちゃいそうね」

「来了《ライラ》？　ああ、母国語でクライマックスを意味する言葉だな」

「そう」

「来了《ライラ》してもかまわないよ」

「あなた、協力してくれる？」

「ご希望を叶《かな》えてやりたいところだが、郭《グオ》に背中を撃たれたくないからな。これを使えよ」

鬼丸は薄紫のバイブレーターを掴み、フラットシーツの上に投げ落とした。スケルトンタイプの電動性具だった。内部のマイクロコンピューターが透《す》けて見える。

「わたし、恥ずかしいね」

「もう恥ずかしがることはないさ。中途半端じゃ、すっきりしないだろう？」

「ええ、それは」

美菲《メイフェイ》は言い終わると、電動性具を掴んだ。すぐにモーターを始動させ、合わせ目を二本の指で押し開いた。バイブレーターは、じきに美菲《メイフェイ》の体内に収められた。

鬼丸は美菲《メイフェイ》の動きを見守った。

美菲《メイフェイ》は仰向けになると、片手で自分の乳房をまさぐりはじめた。腰は迫《せ》り上げられ、円を描《えが》くように旋回された。くぐもったモーター音が一段と高くなった。それから一分も経たないうちに、美菲《メイフェイ》は絶頂に達した。

鬼丸は、そっと寝室を出た。中華庖丁は右手に握っていた。リビングを抜け、玄関ホールに急ぐ。

鬼丸は物陰に隠れ、息を詰めた。

四、五分待つと、ドアのシリンダー錠を外す音が耳に届いた。郭《グオ》が到着したようだ。

玄関のドアが開けられた。

「わたしだ。郭《グオ》だよ」

「………」

鬼丸は身を乗り出した。

玄関ホールに上がった郭《グオ》が腰の後ろに手を回した。鬼丸は中華庖丁の刃を郭《グオ》の首筋に押し当て、相手のベルトの下から拳銃を引き抜いた。マカロフPbだった。

ロシア製のサイレンサー・ピストルだ。口径は九ミリで、装弾数は八発である。

鬼丸は中華庖丁を遠くに投げ捨て、マカロフPbのスライドを引いた。初弾が薬室《チャンバー》に送り込まれる。

「わたし、撃つ気はなかった。おまえ、いや、あんたを威《おど》したかっただけね」

郭《グオ》が震えを帯びた声で言い訳した。

「こんなことだろうと思ってたよ」

「美菲《メイフェイ》はどこ？」

「寝室だ」

鬼丸はサイレンサー・ピストルの銃口で郭《グオ》の背を小突いた。郭《グオ》が先に歩きだした。

寝室に入ると、郭《グオ》が大声で愛人を詰《なじ》った。美菲《メイフェイ》はバイブレーターを秘部に埋めたま
ま、裸身を波打たせていた。

「パトロンを怒らせないほうがいいんじゃないか」

鬼丸は美菲《メイフェイ》に声をかけた。

美菲《メイフェイ》がきまり悪げな顔で、電動性具のスイッチを切った。引き抜いたバイブレーター
をシーツの上に落とし、寝具で柔肌を覆い隠す。

「おまえ、嘘つきね。約束破った」

郭《グオ》が向き直って、怒声を張り上げた。

「こっちは、あんたの情婦《おんな》には指一本触れちゃいない」

「わたし、騙《だま》されない。おまえ、美菲《メイフェイ》をレイプして屄《ピー》（性器）にバイブレーター突っ込
んだ。違うかっ」

「彼女が自分でバイブを入れたんだよ」

鬼丸は右腕を水平に泳がせ、マカロフＰｂの銃把《グリップ》で郭《グオ》の側頭部を強打した。

郭《グオ》が横に吹っ飛ぶ。長椅子にぶつかり、その反動で床に転がった。郭《グオ》の耳の上には、鮮
血がにじんでいる。

「乱暴なこと、よくない」

ベッドの上で、美菲《メイフェイ》が詰《なじ》った。鬼丸は上海美人を睨《にら》みつけた。

美菲《メイフェイ》が目を逸《そ》らし、背を向けた。鬼丸はシーツの上から電動性具を掴み上げた。蜜液に塗《まみ》れていた。

鬼丸は膝頭で郭《グオ》の腹部を圧迫し、マカロフPbの銃口を相手の眉間《みけん》に突きつけた。

「口をいっぱいに開けるんだ」

「おまえ、何考えてる？」

「いいから、言われた通りにしろ！」

「わ、わかったよ」

郭《グオ》が恐る恐る口を開けた。

鬼丸は郭《グオ》の口中にバイブレーターを抉入《こじい》れ、スイッチを入れた。模造ペニスがくねくねと動きはじめた。郭《グオ》は目を白黒させ、喉《のど》を軋《きし》ませた。眼球が涙で盛り上がって見える。

「月岡法務大臣たち十四人の裏特約顧客を車ごと爆死させたのは、そっちじゃないのか？」

鬼丸は訊いた。

郭《グオ》は、きょとんとしている。鬼丸は田久保選手のことに触れた。やはり、郭《グオ》の反応は同じだった。

「綾部健人も知らないというのかっ」

　鬼丸は人工ペニスを半分ほど手前に引いた。

「そんな名前の男、知らない。嘘ついてないよ、わたし」

　郭《グオ》が、くぐもった声で答えた。

「天沼由季というテレビ女優をゴーラムたち二人のイラン人に拉致させたんじゃないのか？」

「身に覚えがないね」

「ゴーラムとパウロには、天沼由季を惨殺させてない？」

「ゴーラムもパウロも、女が大好きね。だから、女を殺すわけないよ」

「寺尾宏や西島次郎に十億円を用意しろという内容の脅迫状も出してないのか？」

「く、苦しくて、わたし、うまく喋れない」

「どうなんだっ。早く答えろ！」

「わたし、誰にも脅迫状なんか出してないよ」

「湯原のことは知ってるな？」

　鬼丸は訊いた。

「知ってるよ、湯原のことは。あの男、西島次郎に上等な覚醒剤売れるかもしれないと言って、わたしに麻薬《クスリ》売ってほしいと言ってきた。でも、湯原もわたしも、それからゴーラムやパウロも日本人を殺してないよ。どこかの誰かが、わたしたちに罪を被せようとしてるのかもしれない」

「誰か思い当たる人物は？」

「そういう人間、ちょっとわからないね。おまえ、何者？」

郭《グオ》が問いかけてきた。

鬼丸は返事の代わりに、サイレンサー・ピストルの銃把《じゅうは》で郭《グオ》の額《ひたい》を思うさま殴打《おうだ》した。

郭《グオ》がバイブレーターを吐き出し、顔を横に向けた。

「このマカロフは貰《もら》っとく」

鬼丸は立ち上がり、寝室を出た。美菲《メイフェイ》の部屋を飛び出し、エレベーターで一階に下りた。

追い込んだ郭《グオ》が嘘をつき通したとは思えない。テレビ女優を拉致したのは、二人のイラン人の男と思われる。だが、ゴーラムは事件に関与していないようだ。コロンビア人のパウロも天沼由季殺しには絡んでいないらしい。いったい実行犯は何者なのか。

マンションの前に出たとき、闇から銃弾が飛んできた。

銃声は聞こえなかった。鬼丸は路面に身を伏せ、郭《グオ》から奪ったサイレンサー・ピストルをベルトの下から引き抜いた。寝撃ち《プローン・ポジション》の姿勢をとったとき、二十数メートル前方の暗がりから人影が現われた。

鬼丸は闇を透《す》かして見た。

前方から大股《おおまた》で近寄ってくる男は、綾部健人だった。狙撃銃を構えていた。

鬼丸は先に三発、連射した。綾部が肩から路上に転がり、暗がりに逃げ込んだ。予想もしなかった展開に、かなり驚いた様子だった。

鬼丸は、もう一発撃った。

小さな銃口炎《マズル・フラッシュ》が瞬《また》き、放った九ミリ弾は綾部のすぐ手前に着弾した。

綾部が敏捷《びんしょう》に起き上がり、背を見せて走りはじめた。鬼丸は立ち上がって、懸命に綾部を追った。

綾部の逃げ足は、おそろしく速《はや》かった。瞬《また》く間に距離が開いていく。

それでも鬼丸は息が上がるまで追跡した。しかし、またもや綾部の姿を見失ってしまった。二度も同じ結果になるとは、なんとも腹立たしい。

鬼丸は舌打ちして、道を逆にたどりはじめた。

四弾目が着弾したあたりに、何かが落ちていた。よく見ると、スマートフォンだった。

鬼丸は綾部が落としたと思われるスマートフォンを拾い上げ、着信履歴をチェックしてみた。

猿島賢《さるしまけん》という人物からの着信履歴だけが残されていた。すぐに鬼丸は、猿島に電話をしてみた。しかし、先方の電源は切られていた。

猿島なる人物が綾部の雇い主なのか。そう考えてもよさそうだ。

綾部はスマートフォンを落としたことに気づき、ここに舞い戻ってくるかもしれない。
鬼丸は暗がりに身を潜めた。

# 第四章　拉致《らち》された依頼人

## 1

生欠伸《なまあくび》が止まらない。

寝不足だった。鬼丸は明け方近くまで美菲《メイフェイ》のマンションの近くで、綾部が引き返してくるのを待ちつづけた。しかし、『SAT《サット》』の元隊員はとうとう姿を見せなかった。

鬼丸はリビングソファに凭《もた》れ、またもや欠伸をした。まだ正午前だった。

めざめたのは二時間ほど前だ。それから鬼丸は三十回近く猿島賢に電話をかけたが、いつも電源は切られていた。

前夜逃げた綾部が公衆電話を使って、猿島にスマートフォンを落としたことを伝えたのだろうか。そのため、猿島はスマートフォンの電源を切りっ放しにしてあるのかもしれない。

鬼丸は小《こ》一時間前に堤に連絡を取り、猿島賢に関する情報を集めてくれるよう頼んであった。猿島に前科があれば、かなりの情報を得られるだろう。

鬼丸は拾った綾部のスマートフォンを手にすると、寝室に移った。ベッドカバーの上に大の字になったとき、腰のあたりに固い物が当たった。

鬼丸は半身を起こし、ベッドマットの下からマカロフＰｂを取り出した。郭《グォ》から奪ったサイレンサー・ピストルだ。

鬼丸はマガジンキャッチのリリースボタンを押し、銃把《グリップ》から弾倉《マガジン》を引き抜いた。残弾は四発だった。鬼丸はアメリカで暮らしているとき、週に一度は射撃場《シューティング・レンジ》に通って、各種の拳銃《ハンドガン》や自動小銃を実射していた。マカロフＰｂの引き金を絞ったのは昨夜が初めてだったが、別に戸惑《とまど》うようなことはなかった。

鬼丸はマガジンを銃把の中に戻し、サイレンサー・ピストルをナイトテーブルの引き出しの中に入れた。

ふたたび仰向《あおむ》けになって、目を閉じる。すぐに睡魔《すいま》に襲われた。まどろみは午後一時過ぎに解《と》かれた。インターフォンが鳴ったせいだ。

鬼丸はベッドを離れ、インターフォンの受話器を取った。来訪者は堤だった。鬼丸は玄関に急ぎ、ドアを開けた。

「電話じゃ話が長くなりそうだったんで、ここに来たんだ」

堤がそう言いながら、部屋の中に入ってきた。

「ということは、猿島に関するデータがいろいろ揃《そろ》ったってわけですね？」

「まあな」

「奥にどうぞ！」

鬼丸は堤を居間に通し、二人分の緑茶を用意した。

コーヒーテーブルを挟んで向かい合うと、堤が茶色い書類袋から一葉《いちよう》の顔写真を取り出した。その写真は卓上に置かれた。四十年配の男が写っている。眉《まゆ》が濃く、男臭い顔立ちだ。

「写真の男が猿島賢ですね？」

「そう。猿島は四十歳で、まだ独身だよ。七年前まで準大手のゼネコンで総会屋対策なんかをやってた奴だ。そういう関係で、総会屋、ブラックジャーナリスト、暴力団関係者とのつき合いが深いんだよ」

「猿島が会社を辞めた理由は？」

「勤め先の経営状態が悪いんで、早々と逃げ出したのさ。事実、そのゼネコンは二年後に倒産しちまった。会社を辞めた猿島は総務コンサルタントになって、新興企業や中小企業に総会屋対策のノウハウを教えてたようだが、それはビジネスにならなかった。で、野郎は企業恐喝《きょうかつ》屋に成り下がったわけだよ」

「大手企業の脱税や贈賄の証拠を押さえて、口止め料をせしめてたんですね？」

鬼丸は問いかけ、日本茶を啜《すす》った。

「そういうこともやってたんだろうが、主に一流企業の役員たちの下半身スキャンダルを恐喝材料にしてるようだな。猿島は銀座《ぎんざ》の高級クラブの売れないホステスや冴《さ》えない黒服に小遣いをやって、セックス・スキャンダルの情報を入手してるみてえなんだ。恐喝容疑で二度ばかり検挙《アゲ》られてる」

「そんなことで喰《く》ってるようじゃ、大物の強請屋《ゆすりや》じゃなさそうだな」

「ま、小物だろうな」

「そんな奴に綾部が雇われるでしょうか」

「人間、銭《ぜに》には弱いからな。どうしても金が欲しいとなりゃ、屑《くず》みたいな野郎のためにも働くんじゃねえのか？」

「そうだったとしても、恐喝屋の猿島が一連の事件の首謀者とは思えません」

「おそらく猿島はダミーの黒幕なんだろう。猿島をマークしつづけてりゃ、いつかは首謀者と接触するんじゃないか」

「そうでしょうね」

「猿島のオフィスや自宅の住所、それから交友関係もこれにメモしてある」

堤が言って、書類袋からペーパーの束《たば》を取り出した。それを受け取り、鬼丸はざっと目を通した。

猿島の事務所は、銀座一丁目の雑居ビルの中にあった。自宅マンションは文京《ぶんきよう》区内にある。交友のある裏社会の男たちの氏名や連絡先も付記されていた。

「堤さん、猿島の女性関係は？」

「特定の女はいねえらしいよ。玄人《くろうと》の女たちと割り切った遊びをしてるんだろうな。きっと猿島は、金だけしか信じられないタイプにちがいない」

「そうなのかもしれませんね」

「猿島は、ずっとスマホの電源を切ってるのか？」

「ええ。おおかた綾部が、うっかりスマホを路上に落としてしまったことを猿島に教えたんでしょう」

「そうなんだろうな。そうだ、きのう、犯行現場に遺《のこ》されてた薬莢《やっきよう》から凶器はスウェーデン製のシュミット&ベンダー・スナイパースコープ付きのAWPモデルと判明したぜ。サイレンサーを装着した狙撃《そげき》銃だよ」

「田久保選手が狙《ねら》われたときも確か同じタイプの狙撃銃が使われたはずですよね？」

「そうなんだよ。シュミット&ベンダー・スナイパースコープ付きの狙撃銃が過去の暗殺に使われたことはないらしいんだ。いったい綾部は、どういうルートで珍しい狙撃銃を入手したのかね」

「インターネットを使って、部品を何度かに分けてスウェーデンから取り寄せ、綾部が組み立てたんじゃないかな。奴はポリススナイパーだったわけだから、それぐらいはやれると思うんですよ」

「ああ、やれるだろうな」

「綾部は現地から弾頭、カートリッジ、信管、火薬なんかを取り寄せて、自分でライフル弾をこしらえたんでしょう」

「考えられるね。綾部は同じようにプラスチック爆弾を入手して、時限爆破装置を造ったんだろう」

「こっちも、そう思います」

鬼丸は相槌《あいづち》を打った。

「その後、野郎は渋谷の『お染』って小料理屋には寄りついてないのか?」

「デス・マッチ屋の蛭田に張り込んでもらってるんですが、綾部が店に立ち寄ってる様子はないそうです」

「そう。ひょっとしたら、綾部は猿島が用意した隠れ家にいるのかもしれねえな。あるいは、黒幕が奴を匿《かくま》ってるのか。どっちにしても、いまは猿島を揺さぶってみるほか手はなさそうだ」

「そうですね。てっきり郭《グオ》が一連の事件を引き起こしたと考えてたんですが、みごとに推測は外れてしまいました。とんだ回り道をしてしまったな」

「鬼丸ちゃん、そう落胆することはねえさ。捜査のプロたちだって、筋《すじ》をよく読み間違える。迷路に踏み込んで、頭を抱えることも少なくない。だから、気にすることはないよ」

「とにかく、もう無駄《ロス》を重ねるわけにはいきません」

「そうだな。鬼丸ちゃん、寺尾宏たち十人に犯人側はその後、何も言ってきてねえのか？」

「第三生命の羽山部長からは特に報告がありません」

「期限は二週間ってことだったから、もう何日も残ってない。それなのに、犯人側が何も行動を起こさないのは妙だな。鬼丸ちゃん、そう思わねえか？」

堤が言って、音をたてて茶を啜《すす》った。

「実は、こっちもそのことに引っかかってたんですよ。犯人側は、本気で寺尾たち十人から十億円ずつ脅し取る気はないのかもしれませんね」

「それ、どういうことなんだい？」

「敵の狙いは、寺尾たちに裏特約を解約させることなんじゃないのかな」

「ちょっと待ってくれ。鬼丸ちゃん、なぜ敵はそんなことをする必要がある？」

「裏特約をキャンセルする者が続出すれば、ライバル関係にある生保会社はそういう大口顧客を取り込むチャンスですよね」

「もしかしたら、絵図を画《か》いたのは第三生命のライバル会社かもしれないってことだな？」

「ええ、そうです。生保会社は、どこもサバイバル合戦を強《し》いられてる。大手といえども、のんびりとは構えてられない状況なんでしょう？」

「そうだろうな。生保業界第二位の日東《にっとう》生命か、第三位の明和《めいわ》生命が第三生命の大口顧客をそっくり奪う気になって、猿島を動かしたのか。猿島は、ギャンブルで借金を抱え込んでた綾部を仲間に引きずり込んで、外国人マフィアたちの犯行に見せかけて……」

「そういう推測はできると思います。とにかく、猿島を追うことにします」

「鬼丸ちゃん、少し荒っぽいやり方で猿島を締め上げるか」

「猿島をどこかに監禁して、拷問《ごうもん》しようってことですか？」

「いや、そんな手は使わない。猿島を罪人に仕立てて、裏取引を持ちかけるんだよ」

「もう少し具体的に話してくれませんか」

鬼丸は言って、ロングピースに火を点けた。

「その気になりゃ、組対部の押収物保管室から麻薬でも拳銃でも盗み出せる。そいつをこっそり猿島のオフィスに運び込んで、後日、家宅捜索《ガサイレ》をかけるんだよ」

「つまり、フレームアップするんですね？」

「そういうこと。猿島は、いろいろ悪さをしてる。別に、かわいそうがることはないと思うぜ」

「罪をでっち上げても、猿島はそれほどビビらないんじゃないですか。いずれ、自分の無実は晴れることになるでしょうからね」

「前科のある奴らは、地検に送致されることを極端に嫌う傾向がある。嫌うというよりも、恐れるんだ。裁判で勝つまでは相当な日数がかかるからな」

「そうですね」

「拘置所に入ってる間、未決囚たちは物事をついつい悲観的に考え、耐えがたい不安に取り憑かれる。気の弱い奴は拘置所内で首を吊ったりしちまう。だから、麻薬か拳銃の不法所持には目をつぶってやると言えば、猿島は陰謀のからくりをあっさり吐くんじゃねえのかな」

「そう簡単に事が運びますかね。仮にうまくいったとしても、堤さんに迷惑はかけられません。あなたは、まだ現職警官なんです。押収品を盗み出したことがバレたら、即刻、懲戒免職になるでしょう」

「そうなったら、私立探偵か便利屋にでもなるよ。いまのセクションにいても、退屈なだけだからな」

「堤さんにそこまでさせるわけにはいきません。まどろっこしい気もしますが、猿島をマークして、揺さぶりをかけてみますよ」

「そうかい。いい手だと思ったんだがな」

堤が微苦笑し、残りの緑茶を飲み干した。

「警察車輌でここに来たんですか？」

「いや、地下鉄で来たんだ」

「それじゃ、桜田門まで車で送りましょう。ちょっと待っててくれませんか」

鬼丸は煙草《たばこ》の火を揉《も》み消し、ソファから立ち上がった。

寝室に入り、身仕度をした。サイレンサー・ピストルは腰の後ろに挟む。綾部のスマートフォンは上着のポケットに入れた。

それから間もなく、鬼丸は堤とともに部屋を出た。

レンジローバーの助手席に堤を乗せ、警視庁本庁舎に向かう。二十分足らずで桜田門に着いた。

「ありがとよ」

堤が礼を言って、車を降りた。

鬼丸は四輪駆動車を銀座に向けた。目的の雑居ビルは、銀座柳《やなぎ》通りに面していた。だいぶ老朽《ろうきゆう》化した八階建てのビルだった。

鬼丸は車を脇道《わきみち》に駐《と》め、古びたグレイの雑居ビルの中に入った。

テナントプレートを見る。猿島の事務所は三階にあった。鬼丸はエレベーターで三階に上がった。猿島のオフィスは、最も奥まった場所にあった。ドアに耳を近づけると、男たちの高笑いが響いてきた。

事務所内には、三人の男がいるようだ。そのうちのひとりは猿島なのか。

鬼丸は何気なくドアの上の壁を見上げた。そこには、防犯カメラが設置されていた。

不意に男たちの笑い声が熄《や》んだ。誰《だれ》かがモニターに目をやったらしい。

鬼丸はサイレンサー・ピストルを所持している。マカロフPbを手にして、事務所の中に躍《おど》り込むことはできる。猿島がいれば、締め上げることも可能だろう。

しかし、敵は三人である。三人の誰かが拳銃を持っていたら、銃撃戦になるかもしれない。ここは、慎重に行動すべきだろう。

鬼丸は事務所から素早く離れた。

エレベーターホールに向かった直後、猿島の事務所のドアが乱暴に開けられた。鬼丸は反射的に振り向いた。

ひと目で暴力団の組員とわかる二人の男が飛び出してきた。ともに三十歳前後だろう。片方は剃髪頭《スキンヘッド》で、大柄だ。もうひとりは中肉中背だが、いかにも凶暴そうな面構《つらがま》えだ。

「てめえ、どこの者だっ」

スキンヘッドの大男が勢いよく駆け寄ってきた。

「浄水器のセールスをやっている者です」

「わたしが何をしたとおっしゃるんです？」

「事務所の様子をうかがってたろうが！」

「わたし、そんなことはしていません」

鬼丸は、ことさら怯《おび》えて見せた。

「おれは、モニターでてめえの姿を観《み》てたんだ。ちょっと事務所まで来いや」

「決して怪しい者ではありません。あなた方は何か誤解なさってるんです」

「いいから、来な！」

中肉中背の男が抜け目なく鬼丸の背後に回り込んだ。羽交《はが》いじめにする気なのか。

鬼丸は靴の踵《かかと》で、凶暴そうな男の向こう臑《ずね》を強く蹴《け》った。相手が唸《うな》り、屈《かが》み込んだ。

「この野郎！」

大男が羆《ひぐま》のように両腕を高く掲《かか》げ、組みついてくる動きを見せた。

鬼丸はステップインして、相手の肝臓《レバー》と腎臓《キドニー》にダブルパンチを放った。大柄な男が体を二つに折る。鬼丸は相手の太い首筋にラビットパンチを見舞った。スキンヘッドの大男はひざまずくように頽《くずお》れた。

「ふざけんな」

「なめやがって！」

中肉中背の男が黒い上着の裾《すそ》を払って、腰から匕首《あいくち》を引き抜いた。鞘《さや》ごとだった。

鬼丸は相手が短刀の柄を摑《つか》んだ瞬間、ショートフックを繰り出した。パンチは相手の頰《ほお》骨《ぼね》を砕《くだ》いた。中肉中背の男は突風に煽《あお》られたように横に吹っ飛んだ。

エレベーターの脇に階段がある。

鬼丸は一階まで一気に下《くだ》り、そのまま車を路上駐車してある裏通りに走り入った。ひとまず猿島のオフィスから遠ざかることにしたのだ。

鬼丸はレンジローバーに乗り込むと、すぐ発進させた。

2

見通しは悪くない。

鬼丸は車の中から、灰色の雑居ビルの出入口を注視していた。黄昏《たそがれ》の色が濃い。間もなく午後六時になる。

鬼丸は前髪を半分ほど額に垂らし、黒縁眼鏡《くろぶちめがね》をかけていた。上着も脱いで、リア・シートの上に置いてある。さきほどの荒っぽい男たちに見られても、すぐには気づかれないだろう。

張り込んで、すでに三時間半が経過している。だが、依然として猿島が外出する気配はうかがえない。大男たち二人も姿を見せなかった。

鬼丸はカーラジオを点けた。

チューナーをFENに合わせる。バート・バカラックのヒットナンバーが流れてきた。

ラブバラードだった。

鬼丸の脳裏《のうり》に押坂の笑顔が浮かんだ。押坂は、この曲をよくくちずさんでいた。鬼丸は辛《つら》くなって、すぐにラジオの電源を切った。

そのすぐ後、古ぼけた雑居ビルから例の二人組が現われた。男たちは何か喋《しゃべ》りながら、中央《ちゅうおう》通りの方向に歩きだした。鬼丸に気づいた様子ではない。

事務所には、猿島しかいないのだろう。鬼丸は事務所に押し入って、恐喝屋にマカロフPbの銃口を突きつけたい衝動に駆られた。

しかし、すぐに思い留《とど》まった。裏社会で生きている猿島は、それなりに修羅場《しゅらば》を潜《くぐ》ってきたにちがいない。銃口を向けられたぐらいでは口を割らないだろう。

鬼丸は待った。

ひたすら待ちつづけた。七時を数分過ぎたころ、懐《ふところ》でスマートフォンが打ち震えた。

「鬼丸《オニ》さん、おれです」

耳に蛭田の声が響いてきた。緊張した声だった。

「仁、どうした？」

「奴がついに『お染』に現われました。店に入って、綾部をぶちのめそうか？」

「いや、それはまずいな。綾部が店から出てきたら、奴をこっそり尾《つ》けるんだ。そして、とりあえず隠れ家を突きとめてくれないか」

「でも、店の厨房《ちゅうぼう》から裏道に出られるって話でしたよね？　また籠抜《かごぬ》けをやられるんじゃないのかな」

「それじゃ、店の前で綾部の動きを見ててくれ」

「なんかまどろっこしいな」

「仁に腕力があることは認めるよ。素手同士なら、おまえは綾部を倒せるだろう。でもな、あいつは丸腰じゃないんだ。いくら仁が強くても、飛び道具にはかなわない」

「くそっ」

「焦《じ》れったいだろうが、綾部の塒《ねぐら》を突きとめるだけにしてくれ。おれは、猿島って男をマークしてる」

　鬼丸は蛭田に経過を手短に伝えてから、先に電話を切った。

　それから十数分が過ぎたころ、グレイの雑居ビルから眉の太い四十年配の男が出てきた。猿島だ。茶系のスーツをきちんと身につけていた。

　猿島は昭和《しょうわ》通りの方角に五、六十メートル歩き、月極駐車場に足を踏み入れた。駐車場は青空だった。

　猿島はブリリアントシルバーのメルセデス・ベンツの運転席に入った。Sクラスだった。

猿島は中央通りに出るつもりなのか。それとも、昭和通りに向かうのだろうか。昭和通りに出るとしたら、レンジローバーの車首を変えなければならない。鬼丸はミラーを覗《のぞ》きつづけた。

猿島のベンツは月極駐車場を出ると、中央通りに向かった。車首を向き直す必要はなくなった。ベンツがレンジローバーの横を通り抜けていった。

鬼丸は猿島の車を尾行しはじめた。

ベンツは中央通りを進むと、みゆき通りに入った。そのまま直進し、日比谷《ひびや》の帝都《ていと》ホテルの地下駐車場に潜《もぐ》った。どうやら猿島は超一流ホテルで誰かと落ち合うらしい。

鬼丸も車を地下駐車場に入れた。ベンツは中央のあたりにパークされた。鬼丸はスロープの近くに車を駐《と》めた。

慌《あわ》ただしく車を降りた猿島は階段を使って、一階に上がった。鬼丸は追った。

猿島はティー&レストランに入り、窓際のテーブル席についた。そこには、五十代半《なか》ばの紳士然とした男がいた。

鬼丸も店内に足を踏み入れた。あいにく猿島たちのいるテーブルの近くに空席はなかった。

やむなく鬼丸は少し離れたテーブル席に落ち着き、コーヒーを注文した。猿島たちの会話は聞こえなかったが、二人の様子はうかがえる。

白髪混《しらが》じりの男は口数が少ない。もっぱら猿島が喋《しゃべ》っていた。五十代の男は、いかにも仕立てのよさそうな背広を着ている。腕時計も安物ではなさそうだ。

あの男が背後で糸を引いていたのだろうか。

鬼丸は、男の横顔を改めて観察した。遣《や》り手のビジネスマンといった印象で、いわゆる悪人顔ではなかった。ただ、目の動きには隙《すき》がない。

コーヒーが運ばれてきた。

鬼丸は人待ち顔をつくって、さりげなく猿島たちの様子を観察した。少し経《た》つと、猿島が上着の内ポケットから小さなクッション封筒を取り出した。中身は録音テープか、フィルムなのかもしれない。

白髪混じりの紳士がクッション封筒の中身を検《あらた》め、無言でうなずいた。それから彼は懐から白い角封筒を抓《つま》み出し、それを猿島に手渡した。

猿島が角封筒を押しいただき、中身をちらりと見た。中身は小切手だった。額面までは確認できなかった。

猿島が腰を上げ、ティー&レストランから出ていく。

鬼丸は動かなかった。猿島に小切手を手渡した男の正体を探《さぐ》ってみる気になったからだ。

男はコーヒーを飲み干すと、おもむろに立ち上がった。伝票を手にしていた。鬼丸は男が店を出ると、急いで支払いを済ませた。

男は地下駐車場に向かっていた。

鬼丸は男の後を追った。男は黒いクラウンに乗り込んだ。鬼丸は急いで自分の車の運転席に坐った。

クラウンは地下駐車場を出ると、内幸町《うちさいわいちょう》を抜けて飯倉《いいぐら》方面に向かった。

鬼丸は男の車を追尾しつづけた。

やがて、クラウンは麻布十番《あざぶじゅうばん》の外れにある飲食店ビルの前に停まった。車を降りた男は、馴《な》れた足取りでビルの中に入っていった。

鬼丸は車を路肩に寄せ、五十代半ばの男を追った。男は階段を使って、二階のカウンターバーに入った。鬼丸は五分ほど間《ま》を置いてから、店内に足を踏み入れた。一瞬、気後《きおく》れしそうになった。

店の客は五、六十代の紳士ばかりだった。マスターも六十歳前後に見えた。

クラウンを運転していた男は奥のスツールに腰かけ、常連客たちとにこやかに談笑していた。

「ここは会員制になってるんですか？」

鬼丸はマスターに問いかけた。

「一応、そういうことになっています。しかし、一見《いちげん》さんもウェルカムです」

「なんだか申し訳ないな」

「いいえ、どうぞ」

マスターが出入口に近い止まり木を手で示した。

鬼丸はスツールに坐り、スコッチの水割りをオーダーした。シングルモルトのウイスキーだった。

鬼丸は酒棚《さかだな》をぼんやり眺めながら、十数人の先客たちの会話に耳を傾けた。客の大半は、社会的地位の高い職業に就《つ》いているようだった。

水割りを半分ほど飲んだとき、かたわらの六十年配の男が話しかけてきた。

「失礼だが、きみも東麻布《ひがしあざぶ》中・高校のOBなのかな？」

「いいえ、違います。わたしは勉強が苦手だったんで、とてもそんな名門校には入れません」

「そう謙遜《けんそん》なさることはないでしょ？　なんとなく後輩かなと思ったんだが……」

「そうですか。このお店の常連さんは、東麻布中・高校の出身者が多いんですか？」

「OBたちの溜《た》まり場だよ。みんな、仕上げの一杯はここで飲《や》りたくて、なんとなく集まっちゃうんだ」

「楽しそうですね」

鬼丸は言った。

「不況で世の中がどんどん暗くなってるが、ここで先輩や後輩たちと昔話に花を咲かせてると、なんか元気が出てくるんだ」

「OBの方々は、各界で活躍されてるんでしょう？」

「ま、そうだね。偉くなった政治家や官僚は大勢いるし、大企業の役員もいる。医者、弁護士、検事、公認会計士もいるよ。あまり勉強が好きじゃなかった卒業生は俳優や音楽家になってる。彫刻家や画家もいるね」

男が誇らしげに言った。

「OBの方たちは成功されてるんだな」

「それなりに、みんな、努力をしてきたからね。わたしも一応、某一部上場企業で取締役をやってるんだ」

「それは大変なご出世ですね」

鬼丸は調子を合わせた。

「いや、わたしなんか出世が遅いほうだったよ。取締役になれたのは、五十五のときだったからね」

「それでも大変な出世じゃありませんか」

「いや、いや。彼なんか、五十二歳で日東生命の専務になったんだ」

男が前屈《まえかが》みになって、クラウンを運転していた人物に目をやった。

「そうなんですか。それは確かにスピード出世ですね」

「竹中《たけなか》君は切れ者だからな」

「日東生命の専務さんは、竹中さんとおっしゃるんですか」

「そう、竹中亮輔《りょうすけ》というんだ。まだ五十四歳だよ。数年後には、日東生命の社長になれるかもしれないな。それほど優秀な男なんだ。そういう後輩がいると、こちらもなんとなく鼻が高くなるよ」

「そうでしょうね」

「失礼だが、きみはどういった仕事をしてるの？」

「平凡なサラリーマンですよ。いつリストラされるかもしれないという不安に怯《おび》えて、毎晩、ひとりで飲み歩いてるんです」

鬼丸は、とっさに思いついた嘘《うそ》を澱《よど》みなく喋《しゃべ》った。

「それは困ったもんだね。しかし、そのうち日本の経済もよくなるだろう」

「そうなってほしいものです」

「ま、今夜は愉《たの》しく飲もうじゃないか。こうして知り合ったのも、きっと何かの縁だ。ぐっと空けてくれよ。一杯奢《おご》ろう」

「せっかくですが、今夜はこれで失礼します。ちょっと寄らなければならない店があるものですから」

「そうなのか。それは残念だな」

かたわらの男はそう言いつつも、強くは引き留《と》めなかった。

鬼丸は勘定《かんじょう》を払うと、すぐに店を出た。クラウンのナンバーをメモし、自分の車に乗り込んだ。車のナンバーから、所有者の氏名や現住所は簡単に割り出せる。

鬼丸は車を文京区の白山《はくさん》に向けた。猿島の自宅マンションに行ってみる気になったのだ。

目的のマンションを探し当てたのは九時数分前だった。

鬼丸は車を路上に駐《と》め、マンションの中に入った。玄関はオートロック・システムにはなっていなかった。

鬼丸はエレベーターで九階に上がった。猿島の部屋は九〇六号室だ。電灯は点いていない。鬼丸はスチールのドアに耳を押し当てた。

室内は静まり返っている。猿島は帝都ホテルから自分の事務所に戻ったのか。それとも、どこかの酒場にいるのだろうか。

鬼丸は車に戻った。

猿島を待つことにした。シートを倒し、背中を預けた。日東生命の竹中専務が首謀者と考えれば、話は繫がってくる。

そう思いつつも、何かが鬼丸の胸に引っかかっていた。竹中は、見るからにシャープそうだった。スピード出世したほどだから、策士《さくし》の側面もあるにちがいない。

そんな男が薄汚い恐喝屋の猿島を参謀に選ぶものだろうか。智恵袋として、猿島は適任とは思えない。竹中には、猿島を共犯者にせざるを得ない事情があったのだろうか。そうなのかもしれない。

一連の事件の実行犯は、綾部と思われる。その綾部と竹中、猿島の接点がまだ摑めない。日東生命の専務と綾部が旧知の仲とは考えにくそうだ。となると、綾部はどこかで猿島と知り合ったのだろう。

そして、『SAT《サット》』の元隊員は猿島に金で抱き込まれた。恐喝屋の猿島は盛り場で声をかけた二人の不良イラン人にテレビ女優の天沼由季を拉致《らち》させた。そして、誰かに彼女を惨殺させたのか。

竹中が黒幕だとしたら、第三生命の裏特約顧客に不安を与えて、彼らをごっそり日東生命に取り込むことが犯行目的だったのだろう。出世欲の強い役員なら、そこまでやってしまうかもしれない。

ただ、竹中は暗黒社会の顔役ではない。いくら野心家であっても、なんの罪もない各界の成功者を十五人も始末させるだけ非情になれるものか。爆殺された政財界人の秘書やSPを加えれば、被害者数は二十数人にものぼる。

猿島の後ろ楯《だて》は、闇社会の帝王か誰かなのかもしれない。

鬼丸は、そんな思いに捉《とら》われた。仮にそうした人物が黒幕だとしたら、わざわざ手の込んだ犯行を重ねるだろうか。もっと手っ取り早い方法で、邪魔者を葬《ほうむ》ってしまうはずだ。郭《グオ》の仕業《しわざ》と見せかけようとした偽装工作ではないのか。敵は案外、小心者なのかもしれない。そう考えると、やはり日東生命の竹中専務が怪しくなってくる。

鬼丸は推理を巡らせれば巡らせるほど頭が混乱してきた。

パワーウインドーのシールドを下げ、外気を車内に入れた。夜気《やき》には、花の香りがうっすらと溶け込んでいた。蓮華草《れんげそう》の花の匂《にお》いだったか。

午後十時を回っても、猿島は帰宅しなかった。竹中から小切手を貰《もら》い、夜っぴて遊ぶ気になったのか。

鬼丸は夜が明けるまで張り込む気でいた。

ロングピースをパッケージから抓《つま》み出そうとしたとき、スマートフォンが懐で身震いした。ここ数日、マーガレットに連絡をとっていない。彼女からの電話か。

鬼丸は言い訳を考えながら、スマートフォンを耳に当てた。

「おれです」

蛭田の声は妙に明るかった。

「仁、綾部の隠れ家を突きとめてくれたんだな?」

「ええ。野郎は代官山《だいかんやま》のマンスリーマンションを塒《ねぐら》にしてました」

「そうか。よくやってくれた。で、綾部は部屋の中にいるのか？」

鬼丸は訊《き》いた。

「ええ、いまシャワーを浴びてます。おれ、先に踏み込んでもいいでしょ？」

「おれがそっちに行くまで外で見張っててくれ」

「やっぱり、駄目ですか」

「仁、マンスリーマンションの名と部屋番号を教えてくれよ」

「えーと、『代官山マンスリーマンション』で、綾部は一〇四号室にいます」

蛭田がそう言い、マンスリーマンションの所在地を告げた。

番地は猿楽町《さるがくちょう》だった。東急東横線《とうきゅうとうよこ》の代官山駅から五百メートルほど離れた場所にあるらしい。鬼丸は通話を切り上げ、急いでレンジローバーを走らせはじめた。

『代官山マンスリーマンション』に着いたのは、およそ四十分後だった。

鬼丸は車を路上に駐《と》め、八階建てのマンスリーマンションに駆け込んだ。管理人室はあったが、無人だった。

鬼丸はエントランスロビーを見回した。

蛭田の姿は見当たらない。一〇四号室の前にいるのだろう。

鬼丸は右手に延びている歩廊《ほろう》を進んだ。一〇四号室の前にも蛭田はいなかった。部屋に押し入ったのか。

鬼丸はドア・ノブに手を掛けた。

ノブはなんの抵抗もなく回った。玄関ドアを開けると、奥から男の唸《うな》り声が洩《も》れてきた。蛭田の声だった。

鬼丸は土足のまま、部屋の奥に走った。

ベッドの下で、巨身の蛭田が逆海老《ぎゃくえび》固めに樹脂製の白い結束バンドで縛《しば》られていた。本来は電線や工具を括《くく》りつける物だが、犯罪者たちはロープや手錠の代わりに使っている。

デス・マッチ屋は、口にタオルを嚙《か》まされていた。

鬼丸は先にタオルを外し、手早く縛《いまし》めをほどいた。

「おまえ、部屋に押し込もうとしたのか?」

「そうじゃないんです。てっきりシャワーを浴びてると思ってた綾部が忍び寄ってきて、いきなりハンドガンの銃口をおれの脇腹に押しつけたんですよ。おそらく奴はベランダから外に出て、回り込んできたんでしょう」

「仁は腹這《はらば》いにさせられて、結束バンドで括《くく》られたんだな?」

「そうです。あっという間に縛られたんで、おれ、どうすることもできませんでした。奴はにたにた笑いながら、荷物をまとめると、何事もなかったような顔で悠然《ゆうぜん》と部屋を出ていきました」

蛭田が起き上がって、腹立たしげにベッドを蹴りつけた。細い目は攣《つ》り上がっていた。

「綾部が出ていったのは？」

「かれこれ三十分ほど前です。鬼丸《オニ》さん、マンスリーマンションの管理会社で綾部のことを訊いてみましょうよ。きっと何か奴のことがわかると思うな」

「そんなことをしても、おそらく無駄だろう。奴が本名で部屋を借りたとは思えないからな。ひとまず引き揚げよう」

鬼丸は蛭田に言って、先に玄関に向かった。

3

猿島が事務所のドア・ロックを外した。

物陰に隠れた鬼丸は、ほくそ笑《え》んだ。オフィスには誰もいないことがわかったからだ。

猿島が事務所の中に入った。シリンダー錠を掛ける音はしなかった。

鬼丸は周《まわ》りに人がいないことを確認してから、猿島のオフィスに近づいた。両手に布手袋《ぬのてぶくろ》を嵌《は》め、ベルトに挟んだサイレンサー・ピストルを引き抜く。

鬼丸はドアを引き、事務所に躍《おど》り込んだ。猿島は正面の事務机に向かって、何か書類に目を落としていた。

手前に応接ソファセットがあり、壁際にはキャビネットやスチール製のロッカーが並んでいる。事務所は、それほど広くない。

「おい、何なんだっ」

猿島が声を張って、椅子《いす》から勢いよく立ち上がった。

「昨夜《ゆうべ》は、どこかで女とお娯《たの》しみだったようだな。白山のマンションを張り込んでたんだが、そっちには会えなかった」

「何者なんだ⁉ どこの誰だか知らないが、おれを甘く見ないほうがいいぜ。おれは関東の親分衆たちに目をかけてもらってるんだ」

「つまらないことで威張《いば》るな。後ろのブラインドを下ろせ！」

「何様のつもりなんだ。ふざけるなっ」

「おれを怒らせたいのか」

鬼丸は口の端を歪《ゆが》め、マカロフPbを握った右手を前に突き出した。

「お、おまえ……」

「こいつはロシア製のサイレンサー・ピストルだ。発射音は赤ん坊のくしゃみよりも小さい」

「くそったれ！」

猿島が毒づいて、窓のブラインドを下げた。事務所の中が仄暗《ほのぐら》くなった。

「そっちはきのう、帝都ホテルのティー&レストランで日東生命の竹中専務と会った。そのとき、竹中から小切手を渡された。あれは、殺しの報酬だったんじゃないのかっ」

「殺しの報酬だって⁉」

「そうだ。『SAT《サット》』の元隊員の綾部健人が落としたスマホの着信履歴に、そっちの名前とテレフォンナンバーが記録されてた。綾部を知らないとは言わせないぞ」

「おまえ、探偵か何かだな。どうなんだ？」

「話をはぐらかすな！」

鬼丸は手早くスライドを引いた。

「ま、まさか撃つ気じゃねえよな？」

「場合によっては撃つことになる。そっちは日東生命の竹中専務に頼まれて、綾部に月岡法務大臣たち十四人を車ごと爆殺させ、プロ野球選手の田久保を狙撃させた。それからテレビ女優の天沼由季を不良外国人たちに拉致させ、誰かに惨殺させた。さらに、寺尾宏たち十人の裏特約顧客に十億円を用意しておけという内容の脅迫状も送りつけた。すべて竹中の指図《さしず》だったんじゃないのかっ」

「なんの話なんでえ？　おれには、さっぱりわからねえよ」

猿島が首を傾《かし》げた。

鬼丸は無造作に引き金を絞った。圧縮空気の洩れる音が小さく響いた。放った銃弾は、猿島の左肩に命中した。

猿島が短く呻き、体をふらつかせた。倒れそうになったが、辛《かろ》うじて踏ん張っている。

「おれは悪党には容赦《ようしゃ》しない主義なんだ。そっちが空とぼける気なら、弾倉《マガジン》が空っぽになるまで弾《たま》を喰《く》らわせるぞ」

「べ、別におれは空とぼけてるわけじゃない。綾部も竹中も知ってるが、おたくが言ったことは何もやっちゃいねえんだ」

「何もやってない？」

「ああ。おれは綾部に殺しを頼んだことはない。あの男には、調査の仕事を回してただけだよ」

「調査の仕事っていうのは、一流企業の役員たちの下半身スキャンダルの証拠を押さえることだな？」

「そんなことまで知ってやがるのか⁉」

「綾部がそこまで堕《お》ちるかっ。奴は『SAT《サット》』の隊員だったんだぞ」

「嘘《うそ》じゃねえって。あいつはギャンブルでこさえた借金で首が回らなかったんだ。だから、おれの下働きをしてくれたんだよ」

「綾部とは、いつからつき合ってるんだ？」

鬼丸は質問した。

「丸三年のつき合いになるよ。赤坂の違法カジノで知り合って、時々、奴にギャンブル資金を回してやってたんだ。そんなことで、綾部はおれに多少の恩義を感じてくれてたんだろうな」

「だから、そっちの下働きをする気になったというのか？」

「そうだと思うよ。うーっ、痛《いて》え。椅子に坐ってもいいだろ？」

猿島が銃創《じゅうそう》に手を当てながら、許可を求めた。指は鮮血で濡《ぬ》れていた。

「そのままでいろ。綾部に殺しを依頼したことはないと言い張るつもりなんだな」

「事実、その通りなんだから、そうとしか言いようがないだろうがよ」

「そっちが正直者かどうか、体に訊《き》いてみよう」

鬼丸は言うなり、二弾目を猿島の右の太腿《ふともも》に埋めた。

猿島が尻《しり》から床に落ちて、長く呻《うめ》いた。射入孔《しゃにゅうこう》から血糊《ちのり》があふれた。

「綾部に殺しを頼んだことは？」

「ない！　絶対にないよ。あいつには、セックス・スキャンダルの証拠を押さえてもらっただけだ。くそーっ、血がこんなに流れてるじゃねえか」

「急所はわざと外してやった。その程度じゃ、死にゃしないよ」

「他人事《ひとごと》だと思って、言いたいことを言いやがる」

「竹中とは、どういうつき合いなんだ？」

「専務は、ただの獲物さ」

「単なる強請《ゆすり》の獲物だったというのか？」

「ああ、その通りだよ。竹中は遣《や》り手の役員かもしれねえが、ロリコン野郎なんだ。あの男は十四歳の家出少女を下北沢《しもきたざわ》のワンルームマンションに住まわせて、セックスペットにしてる。綾部がその証拠を押さえてくれたんで、おれはきのう、動画データと盗聴音声を買ってもらったんだ」

「竹中から、いくらの小切手をせしめた？」

「おれは、取引をしただけだよ。竹中が欲しがってた物をたったの五百万で売ってやったんだ。一千万ぐらい吹っかけてもよかったんだが、相手はサラリーマン重役だからな。中小企業のオーナー社長みたいに銭に余裕があるわけじゃない。だから、おれは良心的な取引をしてやったのさ」

「腐った野郎だ」

鬼丸は事務机を回り込み、猿島の喉笛《のどぶえ》のあたりを蹴った。猿島が体を丸め、転げ回った。

「竹中が飼《か》ってるセックスペットの資料を出せ！」

「机の最下段の引き出しに青いファイルが入ってる。そこに資料はまとめてあるよ」

「動くんじゃないぞ」

鬼丸は言いおいて、スチールのデスクに歩み寄った。最下段の引き出しを開け、青いファイルを摑み出した。

愛知県出身の家出中学生は、平尾《ひらお》あずみという名だった。竹中と一緒に買物をしている姿が十カットほど盗み撮《ど》りされている。浴室で二人が戯《たわむ》れ合っている動画もあった。

あずみの恥部には、まったく飾り毛が生えていなかった。おおかた竹中に陰毛を剃《そ》られてしまったのだろう。そのせいか、ぷっくりとした恥丘がやけに目立つ。

鬼丸は写真だけを上着のポケットに収め、猿島に向き直った。

「綾部は、どこにいる？」

「代官山のマンスリーマンションにいるとか言ってたが、詳しいことはわからねえな」

「そのマンスリーマンションには、もういない」

「それじゃ、あいつがどこにいるか知らねえな」

「綾部の新しいスマホのナンバーは？」

「おれは教えてもらってない。奴からスマホをどこかに落としたから、こっちの電源を切っといてくれって言ってきたきりなんだ。それからは一度も綾部と連絡は取り合ってねえよ」

「一応、信じてやろう」

「あんた、警察《サツ》の人間じゃないよな？　だったら、裏取引をしようや。竹中から貰った五百万の小切手はまだ現金化してねえが、机の最上段の引き出しの中に百六、七十万のキャッシュが入ってる。それをそっくりやるから、おれがやったことは誰にも言わねえでくれよ」

猿島が言った。

「おれをチンピラ扱いするな」

「少し時間をくれりゃ、竹中からせしめた五百万の半分をやってもいいよ」

「おれの言ったことの意味がわかってないようだな」

鬼丸は猿島の腰に鋭い蹴りを入れ、サイレンサー・ピストルの安全装置を掛けた。マカロフPbをベルトの下に戻し、猿島の事務所を出る。鬼丸は布手袋を外して、エレベーターに乗り込んだ。

まだ午前十一時前だった。雑居ビルを出ると、鬼丸は斜め前に駐《と》めてあるレンジローバーに走り寄った。

車を下北沢に向ける。平尾あずみの住むワンルームマンションを探し当てたのは、ちょうど正午ごろだった。

鬼丸は車を降りると、あずみの部屋に急いだ。三〇三号室だった。

インターフォンを鳴らす。ややあって、スピーカーから少女の声が流れてきた。

「はーい」

「ガス洩れの検査です」

「えっ、そんな話聞いてない」

「管理会社から検査の通達状が届いているはずですがね」

「わかんないけど、ちょっと待ってて」

「よろしく！」

鬼丸はドア・フレームの死角に身を移した。

待つほどもなくドアが開けられ、瞳の大きな少女が顔を覗《のぞ》かせた。あどけなさを留《とど》め、胸の膨《ふく》らみもまだ小さい。

鬼丸は室内に入り、後ろ手にドアを閉めた。シリンダー錠を倒すと、少女が訝《いぶか》しげな表情になった。

「きみは平尾あずみちゃんだね？」

「うん、そう。おじさん、もしかしたら、愛知県警の人？　母さんたちがあたしの捜索願を出したのね。でも、あたし、家には帰りたくない。母さんの新しい彼氏、あたしにアレをしゃぶってくれなんて言ったんだもん」

「こっちは刑事じゃない。きみの面倒を見てる竹中さんにちょっと用事があるだけだ」

「竹中のパパちゃん、ここには住んでないよ。一日置きに来てくれてるんだけど、絶対に泊まらないの。いっつも久我山《くがやま》のお家《うち》に帰っちゃう。パパちゃんがネクタイを締める音を聞くと、あたし、寂しくなっちゃって、いつも泣いちゃうの。だって、あたしのことを大事にしてくれる大人はパパちゃんだけだもん。セックスのときも、優しくしてくれるの」

「きみは、まだ中学生だよな？」

「うん、中二」

「どういう生き方しても他人がとやかく言えることじゃないが、大人の玩具《おもちゃ》になるのはよくない。竹中専務と早く別れるべきだな」

「いやよ。あたし、パパちゃんとは別れない。だって、パパちゃんのこと、大好きだもん」

「向こうは、きみのことをただのセックスペットと思ってるだけなんじゃないかな。きみは下のヘアを剃られちゃったんだろう？」

鬼丸は確かめた。

「なんで、そんなことまで知ってんの⁉」

「きみは弄《もてあそ》ばれてるんだよ。教師みたいなことは言いたくないが、もっと自分を大事にすべきなんじゃないのか。え？」

「あたしのことは放っといてよ。おじさんには関係のないことでしょ？」

「これ以上、何を言っても無駄らしいな。本題に入ろう」

「なんなの、本題って？」

「パパちゃんのスマホの番号を教えてほしいんだ」

「あたし、知らない」

「協力しないと、きみの親許《おやもと》に連絡することになるぞ」

「そんなこと、やめて！　家に連れ戻されたら、あたし、母さんとつき合ってる男に姦《や》られちゃうよ。蛇みたいにしつこい奴なんだから」

「だったら、ナンバーを言うんだな」

「負けたわ。教えてあげる」

あずみがゆっくりとテレフォンナンバーを告げた。鬼丸は懐からスマートフォンを摑み出し、数字ボタンを押した。

ややあって、男の声で応答があった。

「竹中専務さんですね？」

「ええ、そうです。どなたでしょう？」

「綾部健人の知り合いです。竹中さん、おれにも綾部と同じ仕事を請《う》け負《お》わせてくれませんか」

鬼丸は鎌をかけた。

「綾部？　そういう方は知らないな。同じ仕事をしたいって、いったいどういう意味なのかね？」

「もっと素直にならないと、セックス・スキャンダルを公《おおやけ》にしちまうぞ。あんたはいい年齢《とし》こいて、家出した中学生の女の子を下北沢のワンルームマンションに囲ってる」

「ええっ」

「実は、あずみちゃんの部屋から電話をかけてるんだ。彼女は、あんたに恥毛を剃り落とされたことを認めた。一流生保会社の専務がロリコン男だと知ったら、世間の連中はあんたを軽蔑《けいべつ》するだろうな。当然、会社にはいられなくなる。奥さんにも蔑《さげす》まれて、離婚を迫られることになるだろう」

「き、きさまは猿島の仲間だなっ。猿島は汚い男だ。わたしから五百万の口止め料を取っておきながら、さらに仲間を使って無心《むしん》する気なんだな。そうなんだろう?」

「こっちは猿島なんて奴は知らない。さっきも言ったように、綾部健人の知り合いなんだよ。あんたは奴に第三生命の裏特約顧客十四人の車に爆発物を仕掛けさせて、月岡法務大臣たちを始末させた」

「何わけのわからないことを言ってるんだっ」

竹中が苛立《いらだ》たしげに喚《わめ》いた。

「それだけじゃないだろう。あんたは綾部に野球選手の田久保を狙撃させた。残念ながら、目的は果たせなかったがな。それから、あんたはテレビ女優の天沼由季も惨殺させた。その事件の実行犯は、不法滞在の外国人だろう。専務さんよ、まだあるぞ。あんたは、ニュースキャスターの寺尾宏たち十人に脅迫状を送りつけた。月岡法務大臣のようになりたくなかったら、二週間以内に十億円を用意しろという内容の脅迫状をな。一連の事件の被害者たちは全員、日東生命とはライバル関係にある第三生命に大口の特約保険を掛けてた。あんたは第三生命に大きな損失を与えて、ライバル会社の裏特約顧客をごっそり自分の会社に取り込もうとしてる。どこか間違ってるか？」

「わたしには、まるで身に覚えのない話ばかりだ。どんな根拠があって、わたしを犯罪者扱いするんだっ」

「綾部があんたの陰謀を何もかも暴露《ばくろ》してくれたんだよ」

鬼丸は、はったり《ブラフ》を口にした。

「綾部などという男は、本当に知らない。その男がおたくに何を言ったか知らないが、すべて事実無根だ。そんなことより、本当にあずみの所にいるのか。そうなら、あずみを電話口に出してくれ」

「おれは、あずみちゃんの部屋にいると言ったはずだ」

「おたくの話は信用できないっ」

竹中が言い放った。鬼丸は家出少女を引き寄せ、スマートフォンを耳に宛《あて》がった。

「パパちゃん、あたし、怖いよ。知らないおじさんがガス洩れの検査だって嘘《うそ》ついて、ここに押し入ってきたの」

「…………」

「おとなしく帰ってくれそうもないよ。パパちゃん、早く救《たす》けに来てーっ」

あずみが悲痛な声で訴えた。鬼丸はスマートフォンを自分の耳に戻した。

「これで、おれが下北沢のワンルームマンションにいることがわかったな。すぐにこっちに来てもらおう」

「無茶を言うな。これから役員会議があって、その後、大事な商談が二つ控えているんだ」

「ロリコン野郎、あずみちゃんがどうなってもいいんだな？」

「わたしは、あずみを自分の娘のようにかわいがってるだけだ」

「見苦しいぞ。もう観念しろ。一時間だけ待ってやる。急いで、この部屋に来い！」

「なんとかしよう」

竹中がそう言い、電話を切った。

鬼丸はスマートフォンを上着の内ポケットに突っ込んだ。靴を脱いでいると、あずみが後ずさった。

「おじさん、あたしをレイプする気なの？」

「安心しろ。きみにおかしなことはしない」

「ほんとに？」

「ああ、約束するよ。竹中が来るまで、そこに腰かけてろ」

鬼丸はシングルベッドに目を向けた。

あずみが幾らか安堵《あんど》した顔つきで、ベッドに浅く腰かけた。鬼丸はフローリングに直《じか》に胡坐《あぐら》をかいた。

気づまりな沈黙に耐えられなくなったらしく、あずみがCDを聴《き》いてもいいかと許可を求めてきた。鬼丸は黙ってうなずいた。

あずみは表情を明るませ、CDミニコンポに男性アイドルグループのCDアルバムをセットした。気恥ずかしくなるような内容の歌詞ばかりだった。アイドルグループの歌が終わると、Jポップのヒット曲が流れてきた。

それが終わっても、竹中はやってこない。

電話を切って、一時間近く経《た》つ。竹中は恐れをなして、どこかに身を隠したのか。あるいは、刺客を差し向ける気になったのだろうか。

鬼丸のスマートフォンが着信ランプを明滅させはじめた。

「鬼丸さん、わたしです」

羽山部長の切迫《せっぱく》した声が流れてきた。

「どうされました？」

「会社を出たときから、怪しい男たちに尾けられてるんですよ。多分、二人とも堅気《かたぎ》じゃないでしょう。ひょっとしたら、彼らは例の犯人グループの人間かもしれません」

「羽山さん、いま、どちらにいるんです？」

「渋谷の東和《とうわ》ホテルのロビーにいます。なんだか怖《こわ》くなったんで、安全な場所に逃げ込んだんです」

「で、怪しい二人組は？」

「ホテルの前をうろついています。ロビーにはたくさん人がいるんで、奴らは入ってくるのをためらっている様子です」

「羽山さん、ロビーにずっといてください。こっちは現在、下北沢にいるんですよ。これから渋谷に向かいます」

「あなたが来てくださるなら、心強いな。わたし、ここでお待ちしています」

「そうしてください。必ず行きます」

鬼丸は電話を切ると、勢いよく立ち上がった。すると、あずみが心配顔を向けてきた。

「パパちゃんに何かあったの？」

「いや、そうじゃない。急用ができたんで、おれはここにいられなくなった。竹中には後で連絡する。怖《こわ》い思いをさせて、悪かったな」

鬼丸は優しく詫《わ》びて、あずみの部屋を出た。

レンジローバーに飛び乗り、渋谷に向かう。二十数分で、公園通りにある東和ホテルに着いた。鬼丸は車をホテルの斜め前にパークさせ、ロビーに駆け込んだ。だが、羽山の姿はどこにも見当たらない。

不審な二人組に連れ去られたのか。鬼丸は羽山に電話をかけた。しかし、電源は切られていた。

鬼丸は何か悪い予感を覚えた。ロビーの隅まで視線を向けたが、やはり羽山部長はいなかった。

4

静かだ。

自分の呼気《こき》さえ聞こえそうだった。鬼丸は、千代田《ちよだ》区内にある第三生命本社の応接室にいた。

羽山部長が失踪《しっそう》した翌日の午後三時過ぎである。きのう、鬼丸は東和ホテルのロビーで羽山を二時間待った。だが、ついに羽山は姿を見せなかった。

鬼丸は、羽山が怪しい二人組に拉致されたと直感した。拉致を指示したのは、日東生命の竹中専務臭い。

鬼丸はレンジローバーを西新宿の日東生命本社に向けた。刑事を装《よそお》い、受付で竹中専務との面会を求めた。しかし、竹中は外出しているとのことだった。

居留守を使っているのかもしれない。鬼丸はそう考え、竹中のスマートフォンを幾度も鳴らした。しかし、いつも電源は切られていた。

鬼丸は下北沢のワンルームマンションに戻った。あずみにドアを開けさせたが、室内には竹中はいなかった。

鬼丸は、杉並区久我山にある竹中の自宅に行ってみた。

だが、そこにも竹中はいなかった。どうやら日東生命の専務は、しばらく身を隠す気になったようだ。やはり、竹中が首謀者だったのか。

竹中は、第三生命の羽山調査部部長が一連の事件を鬼丸に密《ひそ》かに調べさせていることを知り、口を封じる気になったのだろうか。そうだとしたら、いずれ自分にも魔手が迫ってくるにちがいない。

鬼丸は卑劣な敵に怒りを覚えながら、ロングピースに火を点けた。彼は、羽山の上司を待っていた。会社の説明によると、羽山はきのうの午後に消息を絶《た》ったまま、行方がわからないという。

一服し終えたとき、応接室に五十三、四歳の恰幅《かっぷく》のいい男が入ってきた。鬼丸はソファから立ち上がって、自己紹介した。

男は常務の木滑敏行《きなめりとしゆき》だった。二人は名刺を交換すると、向かい合う位置に腰を下ろした。

「鬼丸さんにお願いした件については、羽山から逐一《ちくいち》報告を受けていました」

「そうですか」

鬼丸は、きのうの午後の経過をつぶさに語った。

「ライバル社の日東生命が背後で実行犯たちを操《あやつ》っているのでしょうか？」

「まだ確証は摑んでいませんが、その疑いはあると思います」

「日東生命の竹中専務が雲隠れしたようだというお話でしたから、そう考えるべきなんでしょうね。竹中氏とは業界の会合で何度かお目にかかっていますが、なかなかの野心家のようでした。彼なら、強引なやり方で第三生命の裏特約顧客をそっくり奪う気になるかもしれません」

「羽山部長は拉致されたと考えたほうがいいでしょう」

「それをやらせたのは、日東生命の竹中専務ですね？」

「まだ断定はできませんが、その疑いはあると思います」

「なんてことをするんだ。これじゃ、無法者どもと変わらないじゃないかっ」

木滑が憤《いきどお》りを露《あらわ》にした。

「その後、社内に何か異変は？」

「契約部二課の女性社員は内通者じゃないことがわかりましたが、きのう、調査部の資料室に何者かが侵入した痕跡《こんせき》があるんですよ」

「何か盗まれたんですか?」

「いいえ。ただ、裏特約顧客のデータを盗み見されたかもしれないんです。と申しますのは、データが所定のキャビネットの隣に入れてあったんですよ。社員に確かめましたところ、きのうは誰も裏特約顧客リストなど見なかったというんです」

「ということは、社外の人間がこっそり資料室に忍び込んだと……」

「そう考えてもいいと思います。資料室の鍵《かぎ》は日中は掛けてありませんので、外部のシステム修理会社の技師とか空調会社の者に化ければ、忍び込むことは可能でしょう。日東生命に雇われた産業スパイのような奴が、裏特約顧客リストを特殊カメラで盗み撮《ど》りしたのかもしれません」

「木滑さん、それはどうでしょうか。敵は、すでに裏特約顧客リストを手に入れてるはずです。それですから、大口契約者が十五人も殺され、田久保選手が狙撃されたんだと思います。それから、寺尾宏たち十人の顧客に十億円を用意しておけという脅迫状が……」

「ええ、鬼丸さんのおっしゃる通りかもしれません。ただ、こうは考えられないでしょうか。犯人側はハッキングで顧客に関するデータを半分しか盗み出せなかった。それで、残りの分は誰かを資料室に忍び込ませて……」

「そういうことも考えられそうですね。話は違いますが、寺尾宏たちにその後、犯人側は何か言ってきたのでしょうか？」

鬼丸は念のため、確かめた。

「それが不思議なことに、どなたにも犯人は接触してないんですよ。ひょっとしたら、ニュースキャスターの寺尾氏たち十人の方に十億円を用意しろという脅しは一種の陽動《ようどう》作戦だったのかもしれませんね。犯人側は、目的がお金だということを捜査当局に印象づけたかったのではないでしょうか？」

「実はこっちも、犯行目的は金ではないのかもしれないと感じはじめてたんですよ。羽山さんの話だと、犯人側が寺尾氏たちに接触していないとのことでしたんでね」

「おそらく犯人側は第三生命に損失を与え、裏特約顧客をそっくり取り込むことが狙いだったんでしょう。そういうことを考えると、やはり日東生命の竹中専務が怪しいな」

木滑が呟《つぶや》いた。

ちょうどそのとき、応接室のドアがノックされた。

「ちょっと失礼しますね」

木滑がソファから立ち上がって、応接室のドアを開けた。廊下には、中年の男性社員がたたずんでいた。

木滑が驚きの声を洩らし、慌《あわ》てて応接室のドアを閉ざした。何か悪い報《しら》せが届いたようだ。鬼丸は耳をそばだててみたが、会話は聞こえなかった。

五分ほど経つと、木滑が応接室に戻ってきた。表情が暗い。

「何かあったんですね？」

鬼丸は先に口を開いた。

「たったいま、警察から連絡があって、羽山の上着が多摩川《たまがわ》の河口付近で見つかったそうです」

「ええっ」

「上着のポケットには、羽山の名刺入れと運転免許証が入ってたそうです。羽山は拉致犯たちに殴打《おうだ》され、ぐったりしているところを多摩川に投げ落とされたのでしょう。羽山は、あまり泳げないんですよ。ですので、溺《おぼ》れ死んだ可能性も……」

「まだ遺体が発見されたわけではないんでしょ？」

「ええ」

木滑がソファにへたり込んだ。ショックが大きかったらしい。鬼丸も意外な展開になったことに戸惑いを覚えていた。

「鬼丸さん、羽山に万が一のことがあっても、調査は続行してもらえますね。割増金二千万円を上乗せしますので、どうか力をお貸しください」

「成功報酬が七千万円にアップしたからというわけではありませんが、必ず陰謀は叩き潰《つぶ》します」

「頼りにしています。それにしても、最悪なことになったら、わたしは寝込んでしまいそうだな」

「羽山さんに目をかけてらっしゃったようですね？」

「ええ。羽山は仕事熱心で、部下たちにも慕《した》われてるんです。好人物です」

「木滑さん、ひとつうかがってもよろしいですか？」

「なんでしょう？」

「羽山さんの遺体が見つかっても、一連の事件の裏側にある事実を捜査当局に話されるお気持ちは……」

「裏特約のことを警察に打ち明ける気はありません。そのことが警察関係者からマスコミに洩れたりしたら、一般のお客さまが離れてしまうでしょう」

「そうでしょうね」

「そんなことになったら、いままでの努力が無駄になってしまいます。われわれは裏特約のことを伏せたまま危機を排除したくて、鬼丸さんのお力を借りたわけです。個人的には羽山を連れ去った奴らが一日も早く逮捕されることを望んでいますが、いま、警察の協力を仰《あお》ぐことはできません。羽山にしても、そんなことはしてほしくないと思うでしょう」

「よくわかりました。警察よりも早く首謀者に迫るつもりです」

「素人が口を挟むことではありませんが、どこかに潜伏したと思われる日東生命の竹中専務の自宅の電話保安器かどこかに盗聴器を仕掛けてみたら、いかがでしょう？　竹中専務は家族には何か連絡を取ると思うんですよ」

「この後《あと》、そうするつもりでした。車のグローブボックスにはヒューズ型盗聴器が入ってるんですよ」

「そうでしたか。これは余計なことを言ってしまったな。どうかご勘弁を……」

「いいえ。羽山さんのことで何かわかったら、ご一報願います」

「もちろん、そうします」

木滑が言って、腕時計に目をやった。何か予定があるらしい。

鬼丸は辞去することにした。木滑に挨拶《あいさつ》をして、応接室を出た。一階だった。

階段を下《くだ》って、地下駐車場のレンジローバーに乗り込む。鬼丸は久我山の竹中邸に向かった。

竹中の自宅に着いたのは、午後四時半ごろだった。まだ残照で外は明るい。

鬼丸はレンジローバーを竹中邸の少し先に停め、陽《ひ》が沈むのを待った。

六時前に薄暗くなった。鬼丸は車の中で作業服に着替え、グローブボックスからヒューズ型盗聴器と工具一式を取り出した。ごく自然に車を降り、竹中邸まで歩く。

竹中邸の門灯《もんとう》は点いていなかった。家の中も真っ暗だ。家の者は出払って留守らしい。

鬼丸は低い鉄扉《てっぴ》の内錠を外し、素早く敷地内に忍び込んだ。

玄関脇の外壁に電話保安器が取り付けられている。わずかに背が届かない。

庭を見回すと、踏み台に使えそうな花台があった。花台には洒落《しゃれ》た鉢が幾《いく》つか並び、春の花を咲かせている。その花台を踏み台代わりに使い、鬼丸は電話保安器にヒューズ型盗聴器を仕掛けた。花台を元の場所に戻し、植木鉢もきちんと載せた。

自動録音装置付き受信機は生垣《いけがき》の間に隠す。鬼丸は堂々と門の外に出て、内錠を掛けた。

車の中に戻ったとき、堤から電話がかかってきた。

「第三生命の羽山部長の上着が多摩川の河口付近で見つかったって情報が耳に入ったんだが、何があったんだい？」

「実はきのうの午後、おれは渋谷の東和ホテルで羽山さんと会うことになってたんですよ」

鬼丸は経緯《いきさつ》を話した。

「日東生命の竹中専務が第三生命の調査部部長をやくざ風の二人組に引っさらわせて、多摩川に投げ落としたんじゃないかってことだな」

「そう推測してみたんですが、堤さんはどう思います？」

「犯人側が羽山部長に陰謀のからくりを看破《かんぱ》されたんじゃないかと思ったんだとしたら、彼を拉致する前に鬼丸ちゃんを引っさらって、どこまで嗅《か》ぎつけたのか吐かせようとするんじゃねえか。一連の事件のことを嗅《か》ぎ回ってたのは羽山じゃなく、鬼丸ちゃんだぜ」

「そう言われると、確かに拉致される順番が逆ですよね。どういうことなんだろうか」

「考えられるのは、犯人側が鬼丸ちゃんを生捕《いけど》りにするのは厄介《やっかい》だと判断して、羽山部長を先に拉致したんだろうな。羽山は痛めつけられて、そっちが調べ上げたことを吐いちまった。それで犯人どもは、ご用済みになった羽山部長を橋の上から投げ落とした。そういうことなのかもしれねえぞ」

「そうなんでしょうか」

「羽山部長の安否《あんぴ》が気がかりだろうが、日東生命の竹中専務の居所《いどころ》を早く突きとめなきゃな。まだ竹中が黒幕だって決まったわけじゃないからさ」

堤が言った。鬼丸は、久我山の自宅の電話保安器にヒューズ型盗聴器を仕掛けたことを伝えた。

「それなら、数日中に竹中専務の居所はわかるだろう」

「それを期待してるんですよ」

「羽山部長のことで新しい情報が入ったら、鬼丸ちゃんに連絡する」

「よろしく！」

鬼丸は電話を切り、車を自宅マンションに向けた。いまは動きようがなかった。

神宮前のマンションでピザトーストを齧《かじ》っていると、部屋のインターフォンが鳴った。

鬼丸はダイニングテーブルを離れ、玄関に急いだ。

ドア・スコープに片目を当てると、三十歳前後の色っぽい美女が立っていた。鬼丸はドアを開け、相手に問いかけた。

「どなたでしょう？」

「わたし、羽山克也の従妹《いとこ》の郡司麻央《ぐんじまお》といいます。わたしに従兄《いとこ》の羽山から電話がありまして、八ケ岳《やつがたけ》の貸別荘に監禁されていると……」

「ほんとですか⁉」

「はい。従兄は、そのことを鬼丸さんに直《じか》にお伝えしてほしいと言ったんです」

「羽山さんは、なぜ、わたしにダイレクトに電話をかけなかったんだろうか」

「あなたに敵の手が伸びることを避けたいんだと言っていました。それで従兄は、犯人たちにマークされていないわたしに電話をしたんだと申していました」

「そう。それで、貸別荘のある場所は？」

「メモしておきました」

麻央がハンドバッグから紙切れを抓《つま》み出した。

「それ、お預かりできますね」

「鬼丸さん、わたしも一緒に八ケ岳に行きます。わたし、従兄には何かと世話になったんです。だから、あなたひとりを救出に向かわせるわけにはいきません」

「しかし、羽山さんを拉致した奴らは暴力団の組員かもしれません。女性が乗り込むのは危険すぎるな」

「大丈夫です。わたし、合気道の心得がありますし、男性の鬼丸さんが一緒でしたら、怕《こわ》くありません」

「無鉄砲ですね。そういうことなら、こっちの車で八ケ岳に向かいましょう。すぐに仕度《したく》をしますんで、少し待ってもらえますか」

鬼丸はドアを閉め、寝室に駆け込んだ。

外出の準備を整え、腰の後ろにサイレンサー・ピストルを差し込む。ゆったりとしたパーカーを羽織《はお》り、拳銃の膨《ふく》らみをごまかした。

鬼丸は麻央とエレベーターに乗り込み、車の中に入った。

「わたしが道案内をさせてもらいますね。従兄から、ルートを教わってますので」

助手席に坐った麻央が言った。

鬼丸は快諾《かいだく》し、レンジローバーを発進させた。中央自動車道に入ったのは午後七時過ぎだった。鬼丸は高速で車を走らせつづけ、小淵沢《こぶちざわ》ＩＣから八ケ岳公園道路を進んだ。

「貸別荘は赤岳《あかだけ》の麓《ふもと》にあるらしいんですよ。ロッジはアルペン風の造りだそうです。貸別荘エリアの近くに大型スーパーがあると言っていました」

麻央が言いながら、窓の外に目をやりはじめた。

八ケ岳公園道路を出て、県道をしばらく走った。五、六分で、目標の大型スーパーマーケットが見えてきた。

鬼丸は麻央の道案内で、貸別荘の建ち並ぶエリアに車を入れた。季節外れのせいか、どのロッジも暗い。奥まった場所に、一軒だけ電灯の点いている貸別荘があった。建物はアルペン風の造りだった。

「多分、あのロッジだろう」

鬼丸は車の速度を落とした。電灯が煌々《こうこう》と灯っているロッジの数軒手前でブレーキを踏んだ。

「あなたは車の中で待っててください」

「わたしも行きます」

「いや、連れていくわけにはいかないな。何か危険が迫ったら、思いきりホーンを鳴らしてくれないか」

鬼丸は羽山の従妹に言い置き、そっと車を降りた。中腰で明るいロッジに接近し、庭の中に忍び入る。貸別荘は二階建てだった。

鬼丸はマカロフPbを握り、ロッジの裏に回った。キッチンのドアはロックされていなかった。

鬼丸は足音を殺しながら、キッチンに侵入した。

耳を澄ませる。階下に人のいる気配は伝わってこない。

鬼丸は抜き足で二階に上がった。誰もいなかった。すぐ階下に戻り、各室を覗く。しかし、どの部屋も無人だった。

鬼丸は広い玄関ホールに面した大広間《サロン》に入った。人の姿はなかった。マントルピースの前に、ラスクの袋やコーラの空ボトルが散乱している。

ロッキングチェアのかたわらに、見覚えのあるライターが落ちていた。いつも羽山が使っていたダンヒルのライターだった。

鬼丸は暖炉《だんろ》の灰に触れてみた。少し熱を帯びている。どうやら羽山は、数十分前に別の場所に移されたようだ。鬼丸はサイレンサー・ピストルをベルトの下に戻した。そのとき、サンデッキ側のガラス戸が開けられた。

鬼丸は振り向いた。サロンに入ってきたのは麻央だった。

「ごめんなさい。わたし、じっとしていられなかったんです」

「羽山さんも犯人たちの姿も見当たらない」

「ひと足遅かったんですね？」

「そうみたいだな」

「従兄は別の場所で、もう殺されてしまったのかしら」

「殺されてはいないと思うが……」

鬼丸は言い澱《よど》んだ。

「わたしは、もう従兄が死んでしまったような気がします」

「なぜ、そう思うのかな？」

「なんとなくそんな気がするんですよ。克也さんが殺されたなんて、いやーっ」

麻央が涙声で高く叫び、鬼丸に抱きついてきた。鬼丸は戸惑《とまど》ったが、離れるわけにはいかなかった。

ひとしきり無言で麻央の肩を軽く叩きつづけた。麻央が唐突に爪先《つまさき》立って、唇を重ねてきた。弾力性のある乳房と下腹部をぐいぐいと押しつけてくる。

「おい、なんの真似なんだ⁉」

鬼丸は麻央を押し返した。

そのとき、背後で足音が響いた。鬼丸は振り向く前に、何か固い物で後頭部を強打された。砂の詰まったブラックジャックを使われたのか。

頭の芯《しん》が白く霞《かす》んだ。

うずくまったとき、今度は薬品臭い湿った布で口許《くちもと》を塞《ふさ》がれた。布には、エーテルかクロロホルムが染《し》み込ませてあるのだろう。ほんの数秒で、意識がぼやけはじめた。

鬼丸は反撃を試《こころ》みた。

しかし、手脚《てあし》に力が入らない。ほどなく何もわからなくなった。

それから、どれだけの時間が経過したのだろうか。

鬼丸は、ふと我に返った。大広間《サロン》の床に俯《うつぶ》せに倒れていた。右手には、マカロフPbを握らされていた。

ソファの陰に男が仰向けに横たわっている。

鬼丸は起き上がった。あろうことか、倒れているのは綾部健人だった。頭部と心臓部を撃ち抜かれている。

鬼丸はサイレンサーの先端を嗅《か》いだ。

かすかに硝煙の臭《にお》いがする。弾倉を検《しら》べると、空になっていた。

誰かが綾部を射殺し、鬼丸に罪を被《かぶ》せようと小細工したことは明白だ。綾部の所持品から、何か手がかりを得られるかもしれない。

鬼丸はサイレンサー・ピストルに付着した自分の指紋や掌紋《しょうもん》をハンカチで入念に拭《ぬぐ》い取ると、凶器を床に落とした。それから彼は綾部の死体のそばに屈《かが》み込み、ポケットをことごとく検《あらた》めてみた。

綾部は札束のほかには何も携帯していなかった。射殺犯が不都合な物は、すべて持ち去ったのだろう。

鬼丸は大広間《サロン》を出た。

別荘地の中をくまなく捜し回ってみたが、羽山の従妹と自称した郡司麻央はどこにもいなかった。セクシーな美女が敵の一味であることは間違いない。無防備だった自分を罵《ののし》りながら、ロッジを出る。

鬼丸は気を取り直し、レンジローバーに向かって駆けはじめた。

# 第五章　罠《わな》だらけの裏取引

## 1

前夜の出来事は、現実に起こったことなのか。

鬼丸は、いまも何か悪い夢を見たような気がしている。自宅マンションの居間だ。

昨夜、鬼丸はロッジを出ると、レンジローバーを貸別荘管理事務所に走らせた。ロッジを借りた人物が明らかになれば、自《おの》ずと首謀者が割れるだろう。そう考えたのである。

だが、その期待はあっさり裏切られた。羽山が監禁されていたと思われる貸別荘は、無断で使われていたのだ。鬼丸は徒労感を味わいながら、東京に戻った。

きのうは、よく眠れなかった。一連の事件の実行犯と思われる綾部健人は、なぜ殺されることになったのか。

綾部は雇い主の弱みをちらつかせて、殺しの成功報酬を吊《つ》り上げようとしたのだろうか。それで、雇い主を怒らせてしまったのか。

そうではなく、綾部に手を汚させた黒幕は最初から彼を利用する気だったのか。竹中専務がマカロフPbで綾部を撃ったとは考えにくい。射殺犯は凄腕《すごうで》の殺し屋なのだろう。

そんなことを思い巡らせているうちに、頭が妙に醒《さ》めてしまった。結局、鬼丸は三時間ほど寝ただけで、ベッドから離れた。

午前十時を回ったころ、鬼丸は警視庁の堤に電話をかけて八ケ岳での出来事を話した。むろん、自分が濡衣《ぬれぎぬ》を着せられそうになったことも喋《しゃべ》った。

堤は察《さっ》しがよかった。鬼丸が言い出す前に、所轄署と山梨《やまなし》県警の動きを探《さぐ》ってみると約束してくれた。堤が電話を切ってから、もう一時間が流れている。どうやら捜査情報の収集に手間取っているらしい。

鬼丸はソファに坐り直し、蛭田に電話をした。さすらいのデス・マッチ屋は、すぐには電話口に出なかった。

通話を諦めかけたとき、電話が繋《つな》がった。蛭田の呼吸は乱れていた。

「スクワットか何かやってたようだな?」

「いや、外れです。ベッドの上でちょいと腰運動をね」

「女とお娯《たの》しみの最中《さいちゅう》だったのか。それじゃ、三十分後に電話をかけ直そう」

「鬼丸《オニ》さん、別にかまわないっすよ。合体したまま、話を聞きますんで」

「そんなことを言ってると、パートナーに平手打ちを浴びせられるぞ」

「ご心配なく。また、誰かを張り込めばいいんですね？」

「そう。日東生命の竹中という専務が囲ってる十四歳の愛人のマンションに張りついてほしいんだよ」

鬼丸は経過を話し、平尾あずみのワンルームマンションの所在地を教えた。

「竹中って野郎、家出中の女子中学生を愛人にしてやがるのか。悪質な淫行《いんこう》じゃないですか」

「そうだな。竹中がセックスペットの部屋に行くとは思えないが、念のため、少し張り込んでみてくれないか」

「了解！　竹中の容貌《ようぼう》の特徴は？」

蛭田が訊《き》いた。

そのすぐ後、女の淫蕩《いんとう》な呻《うめ》き声がした。蛭田が強い抽送《ちゅうそう》を加えたのだろう。

鬼丸は、竹中の年恰好《としかっこう》や容姿を細かく教えた。

「ナニが終わったら、すぐ下北沢のワンルームマンションに向かいます」

「悪いな。おれは、後で久我山にある竹中の自宅に行ってみる。電話保安器にヒューズ型盗聴器を仕掛けて、生垣《いけがき》のとこに自動録音装置付き受信機を隠しといたんだ」

「姿をくらましてる竹中が妻に電話で居所を教えるといいですね」

「そいつを期待してるんだが、どうなるか」

「下北沢のワンルームマンションに竹中が現われたら、すぐ鬼丸《オニ》さんに連絡します」

蛭田が先に電話を切った。

鬼丸はスマートフォンをコーヒーテーブルの上に置き、煙草《たばこ》に火を点《つ》けた。二口《ふたくち》ほど喫《す》ったとき、スマートフォンが着信音を発した。

鬼丸は煙草の火を揉《も》み消し、スマートフォンを摑《つか》み上げた。

「連絡が遅くなっちまって、悪かったな」

発信者は堤だった。

「堤さん、どうでした？」

「綾部の死体は、午前六時過ぎに貸別荘管理事務所の人間に発見されたそうだ。山梨県警の機捜と所轄署の刑事たちが現場《げんじょう》に急行して、検証を済ませたらしいよ」

「検視の結果は？」

「綾部は至近距離からマカロフＰｂの銃弾を二発浴びせられて、即死してる。初動班の連中は殺し屋《プロ》の犯行と見てるようだな。それから、鬼丸ちゃんはまったく疑われてねえようだぜ」

「それを聞いて、ひと安心しました。刑事たちに追い回されることになったら、動きにくくなりますからね」

「そうだな。それから羽山の件だが、地元の警察は彼が貸別荘に監禁されてたことをまったく知らないようだったよ。当然、ヤー公っぽい二人組のこともな」

「羽山部長が貸別荘の大広間《サロン》に落としたと思われるダンヒルのライターについては？」

「そのライターが羽山の物かどうかは、断定できないだろう。検出した指紋の照会はしたようだが、羽山に前科があるわけじゃないし、第三生命は拉致《らち》のことを警察に通報してねえからな」

「断定は難しそうですね。堤さんは、きのうの事件をどう読んでます？　郡司麻央と名乗った女がこっちに罠《わな》を仕掛けて、綾部殺しの犯人に仕立てようとしたことは間違いないと思うんですが……」

「それは、その通りだろうな。おれはダンヒルのライターのことがどうも引っかかってるんだ」

「どんなふうにです？」

鬼丸は訊いた。

「なんとなく作為《さくい》が感じられるんだよな。羽山が貸別荘に監禁されてたということをことさら印象づけようとしたんじゃねえのか」

「羽山部長がわざとライターを大広間《サロン》に落としていったという筋読みですか？」

「そう言い切れる根拠はねえんだが、羽山の拉致騒ぎは自作自演の狂言《きようげん》だったと考えられなくもないよな。多摩川の河口付近で発見された羽山の上着には、名刺入れと運転免許証が入ってた。それだって、不自然といえば、不自然だ」

「確かに偽装工作の疑いはありますね。しかし、拉致犯たちが羽山部長が生きてるように見せかけるため、故意にダンヒルのライターを落としたとも考えられるんじゃないですか？」

「仮にそうだとしたら、東京湾で羽山の水死体が発見されてもいいころだぜ。警察は多摩川の河口はもちろん、羽田《はねだ》沖まで遺体の捜索をやったんだ。けど、ホトケさんはとうとう上がらなかった」

「羽山部長が狂言をやらなきゃならない理由はなんなんでしょう？」

「そいつがまだわからねえんだが、麻央と名乗った色っぽい美女と羽山が敵対関係にあるような気がしないんだよ。実際に羽山がロッジに監禁されてて、誰かに救いの電話をかけるチャンスがあったら、鬼丸ちゃんか会社の信頼してる上司に連絡すると思うんだがな」

「言われてみれば、その点はおかしいですね」

「鬼丸ちゃん、日東生命の竹中専務と第三生命の羽山がつるんでるとは考えられねえか？」

　堤が言った。意表を衝《つ》かれ、鬼丸はとっさに返事ができなかった。

「竹中が何か餌《えさ》をちらつかせて、羽山に第三生命の裏特約顧客データを持ち出させた。竹中はそのデータで各界の著名人が大口契約を結んでいることを知って、綾部に月岡法務大臣たち十四人を車ごと爆殺させ、プロ野球選手の田久保を狙撃《そげき》させた。テレビ女優の天沼由季を殺したのは、金で雇われた不良外国人たちなんだろうな」

「堤さんの推測にケチをつけるわけじゃありませんが、羽山氏は部長職に就《つ》いてるんですよ。そこまで昇格したサラリーマンにはそれなりの愛社精神があるでしょうから、ライバル会社に利益をもたらすような背任行為はしないと思うんです」

「金銭欲や名誉欲で骨抜きにされちまう男たちは大勢いる。色欲《しきよく》に惑《まど》わされる奴らも少なくないな。人間なんて、弱くてカッコ悪い動物なんじゃねえのか」

「その意見に異論はありませんが……」

「鬼丸ちゃん、無駄になるかもしれねえけど、竹中と羽山に何か接点があるかどうか調べてみなよ。おれは、羽山がひと芝居打ったような気がしてならないんだ」

堤がそう言い、通話を切り上げた。

鬼丸は、すぐに第三生命の木滑常務に電話をかけた。そして、昨夜のことをつぶさに語った。

「そんなことがあったんですか。鬼丸さん、なぜもっと早く教えてくれなかったんです?」

木滑の声には幾分《いくぶん》、非難が込められていた。

「山梨県警や所轄署の動きを探《さぐ》ってたもんで、つい報告が遅くなってしまったんですよ」

「で、拉致犯たちは羽山をどこに連れ去ったんです？」

「それは残念ながら、まだわかりません」

「羽山は無事なんだろうか。まさか殺されたりしてませんよね？」

「生きていると思います」

「鬼丸さん、そう言える根拠は？」

「根拠はありません。わたしの勘《かん》に過ぎませんが、羽山さんは無事でしょう」

「羽山から、あなたは優秀な悪党《ギャング》ハンターと聞いていたが……」

「引き受けた仕事はきちんとやります。ところで、羽山さんの出身大学はどちらでしたっけ？」

　鬼丸は問いかけた。

「彼は西北大《せいほくだい》の商学部を出てます」

「出身地は？」

「栃木《とちぎ》県の宇都宮《うつのみや》だったと思います。鬼丸さん、急に羽山の身許《みもと》調べめいたことをされたのはなぜなんです？」

「ちょっと気になることがありましてね。木滑さん、日東生命の竹中専務の出身大学をご存じですか？」

「知りませんよ、そんなことは。どういうことなんです？　説明してください」

「ひょっとしたら、羽山さんと竹中専務に何か繋《つな》がりがあるんじゃないかと思ったんですよ」

「あなた、一連の事件の首謀者かもしれない日東生命の竹中と第三生命《う ち》の羽山が結託《けったく》してるとでも言いたいんですかっ」

「木滑さん、どうかご冷静に！　羽山さんが東和ホテルから二人組の男たちに連れ去られたという事実を裏付ける材料がないので、狂言の疑いもあるかもしれないと思っただけなんですから」

「いまの言葉を撤回《てっかい》してください。羽山は、会社に忠誠心を持っている男です。ライバル会社の人間と手を結ぶわけないでしょ！」

「少し無神経だったかもしれません」

「二度と無礼なことは言わないでほしいね。もうよろしいかな。いま、会社は大変な騒ぎになってるんだ」

「何があったんです？」

「ホスト・コンピューターにウイルスがばら蒔《ま》かれて、入力したデータが次々に消去されてるんですよ。おそらく日東生命の竹中専務がクラッシャーを雇って……」

「ライバル会社がそんなことをしても、なんのメリットもないでしょう？　内部の者が腹いせにウイルスをばら蒔いたということなら、わかりますがね」

「あなたはわが社の社員が外部の者に唆《そそのか》されて、何か悪いことをしてるとでも思ってるのかっ。場合によっては、依頼を打ち切ることになるぞ」

「そうなったら、困るのは第三生命さんなんじゃありませんか？　警察に泣きついたら、裏特約のことがマスコミにも流されるでしょうからね」

「わ、わたしが悪かった。つい感情的になって、大人げないことを口走ってしまった。鬼丸さん、どうか調査をつづけてください。お願いします」

木滑が猫撫《ねこな》で声で言って、電話を切った。

分別のある五十男が、あれほどまでに激《げき》したのはどうしてなのか。何か疚《やま》しい気持ちがあって、必要以上に羽山のことを庇《かば》ったのだろうか。

鬼丸はそう推測しながら、スマートフォンを卓上に置いた。そのとき、部屋のインターフォンが鳴らされた。

「竜一、わたしよ。早くドアを開けて」

ドア越しにマーガレットの切迫《せっぱく》した声が響いてきた。

鬼丸は反射的にソファから立ち上がり、玄関まで走った。ドアを開けると、マーガレットが早口で告げた。

「この部屋の様子をうかがってた東南アジア系の男がいたの。その男は二十代の後半で、肌の色が浅黒かったわ。タイ人かもしれないわね」

「そいつはどっちに行った？」

「わたしに気づくと、慌《あわ》ててエレベーターに乗り込んだわ」

「マギー、部屋の中で待っててくれ」

鬼丸は言いおき、エレベーターホールに向かった。一階に下りると、表に飛び出した。

通りには、怪しい人影は見当たらない。

鬼丸はマンションのアプローチに戻った。石畳の中ほどまで歩いたとき、植え込みの向こうで何かが動いた。目を凝《こ》らす。人影だった。

鬼丸は庭木の枝の向こうを改めて見た。色の浅黒い男がうずくまっていた。東南アジア系の面立《おもだ》ちだ。

「おい、そこで何をしてるんだっ」

鬼丸は声を張った。

正体不明の東南アジア系の男が無言で立ち上がった。何かくわえている。吹き矢の筒だった。男の頰《ほお》が膨らんだ瞬間、矢が放たれた。

鬼丸は横に跳《と》んだ。三枚羽根《ばね》の矢はアプローチの支柱に当たり、石畳の上に落ちた。

矢の先には、黄色い粘《ねば》り気のある液が塗りつけてあった。毒液の類《たぐい》だろう。猛毒樹液のクラーレかもしれない。

「タイの殺し屋か？　おれを始末しろって、誰に命じられたんだっ」

「依頼人《クライアント》の名前、わたし、言えない」

男がたどたどしい日本語で言って、二本目の吹き矢を飛ばした。

鬼丸は身を屈《かが》めた。矢は頭上を掠《かす》めて後方に飛んでいった。

タイ人と思われる男が懐《ふところ》を探《さぐ》った。拳銃《けんじゆう》を取り出す気になったのか。鬼丸は庭木を飛び越え、男に組みついた。

男が仰向《あおむ》けに倒れた。鬼丸は馬乗りになると、相手の顔面にショートフックを二発叩《たた》き込んだ。頬骨《ほおぼね》とこめかみが鈍《にぶ》く鳴った。

男が呻いて、顔を背《そむ》けた。

鬼丸は両手で相手の首を絞めた。男が苦しがって、全身でもがく。

「依頼人の名を言わなきゃ、そっちを絞め殺す」

鬼丸は威《おど》した。

相手はもがくだけで、口を割ろうとしない。

鬼丸は親指で喉仏《のどぼとけ》を強く圧迫《あつぱく》した。男が弱々しく唸《うな》りながら、目で許しを乞《こ》うた。鬼丸は少しだけ力を緩《ゆる》めた。

「ミスター・タケナカね。わたし、タケナカさんに頼まれた」

「それは日東生命の竹中専務のことか？」

「そう、そうね。おまえを殺せば、わたし、五百万円貰《もら》える。綾部という男をシュートしたとき、タケナカさん、五百万円くれたね。綾部という男、十四人の成功者たちを爆死させたけど、田久保選手狙撃《そげき》できなかった。それで、タケナカさん、綾部、お払い箱にしたね。その代わりとして、わたし、雇われた」

「テレビ女優の天沼由季を拉致して殺したのは、どこのどいつなんだ？」

「その女優をレイプして殺したのは、わたしの知り合いのイラン人たち。二人ね」

「そいつらの名前は？」

「ひとりは、アリという名ね。別の奴はハッサムね。年齢はわからない。わたし、アリたちをタケナカさんに紹介した」

「竹中はどこにいるんだ？」

「それ、知らない」

「ふざけるなっ」

「ほんとにほんとよ。用があるときだけ、タケナカさん、わたしのスマホを鳴らす」

「おまえの名は？」

「チャチャイね。わたし、昔、ムエタイの選手だった。でも、足首を骨折してから、負けてばかりね。だから、殺し屋《キラー》になった」

チャチャイと名乗った男が言って、にっと笑った。次の瞬間、鬼丸は乳白色の噴霧《ふんむ》を顔面に吹きつけられた。

催涙スプレーを使われたのだ。瞳孔《どうこう》がちくちくと痛み、とても目を開けていられない。

チャチャイが鬼丸の胸を両腕で突き上げ、敏捷《びんしょう》に跳《は》ね起きた。すぐにチャチャイが拳銃を取り出す気配が伝わってきた。

鬼丸はチャチャイの両脚を掬《すく》い上げた。チャチャイが尻餅《しりもち》をついた。

ちょうどそのとき、マーガレットが玄関ロビーのあたりで大声を張り上げた。その声に驚いたチャチャイが、立ち上がって走りはじめた。

鬼丸は反射的に腰を伸ばした。しかし、まともに瞼《まぶた》を開けていられない。逃げるチャチャイを追うことはできなかった。

「竜一、怪我は？」

マーガレットが駆け寄ってきた。

「怪我はしてない」

「逃げた東南アジア系の男は、あなたの命を狙《ねら》ってたんでしょ？」

「そうみたいだが、思い当たる節《ふし》はないんだ」

「本当に？」

「ああ」

「竜一、しばらくわたしの部屋で暮らしたほうがいいわ。逃げた男、また竜一を襲うはずよ」

「奴は、きっと人違いしてるにちがいない。ここには、もう来ないだろう」

「まだ安心できないわ。せめて今夜だけでも、わたしのマンションに泊まって。わたし、あなたの部屋に泊めてもらうつもりだったんだけど、竜一と一緒に自分のマンションに戻るわ」

「とりあえず、おれのマンションに戻ろう」

鬼丸は瞼を擦《こす》りながら、マーガレットを促《うなが》した。

2

裸身が硬直した。

ほとんど同時に、マーガレットは極《きわ》みに駆け上がった。鬼丸は、がむしゃらに突きまくった。そのまま射精する。脳天が一瞬、痺《しび》れた。

マーガレットの自宅マンションの寝室だ。

鬼丸はマーガレットに強く言われ、自宅から恋人の部屋に移ったのである。しかし、何日もマーガレットの部屋に泊めてもらうつもりはない。一泊したら、明日は自分の塒《ねぐら》に戻る予定だ。

「竜一、いっそわたしの部屋に引っ越してくれば？」

マーガレットが交わったまま、鬼丸の胸の下で言った。

「二人で暮らすのは、もっと先にしよう。お互いの生活のリズムが違うからな」

「それじゃ、神宮前のマンションをなるべく早く引き払って別のマンションを借りて。あの部屋にずっと住んでたら、またタイ人の男に襲われる気がするの」

「いまごろ奴は人違いをしたことに気がついてるさ。だから、あいつはもうおれを狙ったりしないと思うよ」

「そんなふうに楽観的に構えてていいの？」

「マギーは心配性だな。おれは殺されるようなことは何もしてない。だから、安心してくれ」

鬼丸はサイドテーブルに片腕を伸ばし、ティッシュペーパーの箱を引き寄せた。体を離し、いつものようにマーガレットの股間《こかん》にペーパーの束を宛《あて》がう。

マーガレットが謝意を表した。鬼丸はティッシュペーパーで分身を拭《ぬぐ》い、煙草に火を点けた。

「シャワーを浴びてくるわね」

マーガレットがベッドを降り、バスルームに向かった。全裸のままだった。

鬼丸はナイトテーブルの上に置いたＩＷＣの腕時計を見た。午後四時を十分ほど回っていた。

一服し終えると、鬼丸は仰向けになった。

チャチャイと名乗った刺客は、思いのほか早く雇い主の名を吐いた。竹中が殺しの依頼人だという話は事実なのか。

息ができなくなったからといって、強《したた》かな殺し屋《プロ》があっさりと雇い主の名を口にするものだろうか。チャチャイは日東生命の専務を陥《おとし》いれようとしたのかもしれない。

そうだとすれば、依頼人はいったい誰なのか。行方のわからない羽山が単独で、一連の陰謀のシナリオを練ったのだろうか。

仮に彼がライバル企業に引き抜かれるという話が持ち上がっていたとしよう。羽山は何か手土産《てみやげ》を持って、新しい職場に移りたかったのか。第三生命に何か損失を与えることで、羽山は外様《とざま》であるハンディを補《おぎな》おうとしたのだろうか。

出世欲の強い者なら、何らかの点数稼ぎをしたくなるだろう。しかし、一連の事件は大き過ぎる。とても個人で踏める犯行ではない。共犯者がいるのだろう。

鬼丸はそこまで考え、羽山に疑惑の目を向けた自分を恥じた。まだ彼を疑えるだけの材料は揃《そろ》っていない。

鬼丸は、羽山の自宅に電話をかけてみる気になった。

ベッドを離れ、ジャケットのポケットから名刺入れを取り出す。貰った羽山の名刺の裏には、確か手書きで自宅の電話番号が記《しる》してあった。

鬼丸は羽山の自宅に電話をした。受話器を取ったのは羽山の妻だった。

「警察の者です。その後、ご主人から何か連絡は？」

鬼丸は、もっともらしく訊いた。

「いいえ、何もございません。夫はもう死んでいるのでしょうか？」

「あれだけ捜索をつづけてもご遺体が上がらなかったのですから、生存の可能性も出てきたんですよ」

「えっ、ほんとですか⁉」

「われわれは、羽山さんが自力で多摩川の岸辺に泳ぎつき、何か理由があって自《みずか》ら姿をくらましたのではないかと考えはじめてるんですよ。ご主人、水泳はどうでした？」

「泳ぎは上手でした。高校生のとき、国体に出たほどですので」

羽山夫人が答えた。木滑常務は、確か羽山は水泳が苦手だったと言っていた。

「ご主人が国体に出場されたという話は、本当なんでしょうか？」

「ええ。夫のアルバムに、出場したときの写真が十数枚貼ってあります。ですから、ほら話じゃないはずです」

「そういうことなら、やっぱり羽山さんは自力で川から這《は》い上がったんだろうな。しかし、自宅に戻ったら、また何者かに拉致されるかもしれません。それを恐れて、ご主人はしばらく身を隠す気になったんではないでしょうか」

「なぜ、身を隠さなければいけないんです？」

「おそらく羽山さんは、何かトラブルに巻き込まれたのでしょう？　奥さん、何か思い当たることは？」

「トラブルに巻き込まれたなんて、ちょっと考えられません。主人は人づき合いが上手でしたし、性格も短気なほうじゃありませんのでね」

「そうですか。最近、ご主人がヘッド・ハンティングされたなんてことは？」

鬼丸は訊いた。

「そういうことはありません。ただ、能力主義の外資系企業で思う存分に働いてみたいなんてことは何度か口にしたことがありますね」

「その外資系企業というのは、同じ業種の会社なんでしょうか？」

「そこまで具体的なことを言ったわけじゃないんですよ」

「そうですか。ところで、ご主人は木滑常務に目をかけられているようですね？」

「はい。常務に誘われて、よくゴルフに出かけていました。木滑常務が夫の失踪《しっそう》に何か関わっているのでしょうか？」

羽山の妻が問いかけてきた。

「いいえ、そういうことじゃないんですよ。ついでに、もう一つうかがっておこう。ご主人の口から、竹中亮輔という名を聞かれたことは？」

「一度もありません。あのう、その方は？」

「日東生命の専務です」

「主人がライバル会社の役員と個人的なおつき合いをしていたとは思えません」

「そうでしょうね。奥さん、ご主人はきっと生きてますよ」

「そうなら、嬉《うれ》しいんですけど」

「そのうち羽山さんから、何か連絡があるんではないですか。どうも失礼しました」

鬼丸はスマートフォンを上着の内ポケットに入れた。

ちょうどそのとき、純白のバスローブをまとったマーガレットが寝室に戻ってきた。

「こっちもシャワーを浴びよう」

鬼丸はマーガレットに言って、バスルームに足を向けた。

熱めの湯で体を洗い、寝室で手早く身繕《みづくろ》いをした。

「何か夕食をこしらえるわ。何が食べたい？」

「せっかくだが、きょうは早目に店に入らなきゃいけないんだ。新しいレパートリーの練習をしておきたいんでね」

「そうなの。仕事が終わったら、まっすぐここに戻ってね」

「そうするよ」

「竜一、愛してるわ」

マーガレットが歩み寄ってきて、軽いキスをした。

ほどなく鬼丸は、恋人の部屋を出た。エレベーターで一階に下り、マンションの近くに駐《と》めてあるレンジローバーに乗り込む。

鬼丸は久我山の竹中邸に向かった。

五時二十分ごろ、目的地に着いた。鬼丸は竹中の自宅の際《きわ》に車を停め、生垣の根方《ねかた》に隠しておいた自動録音装置付きの受信機を回収し、すぐに車の中に戻った。

レンジローバーを百メートルほど走らせ、児童公園の脇《わき》でブレーキペダルを踏んだ。テープを巻き戻し、再生ボタンを押す。

竹中の妻や息子の声が録音されていたが、電話相手は友人や知人だった。その後に、竹中夫妻の会話が収録されていた。

――わたしだよ。無断外泊をして済まなかった。

――あなた、何があったの？

――性質《たち》の悪い恐喝屋にしつこくつきまとわれてるんだ。それで、偽名で都内のホテルを泊まり歩いてたんだよ。会社には体調がよくないと言ってある。

――あなた、何か恐喝されるようなことをしたの？　たとえば、女性関係で何か問題を起こしたとか？

――おかしなことを言うな。単に仕事上のことで難癖《なんくせ》をつけられただけだ。

――どういうことで、難癖をつけられたの？

――経理上のちょっとしたミスで言いがかりをつけられたんだよ。バックに厄介《やっかい》な輩《やから》がいそうなんで、車代程度の金は渡してやったんだ。そうしたら、恐喝屋の仲間と思われる男が脅迫めいた電話をかけてきたんだよ。それで少し怕《こわ》くなって、当分、身を隠したほうがいいと判断したわけさ。

――あなた、警察になんとかしてもらったら？

――そんなことはできない。どんな会社も同じだろうが、企業機密というものがある。法人税のごまかしなんかを外部の人間に知られたら、企業イメージに傷がつく。だから、警察に泣きつくことはできないんだよ。

――それは、よくわかったわ。それで、今夜はどちらに泊まるの？

――まだホテルは決めてないが、あと二、三日は家には戻れない。しかし、心配することはないからね。それじゃ、また連絡する。

夫婦の遣《や》り取りは、そこで終わっている。

鬼丸はテープを早送りしてみたが、もう何も録音されていなかった。結局、竹中の居所はわからなかった。

鬼丸は自動録音装置付き受信機をダッシュボードの中に入れ、シフトレバーに手を伸ばした。そのとき、スマートフォンに着信があった。

発信者は蛭田だった。

「鬼丸《オニ》さん、粘った甲斐《かい》がありましたよ。たったいま、竹中が平尾あずみの部屋に入っていきました」

「早くも潜伏生活に耐えられなくなって、セックスペットの部屋に転がり込んだか。いま久我山にいるんだが、すぐ下北沢のワンルームマンションに行くよ」

「鬼丸《オニ》さんが着く前に竹中は中学生の愛人を連れて、どっかに行くかもしれないな。おれ、あずみの部屋に押し入って、竹中を押さえておきますよ。いいでしょ？」

「そうだな、そうしてもらおうか。ただし、竹中に手荒なことはするなよ。それから、あずみにも手を出すんじゃないぞ」

鬼丸は電話を切ると、急いで車を発進させた。上高井戸《かみたかいど》を抜けて、環八通りに出る。下北沢まで二十分もかからなかった。

鬼丸はワンルームマンションの斜め前にレンジローバーを駐《と》め、あずみの部屋に駆け込んだ。

竹中とあずみは、生まれたままの姿で床に正座をさせられていた。巨身の蛭田はベッドの上で胡坐《あぐら》をかいている。

「きみらは、猿島の仲間なんだなっ」

竹中が鬼丸と蛭田の顔を交互に見た。あずみが鬼丸を見ながら、パトロンに何か耳打ちした。

「猿島の仲間じゃないらしいな。きみらは何者なんだ？」

竹中が不安げな眼差《まなざ》しを鬼丸に向けてきた。

「自己紹介は省《はぶ》かせてもらう。日東生命の竹中専務だな？」

「そうだが、わたしをどうする気なんだ？」

「そいつは、そっちの出方次第だな。おれは猿島のような薄汚い恐喝屋じゃないから、安心してくれ。あんたに確かめたいことがあるだけだ」

「な、何を知りたいんだね？」

「綾部健人を知ってるか？」

「そういう名の男は知らない」

「綾部は、あんたに月岡法務大臣たち十四人の爆殺を頼まれたと言ってる」

鬼丸は鎌をかけた。

「き、きみは何を言ってるんだっ。わたしが十四人の人間を殺させたって⁉　ばかも休み休みに言ってくれ」

「綾部はそっちに頼まれて、野球選手の田久保剛も狙撃したと吐いてる」

「わたしは綾部などという男は知らない」

「パパちゃんをいじめないで！」

竹中の語尾に、あずみの叫び声が被《かぶ》さった。蛭田があずみを睨《にら》みながら、右の拳《こぶし》を左の掌《てのひら》に打ちつけた。

あずみが竦《すく》み上がり、口を噤《つぐ》んだ。

「綾部健人は先夜、八ケ岳の貸別荘で射殺された。そっちは、チャチャイというタイ人の殺し屋に綾部を始末させたんじゃないのかっ。チャチャイは、あんたに頼まれて、こっちを殺す気だったと白状したんだよ」

「チャチャイなんてタイ人には会ったこともない。それに、わたしが一面識もないきみをなんで始末させなければならないんだ？」

「それは、こっちが一連の爆殺事件や田久保狙撃未遂事件、それから女優の天沼由季惨殺事件を調べ回ってるからだろう」

「いったい何がどうなってるんだ⁉　わたしは、綾部とかいう男もチャチャイも本当に知らない。きみがどこの誰かもわからないんだ。言われてることも、よく理解できない。順序だてて、わかるように説明してくれないか」

竹中が鬼丸の顔を見据えた。狼狽《ろうばい》の色は、みじんもうかがえない。空とぼけているようには見えなかった。

「第三生命の羽山克也調査部部長とも、まったく面識はないのか？」

「羽山？　会ったこともないね」

「郡司麻央という三十歳前後のセクシーな美女は？」

「そんな名前の女性は知らない。羽山とかいう男や郡司未央という女性も、わたしがさっきの事件に関与してると言ったのかね？　そんな話は全部、嘘だっ」

「どうやら誰かが、そっちに罪をおっ被せようとしたらしいな」

「誰がわたしを陥《おとしい》れようとしたんだ⁉　きみ、教えてくれ」

「まだ、そいつの顔がはっきり見えてこないんですよ。それはともかく、失礼なことをしてしまった。勘弁してください」

鬼丸は竹中に詫《わ》び、蛭田に目配せした。蛭田が腑《ふ》に落ちない顔つきでベッドから滑《すべ》り降りた。

「きみ、ちゃんと説明してくれよ。これじゃ、納得がいかない」

竹中が不満げに言った。

「おれたちのことは忘れろ。うるさく詮索《せんさく》すると、あんたが十四歳の家出中学生をセックスペットにしてることを会社の奴らやかみさんにバラしちまうぞ」

「あっ、きみはわたしに脅迫めいた電話をかけてきた男だなっ」

「やっと気づいたか。あずみを親許に戻してやって、ロリコン趣味は棄《す》てるんだな。この先も家出少女をセックスペットにしつづけたら、あんたは一生を棒に振ることになるぞ」

鬼丸《オニ》は言い放ち、あずみの部屋を出た。すぐに蛭田が従《つ》いてくる。

「鬼丸さん、竹中って奴はシロだったみたいですね？」

「だろうな。おれは敵の小細工に振り回されてしまったようだ。仁、無駄な時間を潰《つぶ》させてしまったな。これで、一杯飲《や》ってくれ」

鬼丸は蛭田に五万円の謝礼を握らせ、自分の車に乗り込んだ。レンジローバーを数百メートル走らせたとき、スマートフォンの着信ランプが明滅しはじめた。

スマートフォンを耳に当てると、聞き覚えのある男の声が流れてきた。

「おまえの彼女、誘拐した。わたし、神宮前のおまえのマンションからレンジローバーをこっそり尾《つ》けた。それで、マーガレットの部屋に押し入ったね」

「チャチャイだなっ」

「そう、そうね。おまえ、タケナカさんに会いに行ったか？　へへへ。騙《だま》されたな」

「マギーを電話口に出してくれ」

「わかった。おまえ、ちょっと待つね」

チャチャイの声が沈黙した。ややあって、マーガレットの声が響いてきた。

「竜一、救《たす》けて！」

「マギー、そこはどこなんだ?」

「廃《はい》ビルの中に連れ込まれたの。真っ暗で、怕《こわ》いわ。場所はよくわからないけど、裏通りに面したビルよ」

「マギー、必ず救い出してやる。おれが行くまで、頑張るんだ。いいね」

鬼丸は恋人を励《はげ》ました。

マーガレットの返事はなかった。代わりに、チャチャイの笑いを含んだ声が鬼丸の耳に届いた。

「おまえの彼女、チャーミングね。わたし、白人の女を抱いたことない。おまえがこっちに来なかったら、マーガレットをレイプして殺す。それ、本気よ」

「そこは、どこなんだ?」

「文京区千石《せんごく》一丁目ね。小石川《こいしかわ》植物園のそばにある古いビルの地下一階よ。誰もいない。六階建てで、チョコレート色のビルね。おまえ、早く来る。わたし、おまえと勝負つけたい」

「必ず行く。いま、世田谷の下北沢にいるんだ。だから、少し時間をくれ」

「わかった。いま、六時二十分過ぎね。わたし、一時間だけ待つ」

「マギーに妙なことをしたら、おまえを殺すぞ」

鬼丸は通話を切り上げ、文京区に向かった。

幹線道路は渋滞しはじめていた。鬼丸は近道を選びながら、ひたすら先を急いだ。

チョコレート色の廃ビルを見つけたのは午後七時十分過ぎだった。鬼丸は少し離れた路上に車を駐《と》め、静かに廃ビルに接近した。

玄関のドアは閉まっていたが、ロックはされていなかった。

鬼丸はエントランスロビーに入り、耳をそばだてた。物音は聞こえなかった。暗くて、足許もよく見えない。じきに目が暗さに馴《な》れた。

エントランスロビーの右手に、地階に通じる階段があった。鬼丸は足音を殺しながら、地下一階に下りた。

チャチャイの姿は見当たらない。奥にマーガレットが横たわっていた。後ろ手に結束バンドで両手首をきつく縛られ、口許は粘着テープで封じられている。

鬼丸は手早く粘着テープを剝《は》がし、結束バンドをほどいた。

マーガレットが起き上がり、しがみついてきた。

「竜一、ありがとう。わたし、いまにも殺されるような気がして、生きた心地《ここち》がしなかったわ」

「マギー、声が高いな。犯人は？」

「二十分ぐらい前にビルから出ていったわ」

「出ていったって⁉」

「ええ。向こうに木箱のような物を置くと、黙って出ていったの」

「木箱のような物？」

鬼丸は上着のポケットから簡易ライターを取り出し、すぐに点火した。地下室が仄《ほの》かに明るくなった。
五、六メートル離れた床に、三十センチ四方の木製の箱が置かれている。
「時限爆破装置かもしれないな。マギー、逃げよう」

鬼丸は恋人の手を摑み、勢いよく走りはじめた。

二人が階段をほぼ上がり切ったとき、地下室で爆発音が轟《とどろ》いた。足許が揺れ、埃《ほこり》と爆風が下から噴《ふ》き上げてきた。

鬼丸はマーガレットの手を引いて、廃ビルの外に逃れた。

チャチャイはどこにもいなかった。マーガレットが鬼丸に縋《すが》りつき、嗚咽《おえつ》しはじめた。

鬼丸はマーガレットを強く抱きしめた。

## 3

これまでの経過を話し終えた。

鬼丸はコーヒーで喉を潤《うるお》し、ロングピースに火を点けた。自宅マンションの居間である。

リビングソファには、堤、蛭田、玄内が坐っている。鬼丸は仲間たちの意見を聞きたくて、三人を自宅に呼び寄せたのだ。

マーガレットを救出した翌日の午後二時過ぎだった。

「おれ、午前中に渋谷署と東和ホテルに行ってきたよ」

堤が鬼丸の顔を見ながら、そう言った。

「羽山の拉致騒ぎがあったかどうか確認しに行ってくれたんですね？」

「そう。ホテルマンの話によると、羽山らしい人物がロビーにいたことは間違いねえようだな。しかし、ホテルの前を二人組のヤー公風の男がうろついてた事実はなかった。渋谷署も東和ホテルからの事件通報は受けてなかったぜ」

「ということは、羽山の拉致騒ぎは狂言だったと考えてもよさそうですね」

「羽山の女房の話じゃ、奴は水泳が得意だということだったな」

「そうなんでしょう。高校生のとき、国体に出場したと言ってましたから。しかし、木滑常務は逆のことを言ってた。堤さん、そのことについてはどう思います？」

「木滑って常務がそう言ったのは、羽山が犯人グループに殺されたと思わせたかったからじゃねえのか。そうだったとしたら、羽山と木滑は何か共謀した疑いがあるな」

「羽山と木滑が郭《グオ》や日東生命の竹中専務の仕業《しわざ》に見せかけて、一連の事件のシナリオを練ったんじゃないかってことですね?」

鬼丸は確かめた。

「そう! 羽山の妻は、旦那が外資系企業で働きたがってたと言ってたんだろ?」

「ええ。もしかしたら、羽山と木滑は外資系の保険会社に移る気でいるのかもしれないな。で、一種の手土産として、裏特約顧客たちの不安感を煽《あお》り、解約を急がせたんでしょう。そして、羽山たちはいずれ移った外資系保険会社に大口契約者を取り込む気でいるんですかね」

「それ、考えられるんじゃねえのか。綾部はさんざん利用されて、チャチャイという殺し屋に始末されたにちがいないよ。ばかな男だ」

「秘密を知った実行犯を葬《ほうむ》ったということは、いずれチャチャイも殺されることに……」

「ああ、消されるかもしれねえぞ」

「素人《しろうと》のぼくがこんなことを言うのはなんだけど、日東生命の竹中専務の言葉をすんなり信じちゃってもいいんですかね?」

玄内が鬼丸に顔を向けてきた。

「竹中が苦し紛《まぎ》れの嘘《うそ》をついたようには見えなかったな。彼はおれのことを恐喝屋の猿島の仲間と勘違いして、逃げ回ってたんだ」

「そうなんでしょうか。若くして専務になった男なら、シラを切るぐらいは平気でやってのけるんじゃないのかな」

「翔、鬼丸《オニ》さんの言う通りだよ。竹中は本気でビビってやがった。空とぼける余裕なんかなかったろうよ」

蛭田が会話に割り込んだ。

「そうなのかな。ぼく、検察事務官時代に数え切れないほど検事の取り調べに立ち会ってきたけど、頭のいい悪人は平然と嘘《うそ》つくんだよね」

「そうかもしれねえけど、竹中は空とぼけてたようには見えなかったよ」

「鬼丸さんと蛭田さんがそう感じたんだったら、その通りなんだろうな。おかしなことを言い出して、すみませんでした」

玄内が鬼丸と蛭田に謝った。

「話を元に戻そうや」

堤が言った。鬼丸は黙ってうなずいた。

「羽山がその後どうなったかわからないんだから、木滑をマークするより手はないでしょ？　ね、鬼丸《オニ》さん！」

蛭田が提案した。

「そうだな。木滑を尾行してみるよ。仁はマギーのボディーガードをやってくれないか。チャチャイが、また彼女を引っさらうかもしれないからな」

「ええ、いいですよ。マギーのこともそうだけど、鬼丸《オニ》さんも少し気をつけたほうがいいな。チャチャイって殺し屋、鬼丸《オニ》さんを消す気でいるんだろうから」

「ああ、気をつけるよ」

「それじゃ、おれはこれからマギーのマンションに行きます」

「よろしく頼む」

鬼丸は軽く頭を下げた。それから間もなく、蛭田と玄内が連れだって部屋を出ていった。

「一連の犯行に羽山と木滑が深く関与してたら、世も末だな。一流生保会社の常務と部長がつるんで、凶悪な事件を引き起こしたわけだからさ。やくざ顔負けだぜ」

「不況がいよいよ深刻になってきたから、サラリーマンたちもなんとか生き残りたいとエゴイズム剝《む》き出しになってるんだろう。勝ち組に入らなきゃ、いい思いはできないからね」

「それにしても、鬼丸ちゃん、堅気がそこまでやっちゃいけねえよ。何も聖人君子《せいじんくんし》になることはねえけど、人の道を外してまで私欲を充《み》たそうなんて考えは間違ってる。そんな奴らは、人間として下の下《げげ》だな」

「おれも、そう思います」

「なんか妙な流れになってきたな。なぜ羽山は、鬼丸ちゃんに調査依頼したのかね。単に会社の業務だったのか。そいつが判然としねえな。仕事の依頼人が犯人だとしたら、成功報酬はどうなっちまうんだい？」

「何がなんでも、割増金の二千万をプラスした七千万円は吐き出させますよ」

「しかし、すんなりとは払わねえだろう」

「おそらくね。敵はチャチャイを使って、おれの口を封じさせようとするでしょう。もちろん、むざむざと殺されやしませんよ」

「鬼丸ちゃん、おれも一緒に動こうか？」

「堤さんの気持ちはありがたいですが、これはこっちのビジネスなんです。自力で犯人どもを追いつめたいんですよ」

鬼丸は言った。

「そうかい。けど、チャチャイは手強《てごわ》いぜ。『SAT《サット》』の元隊員の綾部を苦もなく殺《や》っちまったようだからな。用心のため、裏社会から護身用の拳銃を手に入れてやろうか？」

「せっかくですが、飛び道具は使いたくないんです。どんなに凄腕の殺し屋《プロ》でも、どこかで隙《すき》を見せると思うんですよ。そういうときに反撃すれば、相手を打ち倒せるでしょう」

「手に負えなくなった場合は必ず連絡してくれや。おれが非公式に動くよ」

堤がそう言い、ソファから立ち上がった。

鬼丸は堤を玄関まで見送ると、マーガレットに電話をかけた。

「チャチャイの影は？」

「怪しい男の姿は見えないわ」

「そう。蛭田のことは憶《おぼ》えてるよな？」

「ええ、よく憶《おぼ》えてるわ」

「しばらく彼にマギーの身辺警護をしてもらうことになったんだ。蛭田は、きみのマンションに向かってる。外出するときは彼にガードをしてもらってくれ」

「竜一は、わたしのそばにいてくれないの？」

「おれは、なぜ正体不明の敵に命を狙われてるのか少し探《さぐ》ってみたいんだ」

「そんなこと、危険だわ。警察に相談に行きましょうよ」

「警察とは相性《あいしょう》がよくないんだ。それに無謀なことはやらないから、そう心配しないでくれか」

「でも……」

マーガレットは、なおも不安げだった。

「命を粗末にしたりしない」

「竜一、約束して」

「ああ、約束するよ。チャチャイの姿がちらついたら、モデル仲間の家に避難したほうがいいな」

鬼丸は電話を切ると、すぐに部屋を出た。

地下駐車場でレンジローバーに乗り込み、第三生命本社に向かう。目的地に着いたのは三時二十分ごろだった。

本社ビルの表玄関と地下駐車場の出入口を見渡せる場所に車を停め、偽の電話で社内に木滑常務がいることを確認した。それから、変装用の黒縁眼鏡をかけた。

シートに背を預けたとき、運転席の横に人影が立った。

チャチャイか。鬼丸は一瞬、緊張した。

だが、シールドの向こうにいるのは毎朝タイムズの橋爪昇だった。鬼丸はパワーウインドーのシールドを下げた。橋爪が先に口を開いた。

「やっぱり、おたくは連続爆殺事件を追ってたんだな」

「え？」

「また、おとぼけか。第三生命の本社前でたまたま休んでたとは言わせないぞ」

「そういえば、ここは第三生命本社ビルの斜め前ですね」

「喰《く》えない男だ。何を探《さぐ》ってるんだ？」

「橋爪さんこそ、どうしてこんな所にいるんです？」

「返事をはぐらかすなって。おれは調査部部長の羽山克也の失踪《しっそう》を調べてるんだよ。羽山部長の上着が多摩川の河口で発見されたことは、当然、おたくも知ってるよな」

「ええ、まあ。テレビのニュースでは、その部長が何者かに拉致された可能性があると言ってたようだが、その後、続報は流されたんですか？」

「羽山部長の遺体が見つからないということが報じられたのが最後だったな」

「そうですか。特に関心のある事件じゃなかったんで、気にも留《と》めてなかったんですよ」

「おたくに面白い情報を教えてやろう。生存が危ぶまれてた羽山部長がきのう、伊豆《いず》の山中で地元の人たちに目撃されたんだ。スポーツキャップを目深《まぶか》に被って、林道を散歩してたらしい」

「へえ」

鬼丸はまるで興味がなさそうな表情を装《よそお》った。

「おれは羽山部長が誰かに拉致された振りをして、伊豆の山荘かどこかに身を隠したんじゃないかと思いはじめてるんだが、おたくはどう思う？」

「さあ、よくわからないな」

「これは推測なんだが、おれは羽山部長が連続爆殺事件の犯人と通じてるんじゃないかと睨《にら》んでる」

「何か根拠でもあるんですか？」

「第三生命には社長派と副社長派の二大派閥があって、副社長派に属していた羽山部長は近く降格されることになってるらしいんだ。副社長や常務も失脚することになるだろうって噂《うわさ》だったよ。つまり、副社長派は派閥争いに敗れたというわけだ」

橋爪が言った。

鬼丸はポーカーフェイスを崩さなかったが、内心、ほくそ笑《え》んでいた。橋爪の話が事実なら、羽山が暴力団員風の男たちに拉致されたというのは真っ赤な嘘ということになる。羽山は郡司麻央を使って鬼丸を八ケ岳の貸別荘に誘い込み、綾部殺しの犯人に仕立てようとしたのではないか。

だとしたら、羽山が一連の事件に関わっていた疑いがある。木滑常務の言動も何やら怪しい。二人は共犯なのかもしれない。

「羽山部長はこのまま第三生命に残っていても、もはや陽《ひ》の当たる道は歩《あゆ》めないと考えたんじゃないだろうか。それで彼は腹いせから、会社に損失を与える気になった。そのうち日東生命か、明和生命にでも移る気でいるのかもしれない。そのときは、副社長派の大半がごっそりライバル会社に移ることになってるんじゃないだろうか。どう思う？」

「急にそう言われても、答えようがないな」

「こっちは手持ちのカードをすべて見せたんだ。今度は、おたくがカードを見せる番だぞ」

「橋爪さんは何か誤解してるようですね」

「また、その手で逃げる気か。おたくは一連の事件に首を突っ込んでるにちがいない。いい情報を提供してくれたら、上司と相談して少しまとまった謝礼を払うよ」

「せっかくですが、おれは何も知りませんので。ちょっと用事を思い出したんで、これで失礼します」

鬼丸はパワーウインドーのシールドを上げ、車を発進させた。

橋爪が跳《と》びのき、何か罵《ののし》った。鬼丸は数キロ走り、オフィス街の路上で三十分ほど時間を遣《や》り過ごした。それから、第三生命本社前に戻った。

橋爪の姿はどこにも見当たらなかった。

鬼丸は、さきほどと同じ場所にレンジローバーを停めた。そのまま張り込みに入る。

陽《ひ》が沈み、夜になった。

第三生命本社ビルから木滑が現われたのは、午後七時四十分ごろだった。木滑は会社の前でタクシーを拾った。

鬼丸は一定の車間距離を保《たも》ちながら、木滑を乗せたタクシーを尾《つ》けはじめた。マークしたタクシーは赤坂を抜け、西麻布の小粋なアンティークショップの前で停止した。

車を降りた木滑は馴《な》れた足取りで、アンティークショップの中に入っていった。

鬼丸は店の少し手前のガードレールに車を寄せ、静かに降りた。

アンティークショップを覗《のぞ》くと、なんと木滑は麻央と名乗った色っぽい美女と親しげに談笑していた。どうやら彼女は店主らしい。客の姿はなかった。

二人が他人ではないことはすぐに読み取れた。

十分ほど経《た》つと、麻央が閉店の準備に取りかかった。木滑はロココ調の長椅子《ながいす》に腰かけ、パイプ煙草を吹かしていた。

鬼丸は自分の車に戻った。それから間もなく、アンティークショップから木滑と麻央が出てきた。二人は、店の駐車場に駐《と》めてあったドルフィンカラーのＢＭＷに乗り込んだ。ステアリングを握っているのは麻央だった。木滑は助手席に坐っている。

ＢＭＷが滑《なめ》らかに走りだした。

鬼丸はＢＭＷを追尾《ついび》しはじめた。麻央の車は広尾《ひろお》を抜け、恵比寿《えびす》のタウンハウスの敷地内に入った。

ＢＭＷをガレージに収めると、二人は左端のタウンハウスの中に消えた。

鬼丸は車をタウンハウスの外周路に駐め、木滑たち二人が入っていった建物に近づいた。表札には、市倉理香《いちくらりか》と掲《かか》げられている。麻央と自称した女の本名だろう。

木滑は愛人宅で情事を娯《たの》しんでから、帰宅するつもりなのか。鬼丸は車の中に戻った。

数十分が過ぎたころ、タウンハウスの中から木滑と女が出てきた。木滑はトラベルバッグを提《さ》げていた。

二人は慌《あわ》ただしくＢＭＷに乗り込んだ。

鬼丸は、ふたたびＢＭＷを尾行しはじめた。ＢＭＷは第三京浜《けいひん》、横浜横須賀《よこすか》道路と進み、三浦《みうら》半島の小網代《こあじろ》湾を見下ろせる高台に建つ別荘のカーポートに入った。

木滑たち二人はペンション風の造りの建物の中に吸い込まれた。

すでに電灯は点いていた。別荘の中には、羽山がいるのか。鬼丸は路上に車を駐《と》め、別荘に近づいた。表札には、木滑と記《しる》されている。

鬼丸は煙草に火を点けた。逸《はや》る気持ちを鎮《しず》めるためだった。

4

煙草の火を消す。

鬼丸は懐からスマートフォンを取り出し、マナーモードに切り替えた。数秒後、着信ランプが点滅しはじめた。

鬼丸はスマートフォンを耳に当てた。

「おれだよ」

発信者は堤だった。

「何か動きがあったんですね？」

「少しな。夕方、羽山がヒッチハイクで帰宅したって情報が入ったんだ。奴は所轄署の者に東和ホテルで暴力団関係者らしい二人の男に拉致されて、伊豆長岡《ながおか》の山荘に監禁されてたと言ったそうだよ。見張りの隙《すき》を衝《つ》いて自力で山荘から脱出し、ヒッチハイクで東京まで……」

「もっともらしい作り話ですね」

「いつまでも姿をくらましたままじゃ不自然なんで、ここらで自宅に戻ることにしたんだろう」

「そうにちがいありませんよ。で、羽山は監禁されてたという山荘のある場所について詳しく喋ったんですか？」

「拉致犯に目隠しされてることが多かったとかで、山荘のある場所ははっきりとはわからないと言ったらしいよ。ただ、建物はログハウスだったと供述したそうだ」

「羽山は誰か知人のログハウスか、まったく他人の別荘でひっそりと暮らしてたんでしょう。そして、運動不足にならないよう時たま付近を散歩してたんだろうな」

　鬼丸は、新聞記者の橋爪から教えられた情報を話した。

「そういうことだったのか。羽山は不用意な奴だな。たとえ山の中といっても、別荘があるような場所じゃ人目につく」

「そうでしょうね」

「鬼丸ちゃん、木滑常務はどこかの高級クラブで飲んでるのか？」

　堤が訊《き》いた。鬼丸は尾行後の経過をつぶさに語った。

「郡司麻央こと市倉理香は、木滑の愛人《レコ》に間違いねえな。木滑は羽山と共謀して、市倉理香に鬼丸ちゃんを八ケ岳の貸別荘に誘い込ませたんだろう」

「そうなんでしょうね」

「これから木滑の別荘に押し入るんだな？」

「ええ、その予定です」

「それだったら、木滑と理香が風呂に入ってるときか、ベッドで戯《たわむ》れてるところを見計《みはか》らって侵入しろや。素っ裸じゃ、逃げるに逃げられねえからさ」

「そうしましょう」

「健闘を祈る」

堤が電話を切った。

鬼丸はスマートフォンを上着の内ポケットに突っ込み、またロングピースをくわえた。ライターで火を点けようとしたとき、木滑の別荘から誰かが現われた。男だった。

鬼丸は相手をよく見た。

灰色のジョギングウエアに着替えた木滑だった。首には白いスポーツタオルを巻いている。木滑は別荘を出ると、小走りに走りはじめた。後ろ姿は、ほどなく闇《やみ》に呑《の》まれた。

別荘の中には、アンティークショップの女経営者だけしかいないのか。そんなはずはない。

木滑たち二人が別荘に到着したとき、すでに家には灯《ひ》が点《とも》っていた。色気のある美女のほかに誰かがいるようだ。それとも、木滑の別荘はリモコン操作で電灯やエアコンディショナーの電源スイッチを入れられるようになっているのか。

どちらにしても、押し入るチャンスかもしれない。

鬼丸は車をそっと降り、木滑の別荘の敷地内に忍び入った。前庭には西洋芝が植えられている。樹木はそれほど多くない。

鬼丸は姿勢を低くして、建物の裏に回り込んだ。手製のピッキング道具を使い、キッチンから侵入する。土足のままだった。

ダイニングルームを横切り、広い玄関ホールに出る。居間のシャンデリアは煌々《こうこう》と灯っていたが、人のいる気配はうかがえない。

居間の向こう側に二つのドアが見える。二室とも洋間だろう。

鬼丸は階段の脇を通り、奥に進んだ。

手前の部屋は静まり返っていた。奥の部屋に近づくと、女の喘《あえ》ぎ声とベッドの軋《きし》み音が響いてきた。理香が誰かと交わっているらしい。

鬼丸はドア・ノブに手を掛け、できるだけゆっくりと回した。ドアを少しずつ押し開けていく。

ダブルベッドが視界に入った。

室内は明るい。理香がチャチャイの上に跨《また》がり、大胆に腰を弾《はず》ませていた。ともに全裸だ。

「わたし、気持ちいいよ。理香さん、セックス上手ね」

チャチャイが理香の揺れる二つの乳房に粘液質な視線を向けながら、下から突き上げた。アンティークショップの女店主が甘やかな呻きを洩《も》らした。

「あなたの体、Aランクね。よく締まるよ。わたし、木滑さんが羨《うらや》ましいね」

「彼のことは言わないで」

「わたし、理香さん、好きになったよ。あなた、木滑さんと別れてくれない？」

「無茶を言わないで、チャチャイ。わたしたちは三年越しの仲なのよ」

「それ、聞いたよ。でも、わたし、もっと理香さんと仲良くなりたいね」

「わたしを困らせないでちょうだい。一回だけって約束だったでしょ？」

「そうね、そういう約束だった。だけど、わたし、あなたを独《ひと》り占《じ》めしたくなったよ。わたし、木滑さんに頼まれて、綾部という男を始末した。そのこと、警察に話したら、理香さんのパトロン、どうなる？」

「汚い男ね」

「わたし、どうしても理香さんを独り占めにしたい。木滑さんがジョギングから戻ってきたら、そのこと、彼に言う」

「その話は後にしましょう。わたしも感じてきたの」

「それ、本当？」

「ええ。だから、いまは何も考えずに愛し合いましょうよ」

「それ、いいことね」

チャチャイが喜色満面で答え、瞼を閉じた。それから彼は、ダイナミックに腰を突き上げはじめた。

理香がリズムを合わせ、白桃を連想させるヒップを淫《みだ》らにうねらせつづけた。チャチャイが眉根《まゆね》を切なげに寄せ、タイ語で何か口走った。

その直後、理香の右手がベッドマットの下に潜《もぐ》り込んだ。摑み出したのは、銀色のアイスピックだった。

「理香さん……」

チャチャイが薄目を開けた。

次の瞬間、両手でアイスピックを握りしめた理香が上体を起こした。チャチャイが短く呻き、背をのけ反《ぞ》らせる。アイスピックはタイ人の心臓部に深々と突き刺さっていた。

「誰があんたの女になんかなるもんですかっ」

理香が憎々しげに言い、セックスパートナーを突き飛ばした。

そのとき、チャチャイの男根《だんこん》から精液が迸《ほとばし》った。理香が顔をしかめ、後方に退《さ》がった。一瞬、遅かった。理香の内腿《うちもも》には粘液が付着していた。彼女はティッシュペーパーで腿の汚れを神経質に拭《ぬぐ》うと、ベッドから降りた。

仰向けに倒れたチャチャイは微動《びどう》だにしない。もう息絶《た》えているのだろう。

鬼丸は寝室のドアを大きく開けた。

理香が体を竦《すく》ませ、振り向いた。先に豊満な乳房を片腕で隠し、そのあと秘《ひ》めやかな場所に手を当てた。

「八ケ岳では世話になったな。そっちの本名は市倉理香だった」

「なぜ、あなたがここに⁉」

「木滑常務を会社から尾行したのさ。木滑は西麻布のアンティークショップに寄り、そっちと一緒にタウンハウスに行った。そして、あんたたち二人はＢＭＷでこっちに……」

「いつから寝室を覗《のぞ》いてたの？」

「チャチャイがあんたの体を誉《ほ》めてるとこからだ」

鬼丸は言って、ダブルベッドに歩み寄った。すると、理香がチャチャイの左胸からアイスピックを引き抜いた。傷口から鮮血があふれた。

「それ以上、わたしに近づかないで！　こちらに来たら、これで刺すわよ」

理香が掠《かす》れ声で喚《わめ》き、アイスピックを腰撓《こしだ》めに構えた。

鬼丸は冷笑し、歩《ほ》を進めた。理香が鬼丸を睨《にら》みながら、一歩ずつ後退する。ベッドに阻《はば》まれ、セクシーな美女は逃げ場を失った。

「どうする？」

鬼丸は余裕たっぷりに問いかけた。

理香が短く迷ってから、全身で突っかけてきた。鬼丸は軽やかな歩捌《ほさば》きで横に動き、理香に足払いを掛けた。

理香は不様《ぶざま》な恰好《かっこう》で床に転倒した。弾みで、アイスピックが手から離れた。

鬼丸はアイスピックを拾い上げ、血でぬめった先端を理香の腰に押し当てた。

「相手が女だからって、手加減はしないぞ」

「わたしを刺す気⁉」

「場合によっては、そうなるな」

「わたし、人殺しなんかしたくなかったんだけど、木滑には逆《さか》らえなかったのよ。お店の開業資金をそっくり出してもらったし、毎月、お手当もいただいてたんで」

「木滑は羽山と組んで、第三生命の裏特約顧客十四人を綾部に爆殺させたな。それから、野球選手の田久保剛も狙撃させた。テレビ女優の天沼由季を二人のイラン人に惨殺もさせた。アリとハッサムの二人だ。寺尾宏たち十人の顧客に十億円を用意しておけという脅迫状を送りつけたのも、そっちのパトロンなんだろ？」

「………」

「木滑を庇《かば》う気らしいな。愚《おろ》かな女だ」

「愚かな女ですって？」

　理香が訊き返した。

「そうだ。木滑は保身のため、そっちの肉体を殺し屋のチャチャイに提供させた。その上、そっちにチャチャイを殺《や》らせた。木滑は、そっちを愛してなんかない。その熟《う》れた体が気に入ってただけなんだろう。それなのに、そっちは奴に唆《そそのか》されて、人殺しまでやってしまった」

「木滑の気持ちぐらい、とうの昔に見抜いてたわ。でも、わたしには計算があったのよ」

「まだ奴には利用価値があるってことか？」

「ま、そういうことね」

「抜け目のない悪女だ」

「なんとでも言えばいいわ。これといった取柄もない女がビッグになりたいと思ったら、力のある男たちを利用するほかないでしょうが！」

「歪《ゆが》んでるな、そっちの考え方は」

「わたしをこんな女にさせたのは実の両親よ。わたしの父親は町工場をやってたんだけど、いっつも貧乏してた。母親はそんな暮らしに厭気《いやけ》がさして、パート先の回転寿司屋の店長と駆け落ちしちゃったのよ。父は酒に溺《おぼ》れて、女遊びに走った。生活はもっと貧しくなって、家の電気、ガス、水道も止められてしまった。わたしと二つ違いの妹は小学生のころからスーパーで食べる物を万引きして、飢《う》えを凌《しの》いでたのよ。中学生になると、わたしは先輩や卒業生の男たちと寝て、生活費を稼いだ。そうやって、高校の入学金も自分で工面《くめん》したの。でも、授業料を払いつづけられなくなって、結局は中退せざるを得なかった。それからは生きるために、いろんな職業に就《つ》いたわ。でも、安い給料でこき使われるだけで、プライドさえ保《たも》てなかった。だから、ささやかな優越感を味わうにはリッチにならなきゃ駄目だと思ったのよ。ぬくぬくと生きてきた奴らに、わたしの生き方を非難する資格がある？」

「おれは人生相談のカウンセラーじゃない」

鬼丸は理香を仰向けにさせ、膝頭《ひざがしら》で彼女の股《また》を大きく割った。理香の合わせ目を押し拡《ひろ》げ、アイスピックの先を襞《ひだ》の奥に滑り込ませる。

「な、何する気なのよっ」

「知ってることを何もかも喋らなきゃ、アイスピックを子宮まで突っ込むぞ」

「嘘でしょ⁉」

「本気だよ、おれは」

鬼丸は言い放ち、片手で理香のむっちりとした太腿を押さえつけた。理香が美しい顔を引き攣《つ》らせ、わなわなと震えはじめた。

そのすぐ後、玄関のドアが開いた。木滑が帰ってきたのだろう。

「あなた、早く来てーっ」

理香が高く叫んだ。と、玄関ホールのあたりで木滑の声がした。

「チャチャイを殺《や》れなかったのか？」

「ちゃんと殺したわよ。だけど……」

「腰を抜かして動けなくなったんだな。待ってなさい。いま、そちらに行く」

「早く来て！」

理香が急《せ》かした。

鬼丸はアイスピックを数センチだけ深く埋めた。理香が痛みを訴えた。

慌《あわ》ただしい足音が高くなり、寝室に木滑が飛び込んできた。すぐに彼は立ち竦《すく》んだ。

「待ってたんだよ、あんたを」

鬼丸は先に言葉を発した。

木滑は何か喋りかけたが、言葉にはならなかった。それほどショックが大きかったのだろう。

「ゆっくり両膝を落として、腹這《はらば》いになってもらおうか」

「理香はどこまで話したんだ？」

「早く腹這いになれ！」

鬼丸は声を尖《とが》らせた。

木滑が怯《おび》えた表情で床に這った。鬼丸はアイスピックを引き抜くと、理香の上体を引き起こした。アイスピックを理香の首筋に突きつけ、木滑に声をかけた。

「あんたが観念するまで、この女を辱《はずかし》めることになるぞ」

「そ、そんなことはやめてくれ」

「なら、何もかも話してくれるな？」

「………」

木滑は口を結んだまま、顔を背《そむ》けた。理香が何も言おうとしないパトロンを大声で詰《なじ》った。それでも、木滑は沈黙したままだった。

「くわえてもらおうか」

鬼丸は左手で理香の頭を引き寄せた。

理香が木滑に救いを求めた。木滑は口を開かない。

理香が諦《あきら》め顔で、鬼丸のチノクロスパンツのファスナーを一気に下げた。ペニスが摑み出された。まだ反応は示していない。

理香が分身の根元を断続的に握り込み、舌の先で亀頭をくすぐりはじめた。意思とは関わりなく、鬼丸は力を漲《みなぎ》らせた。

すかさず理香が、猛《たけ》った男根を口中に収めた。舌を忙《せわ》しく閃《ひらめ》かせる。

「好きな女にこんなことをさせても平気なのか？」

鬼丸は木滑に問いかけた。

返事はなかった。パトロンの反応に絶望したのか、理香は舌技に熱を込めた。舌の鳴る音が寝室に拡《ひろ》がりはじめた。

鬼丸のペニスは猛《たけ》りに猛った。

すると、理香が急に鬼丸の股間から顔を離した。すぐに彼女は上体を捻《ひね》り、木滑に声を投げつけた。

「あなたは、わたしがどうなってもいいと思ってるのねっ」

「そんなことはないが……」

「わたしよりも自分のことが大事なんでしょ！」

「理香、わたしを困らせないでくれ。勘弁してくれよ。頼む！」

木滑が哀願した。

理香はパトロンを睨《ね》めつけ、唐突に獣《けもの》の姿勢をとった。鬼丸にヒップを向ける形だった。

「木滑の目の前で、わたしを犯してちょうだい。彼に屈辱感を味わわせてやりたくなったの」

「お望みなら、協力してやろう」

鬼丸は両膝を床に落とし、後ろから分け入った。理香が片手でクリトリスを刺激しながら、腰を振りはじめた。巧みな迎え腰だった。

「おい、こっちを見ろ！」

鬼丸はワイルドに突きながら、木滑に命じた。だが、木滑は顔を向けてこない。

数分が流れたころ、理香が不意にエクスタシーに達した。彼女は両肘《りようひじ》を床につき、悦《よろこ》びの声を響かせはじめた。

木滑がびっくりして、一瞬、振り向いた。その表情には失望の色が差しているだけで、理香を気遣《きづか》う様子はみじんもうかがえない。

鬼丸は抽送を速め、そのまま爆《は》ぜた。快感は鮮やかだったが、後味《あとあじ》はよくなかった。

結合を解《と》くと、理香が鬼丸の右手からアイスピックを奪い取った。鬼丸は少し退《さ》がり、手早く前を整えた。

「あんたなんか、最低よ！」

理香が怒声を張り上げ、木滑の背にアイスピックを突き立てた。木滑が長く唸《うな》った。

鬼丸は理香を突き飛ばして、アイスピックを引き抜いた。意外にも傷は浅かった。

理香が立ち上がった。泣きながら、彼女はトイレに駆け込んだ。

「もう観念するんだな」

「わかった。何もかも話すよ。その前に水を一杯飲ませてもらえないか。喉が渇《かわ》ききってて、うまく喋れそうもないんだ」

「いいだろう。立て！」

「ありがとう」

木滑がのろのろと立ち上がった。次の瞬間、急に走りだした。逃げる気なのだろう。

鬼丸はすぐ追った。木滑は玄関ホールから居間に走り入り、サンデッキに出ようとしている。鬼丸はサンデッキで木滑に組みついた。

捻《ひね》り倒したとき、耳のそばを銃弾の衝撃波が駆け抜けていった。銃声は聞こえなかった。鬼丸は木滑を組み伏せたまま、暗がりを透《す》かして見た。

庭木の横に、白人の大男が立っていた。男はサイレンサー付きの狙撃銃を構えている。

鬼丸は木滑を弾除《たまよ》けにしながら、居間まで戻った。たてつづけに三発、弾丸が撃ち込まれた。サッシ戸のガラスが砕《くだ》け散り、銃弾が居間の壁を穿《うが》った。

鬼丸は伸び上がって、サンデッキの向こうを見た。白人の狙撃者は接近してこない。少し経《た》つと、足音が遠ざかっていった。

「今度は、アメリカ人の殺し屋《プロ》を雇ったのかっ」

鬼丸は木滑の肩口にアイスピックを浅く突き立てた。

「て、手荒なことはやめてくれ。もう逃げたりしない。きみを撃とうとしたのは、アメリカのグロリア保険に雇われた殺し屋かもしれない」

「どういうことなんだ？」

「わたしと羽山は、日本進出を狙ってるグロリア保険の日本支社に移ることになってるんだ。わたしには支社長、羽山には営業部長のポストが約束されてる。わたしたちは第三生命の副社長派に属してたんだが、派閥抗争に敗れてしまったんで、冷や飯を喰《く》わされそうなんだ。だから、いっそ外資系の保険会社に移る気になったのさ」

木滑はそう前置きし、一連の事件の首謀者であることを認めた。共犯者は羽山だけで、綾部やチャチャイは金で雇った実行犯に過ぎないという。拉致を引き受けた二人のイラン人も同じだろう。

「あんたたち二人の陰謀について、グロリア保険の人間は知ってるのか？」

「極東担当役員のマイケル・カーター氏には第三生命の裏特約顧客の多くをグロリア保険に取り込むプランがあると話してあるから、おそらく羽山とわたしがやったことは薄々はわかってるだろうね」

「ニュースキャスターの寺尾たち十人の顧客から、十億円ずつ脅し取る気はなかったんだな？」

「その通りだよ。彼らを不安にさせて、グロリア保険の顧客にしようと企《たくら》んだだけなんだ」

「わざわざ天沼由季を二人のイラン人のアリとハッサムに惨殺させたのは、捜査当局を混乱させたかったからだな？」

「そうだよ。きみを雇ったのも、会社の連中や警察にわたしたち二人が怪しまれないようにしたかったからなんだ」

「おれは、きちんと仕事をした。だから、七千万円は貰うぞ。細々《こまごま》とした経費は負けてやろう」

「七千万円払えば、きみは何も見なかったことにしてくれるというのか⁉」

「おれは刑事でも検事でもない。ただの悪党《ギャング》ハンターだ。羽山と一緒に金策に走り回るんだな」

鬼丸はアイスピックを引き抜き、居間の出入口に足を向けた。

# エピローグ

不審者は見当たらない。

鬼丸は、焦茶《こげちゃ》のカーペットが敷き詰められた長い廊下を歩きだした。

東京ベイエリアに建つ高層ホテルの十階だ。木滑を痛めつけてから、五日が経《た》っていた。一〇〇七号室には木滑がいるはずだ。鬼丸は、きょうの昼過ぎに木滑に電話をかけた。

木滑は七千万円の預金小切手を用意できたと憮然《ぶぜん》たる声で言い、受け渡し場所にこのホテルを指定した。

約束の時間は午後九時だ。いまは八時五十七分過ぎである。

鬼丸は一〇〇七号室の前で立ち止まった。部屋のドアフォンを鳴らし、壁にへばりつく。

少し待つと、ドア越しに木滑が問いかけてきた。

「どなたです？」

「………」

鬼丸は、わざと返事をしなかった。

ややあって、ドアが細く開けられた。鬼丸はドアに体当たりをくれた。木滑が短く呻《うめ》き、体をふらつかせた。鬼丸は室内に躍《おど》り込み、木滑の右腕を捩《ねじ》上げた。

「な、何するんだっ。部屋には、わたしだけしかいないよ」

「悪人の言葉は信じないことにしてるんだ。誰かが潜《ひそ》んでるかどうか、自分の目で確かめるぞ」

「時間の無駄だよ。成功報酬は、ちゃんと払ってやる」

木滑が言った。

鬼丸は木滑を歩かせ、クローゼットとバスルームを検《しら》べた。トイレと浴室はユニットになっていた。どちらにも、人は隠れていなかった。

ツインベッドの部屋だった。窓寄りにコンパクトなソファセットが置かれている。

鬼丸は先に木滑をソファに腰かけさせ、向かい合う位置に坐った。

「アンティークショップの女店主は、どうしてる？」

「わたしの別荘を黙って出ていったきり、まったく連絡がない。ひとり旅でもしてるんだろう」

「チャチャイと一緒に理香も、あの世に旅発《たびだ》たせたんじゃないのか。え？」

「あんた、何を言ってるんだ⁉」

「ちょっと無防備だったな。あの晩、おれはあんたの別荘から遠ざかった振りをして、すぐに舞い戻ったんだよ」

「なんだって⁉」

木滑が蒼《あお》ざめた。

「二十分ほど暗がりに身を潜めてると、一台のステーションワゴンがそっちの別荘に横づけされた。車を運転してたのは白人の大男だった。サイレンサー付きの狙撃銃で、おれをシュートしようとした奴さ」

「………」

「大男は十分もしないうちに、そっちの別荘から毛布ですっぽりと包み込んだ物を二つ運び出し、ステーションワゴンに積み込んだ。そいつはチャチャイと理香の死体だった。大男が二つの遺体を車内に投げ入れるとき、毛布の端が捲《めく》れ上がったんだよ。理香は絞殺されたんだろ？」

「わたしが殺《や》ったんじゃない。理香の首を絞めたのはエリック・フォンダだ」

「大男の名だな？」

「そうだよ」

「奴の前歴は？」

「カーター氏の話によると、エリックは数年前までFBIの職員だったらしい。しかし、公金横領で免職になってからは殺し屋稼業をやってるそうだ」

「エリックは二つの死体をどうしたんだ？」

「箱根《はこね》の山の中に埋めてきたと言ってた」

「あんたは極悪非道だな。救いようがない。どうせエリックにおれを片づけさせる気でいるんだろうが！」

　鬼丸は木滑を睨《ね》めつけた。

「そ、そんなことは考えていないよ。おたくは、いわば恩人だ。七千万で、何も見なかったことにしてくれるわけだからね」

「元FBI職員は、どこでおれを待ち受けてるんだ？　そいつを言わなきゃ、あんたの両腕をへし折るぞ」

「エリックは、きのうの午後に成田《なりた》空港を発《た》ったよ。いつまでも日本にいたら、まずいことになるからな」

「そっちの話を鵜呑《うの》みにゃできないが、ま、いいさ。ところで、羽山はどうしてる？」

「彼は一昨日《おととい》の晩、自宅でガス自殺を図《はか》りかけて、入院中なんだ。おたくがわれわれの企《たくら》みを見抜いたんで、絶望的な気持ちになってしまったんだろう」

「自業自得だな」

「そうなんだが……」

「小切手を出してもらおうか」

「いいとも」

木滑が上着の内ポケットから小切手を抓《つま》み出した。

鬼丸は、それを受け取った。額面は間違いなく七千万円だった。メガバンクの丸《まる》の内《うち》支店振り出しの預金小切手である。

「その預手《よて》を振り出し支店に持ち込めば、無条件で現金化できる」

「知ってるよ」

「くどいようだが、われわれを警察に売ったりしないだろうね？」

木滑が確かめる口調で言った。鬼丸は黙ってうなずき、預金小切手を懐《ふところ》に収めた。

「一応、領収証を貰えないだろうか。その七千万のうち、四千万円は実兄と友人から借りたんだ」

「おれに領収証を書かせて、お互いに弱みを握ったことにしたいんだろうが、その手にゃ乗らない」

「そういうつもりで言ったんじゃないよ」

「領収証は切れない。それが不満なら、裏取引はなかったことにしよう」

「わかったよ。領収証はいらない」

木滑が目を伏せた。

鬼丸は立ち上がった。部屋を出ようとしたとき、羽山が目の前に立ち塞《ふさ》がった。消音器を装着した自動拳銃を握っていた。コルト・ガバメントだった。

「そいつは、エリックの置き土産だな？」

「好きなように考えてくれ。ゆっくり後ろに退《さ》がるんだ」

羽山が素早く一〇〇七号室に入り、ドアを閉めた。

鬼丸は一歩ずつ後退しはじめた。背後で、木滑が立ち上がる気配がした。

「おい、小切手を羽山に渡すんだっ」

「おれの負けか」

鬼丸は上着の内ポケットを探《さぐ》る振りをして、片手で羽山の右手首を強く摑んだ。そのま
ま、右のアッパーカットを見舞う。

羽山の顎《あご》がのけ反《ぞ》った。弾《はず》みで、コルト・ガバメントが暴発した。放たれた口径45AC
P弾が床で跳《は》ね、天井近くまで舞った。

鬼丸は羽山にボディーブロウを叩き込み、コルト・ガバメントを奪い取った。

羽山と木滑が竦《すく》み上がり、悲鳴に似た声を相前後して洩《も》らした。鬼丸は羽山の背後に回
り、木滑のかたわらまで歩かせた。

「わたしが悪かった。どうか命だけは……」

木滑が涙声で言い、土下坐した。羽山も床に正坐し、命乞《ご》いをする。

「おまえらは殺す値打ちもない」

鬼丸は二人の顔面を蹴りつけ、一〇〇七号室を出た。エレベーターで一階に下り、ホテルの専用駐車場に向かう。

その途中、闇からライフル弾が飛んできた。

鬼丸は植え込みの中に逃れ、ホテルの前の車道を見た。銃声は響かなかった。

数十メートル離れた場所に、薄茶のステーションワゴンが停まっていた。

助手席のパワーウインドーのシールドが下げられ、窓から狙撃銃の銃身が突き出されている。狙撃銃を構えているのは、大男のエリックだった。

エリックが連射してきた。

鬼丸はベルトの下からコルト・ガバメントを抜き、中腰でジグザグに走りはじめた。エリックは消音型の狙撃銃で四発連射すると、車を急発進させた。

鬼丸は車道に飛び出し、ステーションワゴンを追った。だが、みるみるエリックの車は離れていく。

鬼丸は路上に腹這いになった。

寝撃《プローン・ポジション》ちの姿勢をとって、タイヤに狙いを定めた。たてつづけに三発撃つ。三発目の銃弾がステーションワゴンの左後輪に命中した。

エリックの車はガードレールに激突し、派手に横転した。

鬼丸は起き上がり、ステーションワゴンに残りの四発を浴びせた。零《こぼ》れたガソリンに引火して、エリックの車は橙色《だいだいいろ》の炎に包まれた。

運転席は下側になっていた。

大男の殺し屋は這《は》い出してこない。車と同じように焼け爛《ただ》れることになるだろう。

鬼丸は自動拳銃を腰の後ろに挟むと、踵《きびす》を返した。


翌々日の夜である。

鬼丸は何事もなかったような顔でピアノを弾《ひ》いていた。『シャングリラ』だ。きょうの午後二時過ぎに七千万円の小切手を現金化して、自宅マンションに札束を置いてある。

ラストナンバーの『レフト・アローン』を弾き終えると、ホステスの奈穂が歩み寄ってきた。

「先生にお客さんよ」

「おれに？」

鬼丸は視線を延ばした。

毎朝タイムズの橋爪が大股で歩いてくる。

鬼丸は前夜、橋爪の自宅マンションの集合郵便受けに差出人名のない封書を投げ込んだ。手紙の文面は、一連の爆殺事件にアメリカのグロリア保険の極東担当重役のマイケル・カーターが関与しているという内容だった。手紙は手書きではなく、パソコンで打った。

「情報を提供してくれたのは、おたくなんだろ？」

向かい合うなり、橋爪が開口一番に言った。

「なんのことなんです？」

「例によって、おとぼけか。つい一時間ほど前に、グロリア保険のマイケル・カーターが猟銃自殺したそうだ。うちの新聞社のニューヨーク支局長が一連の爆殺事件のことで取材したいとカーター氏に申し入れたら、ひどく狼狽《ろうばい》して烈火《れっか》のごとく怒ったというんだよ。支局長に聞いたところによると、グロリア保険は日本に支社を設立することになってたんだってな？」

「よく話が呑《の》み込めませんね。何の話なんです？」

「そんなふうにガードを固めなくてもいいだろうが。おたくが何をしたかなんてことは、どうでもいいんだ。おれはカーター氏が日本の保険会社の社員を誰か抱き込んで、日本進出の足場を固めてたんじゃないかと思ってる。第三生命とはライバル関係にある日東生命か、明和生命の誰かがグロリア保険のスパイをやってたんだろう？」

「橋爪さんは何か勘違いしてるようですね。ちょっと疲れてるんで、ここで失礼します」

鬼丸は素《そ》っ気《け》なく言い、奈穂に目顔《めがお》で謝意を表した。

「おい、ちょっと待ってくれよ」

橋爪が背後で言った。

鬼丸は聞こえなかった振りをして、休憩室に足を向けた。ソファに凭《もた》れて紫煙《しえん》をくゆらせていると、マーガレットから電話がかかってきた。

「今夜、わたしの部屋に来るわよね？　わたし、手造りのケーキとシャンパンを用意しておくから、なるべく早く来てね」

「マギー、きょうは何かあるんだっけ？」

「いやだわ、竜一。きょうは、あなたの四十回目の誕生日じゃないの」

「あっ、そうだったな。すっかり忘れてたよ」

「きのう、ギャラが入ったから、ドンペリニヨンを買ったの。といっても、ロゼじゃないんだけどね。一緒にシャンパンを飲んで、素敵な夜を過ごしましょう」

「おれも四十か。完璧《かんぺき》なおじさんだな」

「ううん、あなたはまだ青年よ。ベッドで、二、三ラウンドは楽にこなしちゃうんだから」

「いつも誰かさんに煽《あお》られてるからね。今夜は、四回戦ボーイにさせられそうだな」

鬼丸は際《きわ》どいジョークを飛ばして、通話を切り上げた。

短くなった煙草《たばこ》の火を揉み消していると、オーナーの御木本が入ってきた。銀盆の上には、ドンペリニヨンの白と二つのシャンパングラスが載っていた。

「おまえも、とうとう四十男だな」

「先輩、おれの誕生日を憶《おぼ》えてくれてたんですか」

「おまえは弟みたいな奴だからな。シャンパンの一杯や二杯じゃ、仕事に支障はきたさないだろ?」

「もちろんですよ」

鬼丸は居住《いず》まいを正した。

御木本が二つのグラスにシャンパンを注いだ。二人は向かい合って、グラスを軽く触《ふ》れ合わせた。

オーナーが振る舞ってくれたシャンパンのことは、恋人には内緒にしておこう。

鬼丸はそう思いながら、ドンペリニヨンの白を喉に流し込んだ。ほどよく冷えていた。

喉ごしは格別だった。

著者注・この作品はフィクションであり、登場する人物および団体名は、実在するものといっさい関係ありません。

本書は、『危機抹消人』と題し、二〇〇二年三月に徳間文庫から刊行された作品に、著者が大幅に加筆修正したものです。

闇断罪 制裁請負人

一〇〇字書評

切り取り線

| 購買動機（新聞、雑誌名を記入するか、あるいは○をつけてください） | |
|---|---|
| □（　　　　　　　　　　　　　　　）の広告を見て | |
| □（　　　　　　　　　　　　　　　）の書評を見て | |
| □ 知人のすすめで | □ タイトルに惹かれて |
| □ カバーが良かったから | □ 内容が面白そうだから |
| □ 好きな作家だから | □ 好きな分野の本だから |

・最近、最も感銘を受けた作品名をお書き下さい

・あなたのお好きな作家名をお書き下さい

・その他、ご要望がありましたらお書き下さい

| | | | | | |
|---|---|---|---|---|---|
| 住所 | 〒 | | | | |
| 氏名 | | 職業 | | 年齢 | |
| Eメール | ※携帯には配信できません | 新刊情報等のメール配信を 希望する・しない | | | |

この本の感想を、編集部までお寄せいただけたらありがたく存じます。今後の企画の参考にさせていただきます。Eメールでも結構です。

いただいた「一〇〇字書評」は、新聞・雑誌等に紹介させていただくことがあります。その場合はお礼として特製図書カードを差し上げます。

前ページの原稿用紙に書評をお書きの上、切り取り、左記までお送り下さい。宛先の住所は不要です。

なお、ご記入いただいたお名前、ご住所等は、書評紹介の事前了解、謝礼のお届けのためだけに利用し、そのほかの目的のために利用することはありません。

〒一〇一－八七〇一
祥伝社文庫編集長　清水寿明
電話　〇三（三二六五）二〇八〇

祥伝社ホームページの「ブックレビュー」からも、書き込めます。

www.shodensha.co.jp/bookreview

祥伝社文庫

闇断罪《やみだんざい》 制裁請負人《せいさいうけおいにん》

令和 4 年 6 月 20 日　初版第 1 刷発行

著　者　　南《みなみ》　英男《ひでお》
発行者　　辻　浩明
発行所　　祥伝社《しょうでんしゃ》
東京都千代田区神田神保町 3-3
〒101-8701
電話　03（3265）2081（販売部）
電話　03（3265）2080（編集部）
電話　03（3265）3622（業務部）
www.shodensha.co.jp

印刷所　　堀内印刷
製本所　　積信堂
カバーフォーマットデザイン　芥 陽子

 ISBN978-4-396-34815-1 C0193

# 祥伝社文庫の好評既刊

南 英男
## 特捜指令 射殺回路
対照的な二人のキャリア刑事が受けた特命、人権派弁護士射殺事件の背後には……。超法規捜査、始動！

南 英男
## 怨恨 遊軍刑事《デカ》・三上謙《みかみけん》
渋谷署生活安全課の三上謙は、署長の神谷《かみや》からの特命捜査を密かに行なう、タフな隠れ遊軍刑事だった――。

南 英男
## 手錠
弟をやくざに殺された須賀《すが》警部は、志願して(暴)《マルボウ》へ。鮮やかな手口、容赦なき口封じ。恐るべき犯行に挑む！

南 英男
## 死角捜査 遊軍刑事・三上謙
狙われた公安調査庁。調査官の撲殺事件の背後には、邪悪教団の利権に蠢く者が⁉ 単独で挑む三上の運命は⁉

南 英男
## 捜査圏外 警視正《けいしせい》・野上勉《のがみつとむ》
刑事のイロハを教えてくれた先輩が死んだ。その無念を晴らすため、野上は彼が追っていた事件を洗い直す。

南 英男
## 癒着《ゆちゃく》 遊軍刑事・三上謙
ジャーナリストが刺殺された。特命を受けた三上は、おぞましき癒着《ゆちゃく》の構造に行き着くが……。

# 祥伝社文庫の好評既刊

南 英男
## 刑事稼業 包囲網
捜査一課、生活安全課……警視庁の各課の刑事たちが、靴底をすり減らしながら、とことん犯人を追う！

南 英男
## 警視庁潜行捜査班 シャドー
「監察官殺し」の捜査は迷宮入りの様相……。捜査一課特命捜査対策室の秘密別働隊〝シャドー〟が投入された！

南 英男
## 刑事稼業 強行逮捕
捜査一課、組対第二課――刑事たちが足を棒にする捜査の先に辿りつく真実とは！ 熱血の警察小説集。

南 英男
## 警視庁潜行捜査班シャドー 抹殺者《まっさつ》
美人検事殺しを告白し、新たな殺しを宣言した〝抹殺屋〟。その狙いと検事殺しの真相は？ 〝シャドー〟が追う！

南 英男
## 刑事稼業 弔《とむら》い捜査
組対の矢吹が、捜査一課の加門の目の前で射殺された。加門は事件の真相究明のため、更なる捜査に突き進む。

南 英男
## 殺し屋刑事《デカ》
悪徳刑事・百面鬼竜一《どうめきりゆういち》の〝一夜の天使〟が拉致された！ 非道な暗殺指令を出す、憎き黒幕の正体とは？

# 祥伝社文庫の好評既刊

南 英男　**殺し屋刑事 女刺客**

歌舞伎町のヤミ銭を掠《かす》める小悪党を追う百面鬼の前に……。悪《ワル》が悪を喰らいつくす、圧巻の警察アウトロー小説。

南 英男　**殺し屋刑事 殺戮者《さつりく》**

超巨額の身代金を掠め取れ！ メガバンクを狙った連続誘拐殺人犯に、強請《ゆすり》屋と百面鬼が戦いを挑んだ！

南 英男　**悪党《アウトロー》 警視庁組対部分室**

暴《マルボウ》内に秘密裏に作られた、殺しの捜査のスペシャル相棒チーム登場！ 力《りき》丸《まる》と尾崎《おざき》に、極秘指令が下される。

南 英男　**シャッフル**

カレー屋店主、OL、元刑事、企業舎弟《フロント》社員が大金を巡る運命の選択を迫られた！ 緊迫のクライム・ノベル。

南 英男　**闇処刑 警視庁組対部分室**

腐敗した政治家や官僚の爆殺が続く。そんななか、捜査一課を出し抜く、無法刑事コンビが掴んだ驚きの真実！

南 英男　**疑惑接点**

フリージャーナリストの死体が見つかった。事件記者の彼が追っていた幾つもの凶悪事件を繋ぐ奇妙な接点とは？

# 祥伝社文庫の好評既刊

南 英男　特務捜査

男気溢れる〝一匹狼〟の刑事が迷宮入り直前の凶悪事件に挑む。目撃者のない、テレビ局記者殺しの真相は？

南 英男　新宿署特別強行犯係

警視庁と四谷署の刑事が次々と殺害された。新宿署に秘密裏に設置された強行犯係『潜行捜査隊』に出動指令が！

南 英男　邪悪領域　新宿署特別強行犯係

裏社会に精通した情報屋が惨殺された。耳と唇を切られた死体は、何を語るのか？　強行犯係が事件の闇を炙り出す。

南 英男　冷酷犯　新宿署特別強行犯係

テレビ局の報道記者が偽装心中で殺された。背後にはロシアンマフィアの影が！　刈谷たち強行犯係にも危機迫る。

南 英男　遊撃警視

「凶悪犯罪の捜査に携わりたい」準キャリアの警視加納は、総監直接の指令の下、単独の潜行捜査に挑む！

南 英男　甘い毒　遊撃警視

殺害された美人弁護士が調べていた、金持ち老人の連続不審死。やがて、老人に群がる蠱惑的美女が浮かび……。

# 〈祥伝社文庫　今月の新刊〉

**西村京太郎**
**消えたトワイライトエクスプレス**
惜しまれつつ逝去した著者が、消えゆく寝台特急を舞台に描いた爆破予告事件の真相は？

**原田ひ香**
**ランチ酒** おかわり日和
見守り屋の祥子は、夜勤明けの酒と料理に舌つづみ。心も空腹も満たす口福小説第二弾。

**大木亜希子**
**人生に詰んだ元アイドルは、赤の他人のおっさんと住む選択をした**
元アイドルとバツイチ中年おやじが同居!?　恋愛や将来の不安を赤裸々に綴ったアラサー物語。

**内藤　了**
**ハニー・ハンター** 憑依《ひょうい》作家　雨宮縁《あまみやえにし》
縁は連続殺人犯を操る存在を嗅ぎ取る。数々の洗脳実験で異常殺人者を放つ彼らの真意とは？

**南　英男**
**闇断罪** 制裁請負人
セレブを狙う連続爆殺事件。首謀者は誰だ？　凶悪犯罪を未然に防ぐ〝制裁請負人〟が暴く！

**辻堂　魁**
**春風譜《しゅんぷうふ》** 風の市兵衛　弐《に》
市兵衛、愛情ゆえに断ち切れた父子の絆を紡げるか！　二組の父子が巻き込まれた悪夢とは!?

**五十嵐佳子**
**女房は式神《しきがみ》遣い！　その2**
あらやま神社妖異録
衝撃の近所トラブルに巫女の咲耶と神主の宗高が向かうと猿が!?　心温まるあやかし譚第二弾。

**門田泰明**
**夢剣《むけん》　霞《かすみ》ざくら（上）**
新刻改訂版　浮世絵宗次日月抄
美雪との運命の出会いと藩内の権力闘争――。謎の刺客集団に、宗次の秘奥義が一閃する！

**門田泰明**
**夢剣《むけん》　霞《かすみ》ざくら（下）**
新刻改訂版　浮世絵宗次日月抄
幕府最強の暗殺機関「葵」とは!?　亡き父の教えを破り、宗次は凄腕剣客集団との決戦へ。